D1149900

Une affaire
de conscience

Très chère Amélie

si tu lis cette dédicace,

ou t'apprêtes à lire mon dernier
roman, c'est que tes beaux yeux
ont recouvré leur perfection ! Et
je m'en réjouis avec toi,

Avec mon affection,

Jacqueline
22-11-2010

De la même auteure

Sortie rue Cambon, Montréal, Libre Expression, 2004.

Les Enfants d'Annaba, Montréal, Libre Expression, 2006.

Les Chartreuses, Montréal, Éditions Hurtubise, 2008.

Un homme sincère, Montréal, Éditions Hurtubise, 2010.

Jacqueline Lessard

Une affaire
de conscience

Hurtubise

Catalogage avant publication de Bibliothèque et Archives nationales du Québec et Bibliothèque et Archives Canada

Lessard, Jacqueline

   Une affaire de conscience

   ISBN 978-2-89647-275-8

   I. Titre.

PS8623.E87A63 2010   C843'.6   C2010-940735-0
PS9623.E87A63 2010

Les Éditions Hurtubise bénéficient du soutien financier des institutions suivantes pour leurs activités d'édition:

– Conseil des Arts du Canada;
– Gouvernement du Canada par l'entremise du Programme d'aide au développement de l'industrie de l'édition (PADIÉ);
– Société de développement des entreprises culturelles du Québec (SODEC);
– Gouvernement du Québec par l'entremise du programme de crédit d'impôt pour l'édition de livres.

Conception graphique de la page couverture: René St-Amand
Illustration de la couverture: Peeter Viisimaa
Mise en page: Andréa Joseph [pagexpress@videotron.ca]

Copyright © 2010, Éditions Hurtubise inc.
ISBN 978-2-89647-275-8

Dépôt légal: 2ᵉ trimestre 2010
Bibliothèque et Archives nationales du Québec
Bibliothèque et Archives du Canada

Diffusion-distribution au Canada: Diffusion-distribution en Europe:
Distribution HMH   Librairie du Québec/DNM
1815, avenue De Lorimier   30, rue Gay-Lussac
Montréal (Québec) H2K 3W6   75005 Paris FRANCE
Téléphone: 514 523-1523   www.librairieduquebec.fr
Télécopieur: 514 523-9969
www.distributionhmh.com

 La *Loi sur le droit d'auteur* interdit la reproduction des œuvres sans autorisation des titulaires de droits. Or, la photocopie non autorisée – le « photocopillage » – s'est généralisée, provoquant une baisse des achats de livres, au point que la possibilité même pour les auteurs de créer des œuvres nouvelles et de les faire éditer par des professionnels est menacée. Nous rappelons donc que toute reproduction, partielle ou totale, par quelque procédé que ce soit, du présent ouvrage est interdite sans l'autorisation écrite de l'Éditeur.

Imprimé au Canada
www.editionshurtubise.com

À Jacques, toujours.
À Marie-Jacques, Éric, Alexandre,
William et Jules.
À Sébastien, Pascale, Zacharie,
Maximilien et Barthélemy.
À Alexandre, Marieke, Ciële et Lennon.
À Raphaële et Thomas.

« Surtout, soyez toujours capables de ressentir au
plus profond de votre cœur n'importe quelle
injustice commise contre n'importe qui,
où que ce soit dans le monde.
C'est la plus belle qualité d'un révolutionnaire. »
« Soyez réalistes : demandez l'impossible. »

Ernesto Che Guevara (1928-1967)

« Même les morts ne peuvent reposer
en paix dans un pays opprimé. »

Fidel Castro, *Message au peuple souffrant de Cuba*

PROLOGUE

La Havane, mardi 15 janvier 2002

La Linda allait accoster d'un instant à l'autre dans le port de La Havane.

Entassés le long des spardecks, les croisiéristes armés d'appareils photo bombardaient le paysage, tandis que le pont du navire de plaisance fourmillait d'enfants qui se faufilaient entre les cordages, trépignant de ne pouvoir s'approcher davantage des apparaux de mouillage et chahutant sous le regard réprobateur des aînés qui s'en voulaient d'avoir abandonné trop tôt leurs transats. Sous un soleil de plomb, les hommes d'équipage effectuaient les dernières manœuvres et les caliers refaisaient surface en plissant les yeux. Toute cette population animée de vacanciers et de travailleurs brandissait passeports, cartes d'identité, visas et multiples papiers qu'elle devrait présenter avant de prendre d'assaut les rues de La Havane.

À proximité de la côte depuis une bonne heure déjà, le paquebot espagnol avait pourtant été forcé de garder ses passagers à bord sous prétexte de quelque « anormalité » que personne n'avait encore pu identifier. Impatient de profiter de la journée ailleurs que sur l'appontement d'un bateau, chacun y allait de ses commentaires et de ses récriminations.

— C'est toujours comme ça! se targuaient de savoir ceux qui voulaient se démarquer des touristes qui débarquaient pour la première fois dans la capitale cubaine.

Mais le port de La Havane, en cette fin de matinée, ne manquait pas d'activité et la plupart des voyageurs, heureux d'être là malgré les inconvénients de l'accostage, étaient disposés à patienter en se distrayant du branle-bas incessant des dockers qui vaquaient au déchargement des chalands ancrés au cours de la nuit. Un bateau de la Compagnie générale transatlantique de Belgique s'apprêtait à déverser le contenu de ses cales dans un camion parqué sur le quai et les marins brabançons, habitués à ce genre de déchargement, s'activaient joyeusement. Le ciel était bleu, la rade ensoleillée jusqu'à ce que la catastrophe survienne.

Une explosion retentit, assourdissante. Des hurlements, des gémissements, des cris d'effroi fusèrent de *La Linda* en flammes. La mer, si calme un instant plus tôt, avalait indistinctement hunes, quais, ferrailles et corps. Tous les témoins, habitués de l'activité portuaire, marins, débardeurs, militaires chargés de surveiller les opérations, tous se précipitèrent à la rescousse des passagers dont un grand nombre avaient été propulsés sur les parois du navire ou éjectés à la mer. Puis l'horreur surgit.

Une seconde déflagration secoua le bateau, projetant des tôles qui fauchaient tout sur leur passage avec la fureur d'un ouragan. Sous la secousse, les passagers épargnés par la première explosion glissèrent de l'embarcation. Des marins, qui étaient parvenus à gagner la rive à la nage, revinrent sur les lieux pour porter secours aux blessés. Mais ils trouvèrent surtout des corps en lambeaux, des membres épars, des crânes aux yeux encore ouverts. «On les aurait dit vivants», se souviendra l'un d'eux lors des interrogatoires. Des bénévoles déposaient ce qu'ils ramassaient sur des gazes étalées à même les plateformes. Des enfants sauvés miraculeusement étaient à la recherche de leurs parents disparus et tombaient sur des bouts de vêtements auxquels étaient restés accrochés un pied ou un bras.

Au cours des heures qui suivirent, une immense colonne de fumée s'éleva sur La Havane, confirmant la tragédie qui avait foudroyé le port.

Entouré de ses gardes du corps et harcelé par des représentants de la presse, le ministre cubain de l'Intérieur, venu sur les lieux pour constater les dégâts, arpentait les quais et les plateformes. Son secrétaire s'approcha discrètement et lui chuchota à l'oreille :

— Un appel pour vous de la part du *comandante en jefe**, monsieur le ministre. S'emparant du téléphone, Manuel Sánchez se mit à l'écart pour prendre la communication.

— ¡*Comandante*!

Fidel Castro était déchaîné. Les mots pétaradaient du combiné. Même au secrétaire resté en retrait, la colère de Fidel ne pouvait échapper.

— ¡*Terroristas*! Retrouve-les-moi tous ! La Cabaña ! Et c'est encore trop peu ! Nous devons en faire un exemple et exterminer ces criminels !

Le lendemain, les médias recensaient de nombreux disparus et plus de cinquante morts dont des touristes, des marins, des manutentionnaires, des militaires et des passants. Dès le début de l'enquête, il apparut évident que l'heure d'attente imposée

---

* Se référer au glossaire en fin de volume.

aux voyageurs à l'accostage dans le port de La Havane, soit le temps qui s'était écoulé entre les explosions et le moment où le bateau avait mouillé dans le port, n'avait pas été suffisante pour qu'une charge explosive d'une telle importance y soit déposée. Pour ce faire, il eût fallu pénétrer dans les cales en deux escadrons et déplacer d'énormes caisses métalliques pour accéder à différents endroits entre les ponts et le fond du navire afin d'y placer les explosifs. Compte tenu des mesures de sécurité qui avaient été prises dès l'arrivée au quai, une telle opération était irréalisable. Les premiers résultats de l'enquête donnaient à croire que ces charges avaient été disséminées au cours du voyage par un personnel expert en la matière.

∻

Devant les cercueils alignés, Fidel Castro terminait d'expliquer, preuves à l'appui, que l'attentat était une fois de plus l'œuvre de la CIA. « Tous ces mercenaires de la mafia cubaine de Miami, venus chez nous pour perpétrer ces attentats terroristes, ont pour mission de faire croire à la communauté internationale que le peuple cubain ne peut pas se passer de l'aide et de la protection des États-Unis. Un complot ! L'objectif réel de cette avalanche d'attentats qui déferle sur Cuba depuis septembre 2001, toute cette mascarade, complexe pour le commun des mortels mais cousue de fil blanc pour les analystes, n'est qu'une diversion ne cachant rien de moins qu'un complot américain pour envahir Cuba. Oui, envahir Cuba de la même manière que le président américain est déterminé à le faire en Irak. Avant-hier, dans son discours annuel sur l'état de l'Union, en affirmant que l'Irak, la Corée du Nord et l'Iran constituaient l'axe du mal qui menace la paix du monde, Bush a donné son coup d'envoi. Et dans la foulée, l'invasion de Cuba passerait inaperçue… »

CHAPITRE 1

Montréal, vendredi 5 avril 2002

Après avoir refait son lit, rincé deux assiettes et rangé un bol, le vieillard tira les draperies et poussa le contrevent sur une cour intérieure de la rue Outremont. La journée s'annonçait pluvieuse. Rien d'inhabituel à Montréal pour un début de printemps. Il se traîna jusqu'à la pièce adjacente devenue bibliothèque au cours des ans et alluma le plafonnier. C'était dans ce réduit sans fenêtre qu'il passait le plus clair de son temps. Seul depuis toujours, il avait fait des livres ses fidèles compagnons de vie.

Chaque fois qu'il pénétrait dans l'enceinte enluminée, le vieil homme handicapé retrouvait, sinon goût à la vie, à tout le moins courage pour entreprendre une autre journée. Et malgré les douleurs qui l'avaient tenu éveillé une partie de la nuit, il était déterminé à mettre de l'ordre dans les rayons du haut de sa bibliothèque qu'il explorait rarement. Plus de mille livres. La fierté de sa vie. Recruté dès l'âge de seize ans comme groom, il avait conservé son emploi au prestigieux hôtel *Ritz-Carlton* de la rue Sherbrooke à Montréal jusqu'à ce qu'il soit terrassé par un accident cardiaque.

Juché sur un escabeau, le vieil homme tendit les bras pour redresser des livres à plat sur une tablette. Ses mains engourdies, dont certains doigts ne répondaient plus, s'activaient pourtant sur le rayon, classant les livres dispersés.

— *Le ciel de Québec*... Que fait ce roman parmi les catalogues d'expositions ? Je ne m'y retrouve plus, c'est un réel fouillis, maugréa-t-il.

S'emparant du roman de Jacques Ferron pour le remettre à sa place, ses doigts crispés sur la couverture palpèrent une épaisseur molletonneuse. Une enveloppe. Il descendit péniblement, les jambes flageolantes, et fit deux pas avant de se laisser tomber dans son fauteuil. Le vieillard entendait les battements effrénés de son cœur. Craignant le pire, il entreprit de desserrer ses phalanges une à une et inspira profondément jusqu'à ce que sa respiration retrouve un rythme régulier. Puis, tournant et retournant l'enveloppe dans tous les sens, le vieil homme se mit à pleurer au souvenir qui lui revint.

C'était le 31 juillet 1970. L'hôtel affichait complet.

—*Amigo*, je voudrais te demander une petite faveur !

La voix était mélodieuse, à cause des intonations espagnoles. S'entendant interpeller, le groom s'était empressé auprès du docteur Masíquez, le sympathique médecin cubain avec lequel il avait eu l'occasion de bavarder. Invité au congrès médical international tenu au *Ritz-Carlton*, Sergio Masíquez s'était fait remarquer par ses apports pertinents aux ateliers, de même que par plusieurs interventions lors des colloques. Sa prestance, sa démarche cadencée, ses sourires charmeurs et son passé de guérilléro surtout, lui avaient acquis d'emblée une grande popularité. *El comandante* Sergio Masíquez était un ami personnel de Fidel Castro, mieux encore, il avait été celui de Che Guevara.

— Me rendrais-tu le service de mettre cette lettre à la poste ? Courrier prioritaire ! Tu crois que ça existe, la poste prioritaire pour Cuba où rien ne marche ? avait demandé Sergio, pince-sans-rire.

— Je n'en sais rien, mais c'est un plaisir de faire ça pour vous. Je passerai à la poste cet après-midi.

— J'ai écrit une lettre d'amour… la première de toute ma vie, avait confessé le médecin de

cinquante-huit ans avec l'air ingénu d'un ado-
lescent.

— On dit qu'il n'est jamais trop tard pour bien
faire, avait rétorqué le groom, lui aussi dans la
cinquantaine et toujours célibataire.

Ayant glissé la lettre dans le livre dont il venait
de terminer la lecture, il l'avait replacée dans sa
sacoche en bandoulière.

— Vous pouvez compter sur moi, docteur.

— Je viens de prendre la plus importante décision de mon existence, et c'est toi, mon ami canadien, qui es le premier à l'apprendre.

— C'est un honneur, *comandante*!

«Un honneur»! se rappela le vieillard revenant
à la réalité.

— Mon Dieu! gémit-il.

Les images affligeantes lui revenaient. Il devait
être quelques minutes avant dix-sept heures. Une
chaleur torride stagnait en cet après-midi de juillet,
et malgré les interdictions de son médecin, le
groom s'était engagé au pas de course dans la rue
Sherbrooke de peur de trouver la poste fermée.
Mais il ne s'y était jamais rendu. Foudroyé par une
douleur qui l'avait fait s'accroupir au milieu de la
rue Peel, il était déjà inconscient lorsqu'une voiture
l'avait percuté.

— Mon Dieu! Comment ai-je pu oublier?

Il était pourtant facile d'imaginer comment il avait pu oublier de poster une lettre. N'ayant repris conscience que dix-sept jours plus tard, pour se retrouver dans un état léthargique pendant des semaines, puis séjourner plus d'une année dans un centre de réadaptation avant de revenir vivoter seul dans son deux pièces, il était possible, certes, d'imaginer comment la lettre « prioritaire » de Sergio Masíquez lui avait échappé. « Cette femme de ménage qui venait tout chambouler aura replacé ce livre sur l'étagère, n'importe où », rumina-t-il.

— Et puis non ! C'est ma faute, je n'ai pas rangé… J'ai oublié, s'accusa le vieil homme d'une voix chevrotante.

S'essuyant les yeux du revers de sa manche, il tendit l'enveloppe au bout de son bras pour y lire : *Señora Clarita Cardoso, 133 calle F y Avenida de los Presidentes, Vedado, Habana, Cuba.* Bien à l'abri entre les pages du roman de Ferron – c'était une nouveauté lorsqu'il se l'était procuré en 1969 –, l'enveloppe n'était pas abîmée, la lettre avait été préservée, et le secret, jamais révélé.

— Clarita, Clarita Cardoso… Avez-vous reçu ce message d'amour de vive voix ? Avez-vous vécu heureuse auprès de cet homme exceptionnel qui m'avait confié vous aimer ? Êtes-vous toujours là,

Clarita ? Et vous, cher docteur Masíquez ? Où êtes-vous ? Trente-deux années ont passé…

~

Varadero, lundi 3 mai 2002

Clarita Cardoso fit quelques pas sur le balcon entouré d'un moucharabieh qui donnait sur la mer et repéra une chaise longue sur la terrasse déserte où elle s'allongerait pour rêver.

Quelques jours plus tôt, elle avait reçu une lettre dont la seule vue des « C » de Clarita et de Cardoso l'avait troublée au point qu'on avait dû mander un médecin à son chevet. Mais elle s'était bien gardée d'avouer la cause de son malaise. Enfouie dans son soutien-gorge, le temps qu'avait duré un examen médical ne révélant qu'une « fatigue passagère », la missive de Sergio, une déclaration d'amour qui avait mis trente-deux ans à lui parvenir de Montréal, ne l'avait plus quittée. Clarita l'avait gardée sur son cœur pour avoir le bonheur de la lire, de la relire, d'en palper le papier jauni à tout instant.

— Avant de mourir, je veux connaître la vérité et la faire connaître ! proféra-t-elle, tout en prenant d'infinies précautions pour déplier une fois de plus les feuillets friables et les étaler sur ses genoux.

Puis, ayant retranscrit dans un de ses carnets de notes le postscriptum de la lettre de Sergio et mis le point final à un spicilège de pensées élaboré au cours des cinquante dernières années, Clarita s'allongea pour contempler le coucher de soleil aux teintes délavées, pareil à une longue palanque bois de rose. Un couchant tendre. Elle porta la lettre à ses lèvres. Elle avait tant aimé ce guérilléro! Et alors qu'une boule de feu tombait dans la mer de Varadero, juste en face du Palacio Rojo, elle s'endormit une fois encore dans les bras de l'homme de sa vie. Sa vie qu'il avait tout à la fois remplie et désertée.

Le lendemain, elle glissa dans une enveloppe quelque deux cents pages de notes retraçant le destin de Sergio Masíquez, désireuse de les voir publier. Elle y inscrivit le nom de Peter Grove et l'adresse de la Résidence de l'ambassadeur du Canada, avenida septima, à Siboney, et déposa le colis affranchi dans la boîte aux lettres de la conciergerie. Puis elle attendit. Car bien qu'elle eût reçu un accusé de réception dans les jours qui suivirent, beaucoup de temps s'écoula par la suite sans que rien lui parvienne. Ce n'est que cinq mois plus tard, alors qu'elle craignait de devoir renoncer à son projet, que Clarita reçut une visite.

— Une visite ? répéta-t-elle à l'intention de la réceptionniste qui l'interpellait.

S'enroulant dans un châle, elle descendit au parloir où elle vit un homme venir à sa rencontre.

— Vous vous souvenez de moi, madame Cardoso ? demanda Peter.

— Monsieur Grove ! Peter ! Vous n'avez pas changé, fit Clarita en resserrant le ruban de velours bleu qui tranchait sur ses cheveux blancs.

— C'est plutôt à moi de vous faire ce compliment, madame. Vous êtes magnifique. Vous avez une mine à faire l'envie des quinquagénaires de mon acabit. Vous savez, ceux qui jouent les jeunes, qui mangent et boivent trop, qui sont toujours à la bourre, qui ne dorment qu'une nuit sur deux...

— Je ne doute pas de la vie trépidante que vous menez, vous, grand reporter international, et votre épouse, ambassadeur, mais j'espère que cette confession n'est pas un préambule au refus que vous êtes venu me faire.

— Non, rassurez-vous, madame Cardoso.

— Clarita, appelez-moi Clarita.

— Lorsque j'ai reçu vos notes, je les ai confiées à Jorge Luther, un ami écrivain qui a connu Sergio. Il les a reprises sous forme de roman qu'il a présenté à des éditeurs. Je viens d'apprendre que les Éditions Clapman ont accepté de le publier. Je vous apporte d'ailleurs une copie du manuscrit en espagnol qui pourrait encore être modifié si vous le souhaitiez. Le livre devrait paraître avant Noël.

— Merci du fond du cœur, balbutia Clarita.

Puis se ressaisissant :

— Peut-on faire confiance à ce Jorge Luther ?

— Confiance ? s'étonna Peter. Absolument. Je le connais depuis plus de trente ans. Il me rend des services qui exigent la plus grande discrétion.

Le taciturne Jorge Luther, que Peter surnommait parfois « le mercenaire de l'information », s'était présenté à son bureau d'Ottawa plusieurs années auparavant. Il rentrait d'un séjour à Cuba pendant lequel il avait colligé de l'information sur les activités clandestines de dissidents déterminés à faire tomber Castro avec l'aide américaine. Depuis, Luther n'avait cessé d'observer les déploiements discrets mais assidus de groupes paramilitaires anti-castristes, pour la plupart de jeunes Américains d'origine cubaine venus de Miami pour commettre de petits ou d'importants attentats à Cuba. Ces brigades avaient pour mission d'effrayer les touristes et, surtout, d'attirer l'attention internationale sur le fait que le peuple cubain, aux prises avec un vieux chef intraitable, réclamait à cor et à cri l'aide et la protection des États-Unis.

— Aura-t-il su faire la différence entre les détails et l'essentiel ? A-t-il compris ce que vit chaque Cubain dans sa tête et dans son cœur, dans ce pays qu'il adore et qu'il rêve de déserter ? s'enflamma la vieille dame.

— Jorge est un Canadien d'origine cubaine. Sa mère est une veuve de la guérilla. Il est un admirateur des libérateurs de 1959, mais il n'a jamais eu beaucoup de sympathie pour les régimes communistes. Il a dû comprendre les sentiments de Sergio. Voyez vous-même, conclut Peter en remettant le manuscrit à Clarita.

— Je ne pourrai jamais assez vous remercier.

Les joues de Clarita avaient rosi, ses yeux s'étaient embués. Elle hésita avant de demander :

— Croyez-vous que je peux lui confier dès maintenant l'épilogue de cette histoire, sans crainte qu'il ne le divulgue avant la parution du livre ?

— L'épilogue ?

— Lisez ceci, fit-elle en présentant quelques feuilles de papier froissé à Peter. Cette lettre a été rédigée à Montréal le 31 juillet 1970, mais elle n'a été postée qu'en avril dernier…

Au premier regard, Grove comprit tout de suite qu'il avait entre les mains une lettre posthume de Sergio, vieille de trente-deux ans. Les mots s'alignaient sur le papier à entête de l'hôtel *Ritz-Carlton*.

Ma Clarita,

Le jour se lève et je sais que c'est pour toi et moi. Je vais tout de suite te dire mon amour parce que c'est le but de cette lettre. Je veux te dire que je t'aime, je veux t'appeler « mon amour ».

J'ai la chance de t'aimer et d'être aimé de toi. D'avoir boudé un tel miracle m'apparaît encore plus odieux depuis que j'ai appris, par un collègue de la clinique San Cristóbal qui s'est joint à nous pour la plénière que ma petite belle-sœur Alicia est morte avant-hier des suites de sa fausse-couche. Il me tarde de rentrer pour être auprès de mon frère Carlos certainement désespéré d'avoir, en quelques jours, perdu son enfant et sa femme, et qui doit se sentir très seul en ces moments tragiques.

Je veux qu'il sache que je ne lui reproche aucunement la confiance qu'il a mise en Sánchez et le soutien qu'il lui apporte pour la cause qu'il défend, car moi-même ai cru et crois toujours en Fidel et en ceux qui l'appuient. C'est moi le seul coupable, révolutionnaire défaillant qui n'a pas passé le test, et médecin désorienté qui n'a pas su sauver la famille de son frère. J'ai commis tant d'erreurs, fait tant de bêtises, des petites mais surtout d'énormes *(comme cette tentative de me tuer), j'ai tant fait de guerres, j'ai été témoin de tant d'horreurs, que j'ai longtemps refusé de voir le chagrin de mes proches. Pardon encore, mon amour.*

Combien de fois m'auras-tu sauvé la vie, Clarita Cardoso ? Cette fois, je te promets que tu ne l'auras pas fait inutilement. Je ne me rappelais que mes tourments, pourtant, je t'avais, toi. Pardonne-moi. Et je veux bien me pardonner à moi-même, maintenant que je sais qu'il y a Marisa. Apprendre que nous avions un enfant, une fille de seize ans, adorable, que j'ai vu grandir sans savoir qui elle était, m'a d'abord causé le choc que tu sais, mais ça m'a surtout fait comprendre le sens profond de ma vie alors que je l'en croyais dépourvue. Tu m'as donné une fille, mon amour, et tu l'as gardée précieusement pendant que je me mêlais de régler le sort de la planète. Don Quichotte stupide qui voulait expliquer et changer le monde, alors qu'il n'en avait jamais compris ni l'alpha ni l'oméga. Je voudrais pouvoir la revivre, cette vie, pour être à vos côtés et vous dire à toutes les deux combien je vous aime. Je sais que je ne pourrai pas rattraper ce temps mais je veux au moins ne plus en gaspiller la moindre parcelle.

Je t'entends me rassurer, répétant que je me devais d'être aux côtés de mes compagnons dans la Sierra. Tu as raison. Fidel n'aurait pas approuvé un « désistement pour raisons familiales », et le Che encore moins. Nous avions besoin de tous les hommes qui se portaient volontaires pour chasser ce mafioso de Batista, et ma petite part valait toutes les autres puisque nous étions unis par une cause bien plus grande que nous. Je comprends que tu n'aies pas voulu me détourner de mon but, mais tout ça est terminé, et je veux rentrer chez nous. Oui, tu m'as bien compris, je ne demanderai pas l'asile politique, Clarita. Non, je n'abandonnerai jamais Cuba. La pensée de quitter mon pays pour toujours, même si c'est pour vivre heureux avec toi et notre fille, m'afflige. J'ai fait cette révolution, j'ai combattu auprès de mes amis, nous avons réussi au moins une partie de notre plan ; des hommes et des femmes que j'ai admirés, aimés, sont morts dans ce combat, pour cette cause, et je veux pouvoir dire à Marisa que ça n'a pas été vain, je veux te voir heureuse à mes côtés, chez nous, Clarita, à La Havane, dans ta maison de Vedado que je voudrais habiter avec toi.

Que Fidel m'ait mandaté pour ce congrès médical, mon amour, mon amour! (que j'aime t'appeler ainsi) est bien davantage qu'un honneur, c'est une responsabilité. Il y aura des retombées incalculables pour notre pays, à la condition que je revienne et fasse en sorte que ce que j'y aurai appris porte des fruits. On parle d'ouvertures de marchés pharmaceutiques, de contrats importants qui seraient octroyés à des laboratoires pour venir travailler chez nous, tant de projets… Oui, je suis enthousiasmé par ce qui pourrait en découler et oui, je ressens de nouveau l'envie de travailler, de vivre. Grâce à toi, à ce que tu m'as appris, parce que tu m'as sauvé la vie. Je te demande de comprendre et d'approuver mon choix, mon amour, car il s'agit bien d'un choix et il y avait si longtemps que je n'en avais fait. Je rentre chez nous, attends-moi, et dis à Marisa que son père l'aime.

Je te laisse pour l'instant, mon amour. J'ai très envie de toi, tu le verras bien à mon retour, dans moins de trois jours!

Ton Sergio.

P.S. Tu ne devineras jamais qui j'ai aperçu dans le hall de l'hôtel, hier soir? Notre Francis

Cruz qui arrivait de La Havane avec une équipe de presse cubaine! Ce petit futé aura trouvé le moyen de se faire inviter à un congrès médical, à titre de photographe.

Ému, Peter dut se retenir de pleurer.

— Je suis désolé, tellement désolé! Comment ai-je pu être dupe à ce point?

— À l'époque, tout laissait croire que Sergio s'était enlevé la vie. On l'a trouvé baignant dans son sang, l'arme à la main. Son décès remontait à quelques heures. On a tout de suite parlé de suicide et les premiers examens l'ont confirmé. Les empreintes, la position du bras, la blessure…

Clarita fit une pause, reprit son souffle et ajouta :

— Les témoins, les médecins, le personnel de l'hôtel, les policiers, tous l'ont cru, Peter. Mais après la révélation que je lui avais faite avant son départ pour Montréal, je savais, moi, que Sergio ne pouvait avoir mis fin à sa vie.

— Et vous aviez raison.

— Oui, mais je ne pouvais pas le prouver.

— Si vous aviez reçu cette lettre à l'époque, vous auriez eu la preuve que Sergio ne s'était pas suicidé ce jour-là… Sergio avait une fille! s'exclama Peter.

— Et il aurait eu un petit-fils… Allez-vous m'aider à découvrir la vérité?

Le journaliste était bouleversé.

— J'aurais dû être plus vigilant au moment de l'enquête en 1970. Je m'en veux de ne pas avoir remis en question le verdict.

— Vous ne pouviez pas faire autrement, Peter. L'affaire a été si vite classée. M'aiderez-vous maintenant? insista-t-elle.

— Tant de temps s'est écoulé… Comment trouver l'auteur de ce crime après toutes ces années?

— Vous pourrez y arriver, je vous fais confiance. Dites-moi que vous ferez cette enquête!

Peter hésita avant d'acquiescer.

— Oui… oui, je vais essayer.

— Dieu soit loué!

— Je dois le faire pour Sergio. Mais je ne vous cacherai pas que je suis très pris par la rédaction d'une série d'articles qui doit paraître à la fin du mois de novembre. Ce travail me demande beaucoup de temps et m'oblige à me déplacer constamment… Miami, Ottawa, La Havane! Donnez-moi quelques semaines, Clarita. J'essayerai de vous revenir avec des réponses.

Mais Clarita n'écoutait plus, elle échafaudait déjà une stratégie.

— Que les personnes impliquées à l'époque soient mortes ou âgées comme je le suis, il nous faudra retrouver leurs traces.

— Vous avez des noms en tête ?

— Oui, bien sûr ! À commencer par ceux que Sergio mentionne dans sa lettre.

— Vous n'y songez pas, Clarita. Manuel Sánchez, votre ministre de l'Intérieur, Francis Cruz, le directeur de l'ICAIC ! Quant à Carlos Bandera-Masíquez, le demi-frère de Sergio, vous savez comme moi qu'il s'est noyé en 1974 ou 1975. Il y a eu toute une plage de vacanciers pour en témoigner !

— Quelle importance, Peter ? Moi, je ne veux pas mourir avant d'avoir rendu à Sergio la place qui lui est due dans l'histoire de la révolution cubaine.

Le journaliste demeura silencieux devant tant de détermination. Il dit simplement :

— Je vois que vous n'avez rien oublié. Mais publier cette lettre pourrait être…

— … dangereux ? le coupa-t-elle. Je vous en prie, prenez tout de même cette copie.

— Je la faxerai à Jorge Luther et lui demanderai son avis.

— Vous en disposerez selon votre conscience.

CHAPITRE 2

Miami, vendredi 1ᵉʳ novembre 2002

La jeune femme grimpa les étages par les escaliers de service et longea les couloirs jusqu'à la salle de conférence où elle espérait trouver le directeur de la Miami Añejo Internacional.

— Bonjour, mon amour! chuchota-t-elle en refermant la porte derrière elle.

— Julia!

— La réunion est terminée et tu es toujours plongé dans tes réflexions?

En effet, Eugenio García avait clos la réunion depuis plus d'une demi-heure. Mais il appréciait la tranquillité de cette pièce qui lui permettait de mettre un peu d'ordre dans ses idées avant que les problèmes quotidiens ne l'assaillent.

— J'ai quelques soucis. Que veux-tu, Julia ? demanda le séduisant quinquagénaire, sans même se lever.

— Tu me manques.

Le ton enjôleur ne pouvait tromper sur ses intentions.

— Une tonne de travail m'attend, ma chérie. On se retrouve pour le lunch ?

Mais Julia avait déjà retiré son imperméable.

— Pourquoi n'es-tu pas venu à notre rendez-vous, hier ?

— Je t'ai laissé un message.

— Qui n'avait rien de rassurant.

Eugenio la laissa s'approcher, l'embrasser. Sa bouche sur la sienne suffisait à lui faire perdre tous ses moyens. En moins de temps qu'il n'en fallut pour goûter ses lèvres et trouver sa langue, il se sentit sombrer. Elle l'avait conquis, ferait de lui ce qu'elle voudrait. Habile, Julia défit les boutons de sa chemise, glissa ses mains le long de son dos, sur ses reins, sur son ventre, le caressa.

— Pas maintenant, pas ici…

— Mon amour, que se passe-t-il ? s'inquiéta-t-elle en s'asseyant sur la table de travail, ses longues jambes bien ouvertes devant Eugenio.

— Julia ! se plaignit-il d'une voix rauque.

Il connaissait trop bien les bienfaits que lui procuraient les fantaisies de sa Julia. Elles étaient d'ailleurs son seul repos du guerrier. Aussi, il ne se retint plus de la caresser à son tour. Elle se laissa glisser sur ses cuisses.

Des bruits de va-et-vient et de chuchotements s'amplifiaient dans le couloir. Eugenio tourna la tête vers la porte, nerveux.

— Tu attends quelqu'un, mon amour? Je ne voudrais pas te faire rater un rendez-vous important, badina-t-elle en dégageant les boutons des œillets de son chemisier pour découvrir ses seins.

— On pourrait venir… Attends, je t'en prie… riposta Eugenio à voix basse.

Mais puisqu'elle ne ferait aucun cas de ses objections et qu'il se savait incapable de lui résister, il l'entraîna sur la moquette.

Plus tard, remettant un peu d'ordre dans sa tenue, Julia minauda :

— Je ne serai pas libre à midi. Mais on se retrouve ce soir pour le week-end, mon amour. *Love you* !

∽

— García ! C'est vous, Eugenio García? Je suis monté jusqu'à votre bureau. On m'a dit que je vous trouverais peut-être ici. Je viens de la part de qui vous savez, l'accosta sans plus de façons l'homme essoufflé qui avait l'air d'avoir cherché le directeur dans tous les étages de l'usine Miami Añejo Internacional.

Ainsi interpellé, l'élégant directeur de la MAI resserra son nœud de cravate et quitta son fauteuil. Que pouvait lui vouloir l'envoyé d'Armando Fosch, le chef de la mafia cubaine à qui il avait promis loyauté et discrétion, mais efficacité avant tout? La dernière livraison aurait-elle été interceptée à son insu?

— Suivez-moi, prononça Eugenio d'une voix qu'il voulait neutre.

Le réduit où les deux hommes se mirent à l'abri des regards était sobrement meublé.

— Pas de microphones? vérifia le petit homme à lunettes en inspectant la pièce aux murs nus.

— Non, vous pouvez parler. Quel bon vent vous amène? demanda le directeur pour alléger l'atmosphère.

— Bon vent?… Les excités du FBI trépignent, il va falloir leur donner quelque chose à se mettre sous la dent si on ne veut pas les avoir sur le dos jusqu'à la prochaine opération.

— Je suppose que les derniers attentats dans les ports et les aéroports de Cuba, qu'on n'a pas manqué d'attribuer à des terroristes entraînés ici, les ont rendus suspicieux! Il fallait s'y attendre, non?

— Ouais. Il faut les calmer. La nervosité de la police de Miami inquiète aussi Jim Cardon, le nouveau chef de la Section des intérêts nord-américains à Cuba, si vous voyez ce que je veux dire.

— Les humeurs du chef de la SINA ne m'intéressent pas, trancha García.

— Vous avez tort. Je vous répète que Cardon est sur les charbons ardents. Il nous a fait savoir qu'il veut ses… cuistots dans les prochains jours et Fosch lui a promis d'éloigner le FBI, le temps qu'ils arrivent à bon port. Alors une petite arrestation distrayante autant pour la police de Miami que pour celle de Castro ferait l'affaire. Vos *palomas** semblent tout indiquées, précisa l'envoyé.

— Mais de quoi pourrait-on les accuser sans compromettre l'opération O 16?

— Il s'agit de faire peser un doute sur eux, sur leurs relations, sur leurs activités, s'impatienta l'envoyé. Il faut donner quelque chose de juteux au FBI: trafic de drogue, gros comptes en banque, financement de groupes dissidents…

— C'est exagéré.

— Non, c'est ce qu'il faut. Si nous faisons arrêter huit trafiquants qui ne manqueront pas d'être accusés de financer des groupes terroristes à Cuba – nous ferons tout pour ça –, les frères Castro ne pourront plus douter de notre bonne foi. Et la police de Miami, surtout le FBI, en aura pour des mois à enquêter.

— À mon avis…

— Votre avis… répéta l'envoyé de Fosch d'un air dédaigneux. Je vous l'ai dit, il y a une urgence. Vos gars sont en relation avec des contre-révolutionnaires à Cuba? L'argent et le matériel leur sont parvenus?

— Plus d'un demi-million de dollars en six mois. Et je sais que la dernière livraison a été effectuée il y a une semaine, s'enhardit García.

— Tous les comptes en Amérique sont au nom de vos *palomas*?

— J'ai fait ce qu'il faut pour ça.

— Vous verrez, ça plaira au FBI, qui va vite tomber sur la provenance des fonds de l'association. Vos gars seront accusés de trafic. On prouvera qu'ils sont protégés par la mafia et qu'ils complotent contre Cuba. Ça marche à tout coup. Je vous dis que le FBI mettra des semaines à débrouiller tout ça. D'ici là, les cuistots de Cardon auront terminé leur soupe, s'esclaffa l'homme en nettoyant ses lunettes.

— Nous étions convenus d'une date, pourquoi cette précipitation ? Je trouve tout de même ces arrestations prématurées. Je ne suis pas certain que le FBI avalera cette salade.

— On a encouragé à coups de milliers de dollars les activités bébêtes de vos *palomas* pour qu'elles nous servent de paravent le moment venu, lança l'envoyé de Fosch, impatient. Ça y est. Que vos recrues jouent leur rôle !

— Comme vous voulez.

Eugenio García avait toujours une moue dubitative sur les lèvres.

— C'est quoi votre problème, García ?

— Je n'ai pas de problème, se ressaisit le directeur. Les gars resteront à Miami comme entendu ?

— Je suppose. Qu'est-ce que ça change ?

— Ils peuvent encore nous servir. Je ne veux pas qu'on les envoie se faire fusiller chez Castro. C'est inutile.

— Ce n'est pas de mon ressort. Vous vous êtes protégé ? Vous n'êtes bien qu'un patron au courant de rien ? Votre nom n'apparaît nulle part dans les transactions ?

— Évidemment. Je vais réfléchir et voir comment je peux présenter l'affaire à mes recrues.

— Pas le temps de réfléchir. Là-haut, on veut que ça se fasse tout de suite.

— Je convoquerai les *palomas* pour une réunion dès mardi matin.

— Et les cuistots? On a promis à Cardon qu'il les aurait dans moins d'une semaine.

— Il les aura, le coupa Eugenio en desserrant son nœud de cravate.

— Quand?

— Je ferai en sorte que les Chávez partent pour Cuba via Montréal le 7 novembre. Je vous le confirmerai. Ensuite?

— L'opération O 16 PC est lancée, le reste ne nous regarde pas.

— Que savez-vous du « reste »? tenta García.

Mais l'homme retira un mouchoir de sa poche et y souffla de toutes ses forces.

— Maudit temps de chien! Faut que j'y aille, conclut-il, la main sur la poignée de la porte. Au fait, mon nom est George W., comme l'autre.

⌇

Ce soir-là, José Casillo rentra chez lui plus tard qu'à l'accoutumée. Hortensia le trouva changé, l'œil allumé et le visage exprimant une joie qui lui faisait souvent défaut depuis la mort de ses parents.

— J'adore les vendredis soirs avec toi! chantonna-t-il à l'intention de sa femme qui avait remarqué sa bonne humeur.

Après avoir mis la petite Juanita au lit, José remplit deux verres d'un vieux rhum qu'il gardait pour les grandes occasions et invita Hortensia à s'asseoir près de lui dans la balancelle du solarium. La pluie martelait la toiture de tôle et il dut s'éclaircir la voix avant de lancer:

— Ma chérie, trinquons à Cuba!

— Si tu veux, *mi amor*, mais pourquoi ce soir, particulièrement?

Elle était ronde comme un fruit et en dégageait l'odeur. Il la serra dans ses bras.

— Je t'aime tant. Tu as confiance en moi, Hortensia?

— Bien sûr que j'ai confiance en toi. Et je t'aime.

— Mon amour, il faut que nous parlions...

Elle se détacha de lui.

— Te voilà bien sérieux.

— Écoute, Sia... Et prends le temps de réfléchir avant de me répondre.

Elle lui jeta un regard incrédule.

— Ne me dis pas que tu reviens avec cette idée d'acheter une voiture. Nous n'en avons pas les moyens.

Il mit un doigt sur les lèvres charnues de sa femme.

— Il ne s'agit pas de voiture. Que dirais-tu si nous pouvions enfin aller vivre chez nous, à Cuba, dans peu de temps ?

Hortensia, bouche bée un instant, regimba sans tarder :

— Mais que racontes-tu ? Aller à Cuba ? Jamais ! Je ne veux pas vivre à Cuba ! Pourquoi voudrions-nous aller nous emprisonner là-bas ? Et Juanita ? Mais tu n'y penses pas, après tous les sacrifices que nos parents ont faits pour nous épargner ce régime ! Tu voudrais y retourner de ton plein gré ? Qui t'a mis des idées semblables dans la tête ?

Elle se leva pour ramasser les jouets éparpillés dans le solarium. Lui se taisait. Peut-être n'aurait-il pas dû lui annoncer aussi abruptement ce qu'il avait lui-même mis des mois à assimiler. Il aurait pu lui faire part de son projet par bribes, un peu comme son patron l'avait fait, à l'usine.

À plusieurs reprises, José avait entrepris des démarches pour retourner à Cuba, mais la conjoncture ne lui avait pas permis de concrétiser ce projet. Toutefois, il n'avait jamais cessé d'entretenir l'espoir de ramener les siens dans son pays d'origine qui serait devenu démocratique. Quand il réfléchissait à ce que les gouvernements américains avaient fait, les uns après les autres, pour la perte de Cuba, il ne pouvait retenir sa colère. Pourtant, José Casillo n'était pas violent. Mais il lui tardait de s'engager, de ne plus accepter sans riposte les interventions des États-Unis. Il allait enfin travailler à la reconstruction de son pays avec des compatriotes enthousiastes tout comme lui. Eugenio García et son beau projet allaient changer sa vie.

Son verre de rhum achevé, José mit quelques minutes avant de s'adresser de nouveau à sa femme qui sirotait encore le sien, debout, l'air outré.

— Sia…

— Quel est ton plan? le coupa-t-elle. Tu me fais peur.

— Viens près de moi, ma chérie, je vais t'expliquer.

José reprit un à un les arguments de García. Il insista surtout sur la récente position des dirigeants cubains, Fidel à leur tête, qui préconisait l'assouplissement, et sur celle des États-Unis, qui prônait moins d'ingérence.

∽

À l'emploi de cette firme de l'est de la ville depuis cinq ans, José avait pris l'habitude de manger à la cafétéria le midi avec ses collègues. Il s'était

vite lié d'amitié avec Luis et Marta Chávez, cuisiniers de la MAI. Dans la trentaine, le couple
espagnol d'origine cubaine faisait un stage en
hôtellerie aux États-Unis. Ensemble, ils aimaient
parler du pays de leurs parents – qu'ils n'avaient
jamais visité – et dont ils déploraient la situation
économique après toutes ces années d'embargo.
Discutant avec passion, ils s'emportaient un jour
contre Castro, l'autre contre Bush.

Il arrivait à Eugenio García de prendre ses repas
à la cafétéria et de se joindre à ses employés.
Intéressé par leurs conversations, sympathique à
leurs doléances, sensible à leurs problèmes, allant
même jusqu'à prendre parti pour eux lors des
réunions syndicales, il avait gagné leur confiance.

Un dimanche d'avril, il avait invité dix d'entre
eux à déjeuner chez lui, dont José Casillo et le
couple Chávez. D'être reçus chez Eugenio García,
dans son élégant appartement du centre-ville, les
avait impressionnés. À la fin du repas, le patron
avait déclaré :

— J'ai un beau projet pour vous.

Puis, apparemment satisfait de l'intérêt qu'il
avait suscité, García avait poursuivi d'emblée :

— Vous voulez changer les choses et vous le
pouvez. Si vous m'accordez votre confiance, j'ai
un plan à vous proposer.

— Un plan ? Pour faire quoi ? s'était intéressée Marta Chávez.

— Il s'agit de nous donner les moyens de retourner vivre dans notre pays.

Un grand silence s'était ensuivi.

— Qu'entendez-vous par « nous donner les moyens » ? avait demandé Luis Chávez, l'air timide.

— Je veux dire, appuyer Cuba dans sa démarche pour devenir un pays démocratique et persévérer jusqu'à ce que ce soit fait. Vous et moi pourrons alors nous installer sur la terre de nos ancêtres et redonner à nos enfants et petits-enfants ce qui leur appartient.

— Je ne crois pas que de simples employés d'usine pourraient accomplir tout ça, avait objecté José Casillo.

— Vous n'êtes pas seuls. Tant s'en faut ! Des organismes déjà constitués et dont les caisses sont pleines n'attendent que des volontaires comme vous, déterminés à mettre la main à la pâte.

Des chuchotements avaient rempli la pièce. García s'était levé.

— Alors, voulez-vous connaître ce plan, oui ou non ?

— Moi, ça m'intéresse…

— Quel est votre nom ?

— José Casillo. Mes parents sont venus ici en 1975 et sont décédés il y a dix ans dans un accident de voiture. J'avais un an quand ils ont quitté La Havane pour venir s'installer à Miami. J'en ai maintenant vingt-huit, je suis marié et j'ai un enfant. Depuis cinq ans, j'occupe le poste de facturier au stockage, mais ce qui m'intéresse avant tout, c'est le journalisme.

— Quel genre ?

— Je voudrais participer aux discussions, m'attaquer aux vrais problèmes, poser les bonnes questions. Quand les Américains comprendront-ils que Cuba ne leur appartient pas ? Pourquoi cet embargo à n'en plus finir ? Et pourquoi le renforcer par cette stupide *Loi Helms-Burton* ? Ces servitudes empêchent Cuba de se développer, ces sujétions lui enlèvent tout espoir de se démocratiser !

— Vous êtes parfait pour l'emploi, avait lancé Eugenio en riant. D'autres ?

La discussion s'était animée. Chacun racontant son histoire et y allant de ses suggestions. Il avait été question de tout. D'un peu d'économie, de politique, et surtout de projets humanitaires. À l'issue de cette première rencontre, ils étaient tous convaincus de l'importance de se regrouper autour de ce projet. Et à peine quelques semaines plus tard, il avait été décidé que le groupe deviendrait une association à but non lucratif qui opérerait sous l'appellation Las palomas et que Jérémie González, le plus âgé d'entre eux, en serait le président. Puis avait germé l'idée de participer à une étude sur la création d'un parti d'opposition à Cuba. García les avait conseillés sur la façon d'obtenir, par l'entremise de ses propres contacts, l'appui ou du moins l'aval tacite du gouvernement cubain qui ne voyait plus d'un si mauvais œil l'instauration d'une opposition démocratique, à la condition, bien évidemment, qu'elle s'exerce de l'intérieur et à découvert.

— Il faudra donc allier à notre cause les militants cubains de La Havane, avait précisé leur patron.

La dizaine d'employés se réunissaient régulièrement. La correspondance avec leurs contacts à Cuba avait vite pris une vitesse de croisière, grâce au soutien de la SINA, et leur servait de point de départ pour des discussions animées. Bien que leur lutte idéologique fût authentique, il n'en demeurait pas moins que les besoins matériels de leurs correspondants cubains prévalaient dans chacun de leurs échanges. Quelques mois après la création de l'association, Marta Chávez avait proposé avec enthousiasme un petit projet connexe pour entretenir la ferveur de leurs amis de Cuba.

— Ils manquent de tout ! Mettons-nous à leur place. Il est très difficile de se concentrer sur des problèmes d'ordre moral ou politique quand la logistique du quotidien requiert autant d'énergie. Par exemple, Alessandro Ruiz nous confie dans sa dernière lettre que sa glacière est en panne depuis quatorze mois. Il a trois enfants, sa femme est diabétique… Ne pourrait-on pas l'aider ? Tout en continuant à travailler à des projets politiques, bien sûr !

Marta Chávez avait fait cette suggestion, des trémolos dans la voix. Sa proposition n'avait laissé personne indifférent. Mais José Casillo avait toutefois objecté :

— Comment pourrions-nous faire cadeau d'électroménagers à nos amis de Cuba ? Ce n'est pas tout à fait le champ d'action de notre association. Et personne ici ne travaille dans l'exportation !

— J'ai une petite idée là-dessus, avait rétorqué Marta. Luis et moi avons un ami commerçant à Montréal qui s'est spécialisé dans les appareils ménagers usagés. Chaque mois, il exporte à Cuba des machines de toute sorte, des outils, des accessoires et des pièces d'électroménagers…

— Il rachète aussi de vieux autobus qu'il remet en état de marche avant de les envoyer de Montréal à Cuba par cargo, avait ajouté son mari.

— Du Canada, c'est sans doute faisable, mais des États-Unis, n'y pensons même pas ! avait de nouveau contesté José.

— Je sais que c'est possible à partir de Montréal, avait conclu Marta.

Luis et Marta Chávez, qui s'étaient fait remarquer pour leur sens pratique, avaient proposé de mettre Las palomas en relation avec ce petit commerçant installé dans l'avenue du Parc à Montréal. Vite tombé d'accord avec ce projet qui pouvait lui rapporter, Hector Dionne avait aidé les Chávez à mettre en place un système efficace. Il suffisait aux jeunes de Miami de recueillir du matériel chez des bienfaiteurs de leur entourage ou de racheter à bon marché chez des brocanteurs des électroménagers d'occasion qu'ils entreposaient dans un hangar de la MAI et qu'un camionneur, ami d'Hector, acheminait ensuite vers Montréal. C'est à Hector que revenaient tous les profits, car pour Las palomas, il s'agissait de dons. Le commerçant remettait donc en état de marche le butin qu'on lui apportait avant de l'expédier à Cuba. À la demande de l'association, Luis Chávez se rendait régulièrement à Montréal pour vérifier les opérations.

Plus instruit que la plupart de ses compagnons, José Casillo avait, lui, proposé la création d'un cahier mensuel destiné à sensibiliser les moins initiés d'entre eux aux problèmes auxquels faisait face la jeune génération de Cubains. Baptisé *Nuestra Cuba*, le fanzine allait d'abord être publié à l'intérieur de l'usine en attendant d'élargir sa diffusion à d'autres entreprises.

— Ici, vous vous êtes faits journalistes et porte-parole de plusieurs de nos compatriotes. Là-bas, vous redonnez espoir à des jeunes qui, comme vous, se battent pour que la démocratie voie le jour à Cuba, les avait félicités Eugenio García lors d'une réunion.

L'argent ne manquait pas. Des centaines de milliers de dollars avaient déjà été versés dans les comptes en banque de l'organisation et des sommes importantes étaient distribuées dans l'île aux partisans de la création d'un parti d'opposition ayant, aux dires de García, reçu la bénédiction des frères Castro. Et chacun des correspondants avait pu bénéficier des livraisons d'Hector Dionne à plus d'une reprise.

Trop heureux du succès de leur projet, les membres de l'association ne s'inquiétaient pas de la provenance des sommes qui s'accumulaient dans les caisses, ni de l'identité des bénéficiaires dont les noms et les adresses leur étaient fournis par leur patron. García leur avait expliqué comment la SINA, la Section des intérêts nord-américains à Cuba, veillait à ce que la répartition des fonds soit conforme à leurs exigences et, surtout, s'assurait que lesdits fonds aillent bien aux groupes intéressés dans les différentes provinces de l'île et ne soient pas interceptés au passage par quelque concussionnaire. La parole d'Eugenio García leur suffisait.

Après la visite de l'envoyé d'Armando Fosch, Eugenio García, déprimé, s'était accordé tout le week-end pour s'abandonner aux soins tendres de Julia. Ignorant les préoccupations de son amant, la jeune femme accusait leur relation amoureuse compliquée d'être à l'origine de ses sautes d'humeur.

— Je t'aime aussi pour ça, susurrait-elle lorsqu'il faisait l'effort de s'en excuser.

Eugenio avait bien songé, au début de leur liaison, à s'engager au-delà du plaisir avec la jeune femme qui l'avait séduit d'emblée. Mais n'ayant guère de temps pour l'amour, il s'était abstenu de se lancer dans une telle aventure. Alors, bien qu'elle ait parfois insinué des projets qui exigeaient davantage, Julia resterait sa maîtresse. Il s'était donc laissé aimer en toute passivité. Son corps endolori, ses lèvres gonflées et son sexe rouge en témoignaient aussi bien que son abattement.

Les angoisses d'Eugenio García avaient d'autres sources que ses sentiments pour Julia Horn. La dernière opération venait d'être enclenchée avec tout ce qu'elle comportait de vice et de cruauté. Les ordres d'Armando Fosch étaient sans appel, les visées de Cardon, sanguinaires, et son rôle à lui, de valet. Le chef de la SINA était pressé de mettre l'opération O 16 en route et exigeait que les *palomas* soient mises à contribution. Responsable de ce groupe « paravent », Eugenio ne pouvait rien laisser au hasard. Une étude à la loupe des cursus de chacun des membres de l'association s'imposait donc dans les heures à venir. Alors, bien qu'il eût le cœur et l'âme en charpie, la volonté et la conscience vaincues par la certitude qu'il n'y pouvait plus rien, Eugenio allait reprendre le collier dès le lundi matin. C'était le prix à payer pour parvenir à ses fins.

⁓

Tout au long du week-end, parfois avec précaution, souvent avec enthousiasme, la plupart du temps avec beaucoup d'émotion, José Casillo avait raconté à sa femme comment, sept mois plus tôt, un des patrons de la MAI lui avait fait part de son projet et l'avait persuadé de s'engager dans l'association Las palomas avec une dizaine d'autres employés. Ce n'est qu'aux environs de deux heures, en ce lundi qui s'amorçait, que José et Hortensia s'étaient retrouvés au lit dans les bras l'un de l'autre. Malgré les réticences de sa femme, José avait réussi à la convaincre d'entreprendre cette grande aventure avec lui et de le suivre à Cuba.

CHAPITRE 3

Ottawa, lundi 4 novembre 2002

Après un été indien trop court, l'automne s'éternisait sur la capitale canadienne avec ses bises et ses bruines.

La porte du supermarché se referma automatiquement derrière l'homme voûté. Son cabas de victuailles coincé sous le bras, Jorge Luther détacha la laisse qu'il avait enroulée à la rampe de fer du parvis. Jason, son vieux colley à la toison d'or, s'était mis sous l'auvent à l'abri du crachin en attendant son maître. Tout au long des quatorze dernières années qu'ils avaient vécues dans une grande promiscuité, Jason et Luther avaient adopté les mêmes attitudes. Ils se ressemblaient du museau et marchaient en cadence d'un pas saccadé.

Ayant décidé d'économiser les frais de transport et d'épargner la couche d'ozone, Jorge Luther avançait, son parapluie entre les mains, gardant un œil attentif sur la chaussée mouillée. Jason pataugeait, docile à ses côtés. S'étant engagés dans la rue St-Patrick, ils remontèrent jusqu'à la rue Rideau où ils durent patienter un bon moment avant de pouvoir traverser le boulevard King Edward. Le vieil écrivain maugréait contre le monde entier et son père. Les pensées ailleurs, il ne s'avisait pas de l'inconvénient que son parapluie et Jason causaient à ceux qu'il croisait.

— Maudit climat! jura-t-il à l'intention de Jason, tout aussi trempé que lui.

Il y avait près de trois kilomètres à parcourir du supermarché à sa maison de la rue Coupal qu'il regrettait d'avoir désertée pour des bricoles. Impatient d'en finir avec les corrections du manuscrit que Peter Grove lui avait confié, il se reprochait ces courses inutiles par ce temps de chien. Luther détestait la pression, et se retrouver avec des ultimatums l'horripilait. Peut-être aurait-il dû refuser de rédiger ce roman! Le travail qu'avait exigé la contexture de centaines de pages de notes en vrac n'avait pas été une sinécure. Bien évidemment, les cinq mille dollars que la maison d'édition lui avait versés, ajoutés aux deux mille que lui avait promis le journaliste, avaient pesé lourd dans la balance. Luther se demandait maintenant s'il n'aurait pas dû exiger davantage. Quant aux outrecuidants agents diplomatiques de l'ambassade cubaine à Ottawa, il les guetterait au tournant. On croyait le faire marcher au doigt et à l'œil, mais le jour où il n'aurait plus de comptes à leur rendre approchait. En attendant, il marchait sur la corde raide – à la pluie, de surcroît – et il devrait leur fournir tout ce qu'ils demandaient, jusqu'à ce que ses économies lui permettent de réaliser son projet de retraite : s'installer dans les tropiques.

— On arrive ! Courage, mon vieux Jason !

C'est dans cet état d'esprit que Jorge Luther rentra chez lui, avec ses emplettes détrempées. À peine eut-il le temps de déposer son parapluie dans la baignoire et de suspendre son imperméable sur la patère que la sonnerie du téléphone retentit. Jason s'ébroua sur le palier avant de courir jusqu'à ses écuelles.

— Allô, oui ? fit Jorge d'une voix lasse.

— Monsieur Luther ? Ici la secrétaire de Benjamin Clapman…

— Bonjour, madame.

— Votre éditeur souhaiterait vous rencontrer. Est-ce qu'un rendez-vous mardi en huit, le 12 novembre à quinze heures, vous conviendrait ?

— Vraiment ? Je ne pensais pas… Est-ce bien nécessaire ?

— ...

Conscient du malaise que sa question avait provoqué, Jorge tenta de se reprendre.

— Je veux dire... puisque la maison a accepté mon manuscrit! Nous avons signé un contrat, on m'a fait un chèque...

Si la perspective de devoir convaincre un nouvel éditeur de publier ce roman lui donnait la chair de poule, celle de devoir rendre l'argent qu'il avait d'ores et déjà investi le terrifiait.

— Je suis au courant, monsieur Luther, et il n'y a pas de problème. Votre éditeur souhaite simplement revoir quelques passages avec vous.

— Et pourquoi donc?

— Nous avons reçu votre fax proposant un épilogue à votre roman. Monsieur Clapman voudrait discuter avec vous du... de la part de fiction... ou de réalité... Mais il vous expliquera mieux que moi, bredouilla la secrétaire.

— Je vois. Je viendrai, grogna l'écrivain en reposant l'appareil sur son socle.

L'homme voûté redoutait les bourbiers et exécrait la confusion. Ce remue-ménage autour de la biographie romancée de Sergio Masíquez, médecin cubain disparu depuis plus de trente ans, lui portait sur les nerfs. Ce roman relatait les activités d'un maquisard ami du Che, un guérilléro qui se serait suicidé après avoir participé à un complot d'assassinat contre Castro dans les années 1970. Cependant, la perspective que cet ouvrage plaise aux critiques et devienne un best-seller dont il serait bénéficiaire des retombées à douze pour cent lui semblait plus enviable que les arrhes misérables versées par l'ambassade cubaine pour ses rapports.

Que la maison d'édition veuille le rencontrer alors que son manuscrit était quasiment sous presse avait indisposé Jorge Luther. Inquiet, il voulut relire le fax de Peter Grove qu'il avait recopié pour les Éditions Clapman sans trop y prêter attention, puisqu'on lui demandait de l'utiliser *ad litteram*. Il le retrouva sous l'amoncellement de courrier qu'il avait négligé de classer.

Luther, voici donc une copie de cette lettre dont je vous ai parlé. Madame Cardoso croit que plusieurs passages remettent en question les conclusions de l'enquête sur la disparition de Sergio Masíquez survenue à Montréal en 1970, et elle suggère que la lettre soit publiée intégralement dans votre livre, sous forme d'épilogue. Je suis d'accord avec elle, nonobstant certaines réserves. Merci à vous, Peter.

Ayant pris place dans son fauteuil crapaud, Jason recroquevillé à ses pieds, Luther entreprit de relire attentivement la copie de la lettre posthume de Sergio Masíquez qu'il avait d'emblée proposée à son éditeur. En quoi ce dénouement préoccupait-il Clapman au point qu'il voulût le rencontrer de nouveau ? Cette missive que Clarita Cardoso avait reçue avec trente-deux ans de retard contiendrait-elle de la dynamite qu'il n'avait pas flairée ? Pouvait-elle influencer le jugement des lecteurs sur la personnalité ou les actions du guérilléro, comme le souhaitait la vieille dame ? Même Peter Grove semblait le croire et ce coup de fil de sa maison d'édition indiquait que d'autres personnes le pensaient aussi !

Chaussant ses lunettes, Luther se rappela que les premières phrases de la longue lettre l'avaient agacé par leur débordement de passion. Il avait mis un bon moment à se concentrer sur la suite dont il avait probablement laissé s'échapper quelque détail d'importance.

Jorge relut donc la lettre avec attention.

— Je comprends… Masíquez n'aurait pas pu se suicider, à tout le moins pas ce jour-là. Je dois réécrire la fin du roman, déplora-t-il en repliant le fac-similé.

Mais après des heures de travail passées à réécrire le dénouement de son roman, l'écrivain comprit qu'il détenait plus qu'une lettre d'amour, puisqu'elle impliquait qu'*el comandante* Sergio Masíquez avait peut-être été assassiné. Et a priori, il semblait bien que Francis Cruz, l'actuel directeur de l'Institut cubain des arts et de l'industrie cinématographique, aurait du fil à retordre pour échapper à une accusation.

Traînant ses pantoufles jusqu'au renfoncement de la grande pièce qu'il appelait son bureau, Jorge se sentait déprimé. Il avait peu d'amis et Jason était son seul confident. Solitaire par choix d'abord, puis par habitude et depuis un certain temps par prudence, il ne rencontrait que rarement ceux qu'il appelait ses « supérieurs », ainsi que les personnes indispensables à la publication de ce roman dont il n'était pas tout à fait l'auteur mais plutôt le nègre.

Sous la paperasse qui encombrait la table, Jorge n'eut aucune peine à retrouver une copie de l'ouvrage qu'il avait fait parvenir à une demi-douzaine de maisons d'édition. La moitié des éditeurs n'avaient même pas accusé réception, deux avaient refusé le manuscrit, l'un alléguant qu'il n'avait rien compris à la révolution cubaine, l'autre se disant prêt à l'éditer moyennant tant de corrections qu'il lui eût fallu réécrire le livre en entier. Mais les Éditions Clapman avaient accepté de publier intégralement la biographie romancée de cet ami du Che et de Castro, ce malheureux médecin dont la vie d'aventurier s'était jouée en une semaine, à la fin du mois de juillet 1970. Parcourant les passages où apparaissait Francis Cruz, Jorge tomba sur la scène de l'après-discours de Fidel sur la Plaza de la Revolución.

— Coupables ou non, Cruz et Sánchez sont tous les deux dans de sales draps ! soliloqua Luther en terminant sa lecture.

Après un repas frugal partagé avec Jason, pressé de se mettre en contact avec son correspondant, Jorge s'impatienta du temps que mit son ordinateur à l'amener jusqu'à *Windows Live Messenger*. Ayant tapé l'adresse arrozblanco@hotmail.com, il envoya un premier message pour entreprendre une conversation en ligne :

— Désolé de vous déranger en dehors des heures habituelles, écrivit-il. C'est urgent. Pourriez-vous me dire qui a mandaté Francis Cruz, qui était affichiste à l'époque, pour participer à un congrès médical à Montréal en juillet 1970 ? Et pourquoi ?

Le temps d'allumer une Gitane, Jorge constata que son interlocuteur était au bout de la ligne.

— *Hola*, Luther ! C'est de l'histoire ancienne. Que voulez-vous savoir exactement ?

— Qui et pourquoi ? insista Luther.

— Ne vous emballez pas. Je me souviens qu'à l'époque, nos services d'information ont cru nécessaire de ne pas perdre Masíquez de vue. Nous savions…

— Nous ?

— Je n'étais alors qu'un sous-fifre, mais Manuel Sánchez avait depuis un certain temps les faveurs de Fidel et il gérait une équipe…

— Sánchez, le ministre actuel ?

— Oui. Nous savions que Masíquez tramait son évasion avec le journaliste Peter Grove. Nous avions donc mis Francis Cruz sur le coup, et il ne lui avait fallu que quelques heures pour apprendre que le médecin allait, en effet, demander et obtenir l'asile politique au Canada. Pourquoi ces questions ?

— Une lettre de Masíquez a été retrouvée, datée du 31 juillet 1970. Elle contiendrait la preuve qu'il ne s'est pas suicidé.

— Une lettre ! Quelle lettre ? Et qui se préoccupe de cette affaire vieille de plus de trente ans ?

— Quelqu'un qui a à cœur de découvrir la vérité sur la disparition de Sergio Masíquez.

— Ça ne devrait pas vous concerner.

— …

— 1970, *caramba** ! Cette lettre n'a plus aucune importance.

— Sergio Masíquez y mentionne les noms de Francis Cruz et de Manuel Sánchez. Ça vous intéresse ?

— …

— Ça vous intéresse ? tapa de nouveau Luther.

— Que voulez-vous savoir de plus ?

— Se pourrait-il que la mort de Carlos Bandera-Masíquez, le frère de Sergio Masíquez, survenue à La Havane en 1974, n'ait pas été accidentelle ?

— Il s'est noyé, et il n'y a aucun doute là-dessus. Plusieurs baigneurs, des touristes et des Cubains ont témoigné. Son corps a été retrouvé onze jours après sa noyade et enterré à Santa Clara.

— Mais Francis Cruz, lui, est toujours vivant, n'est-ce pas ?

— Je vous le répète : ne vous emballez pas. Cruz n'est plus le petit milicien que vous avez connu. Il est un militaire chevronné qui occupe un poste clé et il compte des amis haut placés au sein du parti. Quant à Manuel Sánchez, c'est notre ministre de l'Intérieur, *caramba* ! Ne parlez à personne de cette lettre, attendez les ordres.

— ¡ *Buenos, amigo* !

— ¡ *Arrozblanco* ! ¿ *Que tal*, compañero** ?

— ¡ *Muchos problemas** ! Des inquiétudes en haut lieu… trop de pain sur la planche à Miami et du désordre à Ottawa.

— À Ottawa ? Du désordre ?

— Oui, et cela pourrait compromettre la mission en cours.

— Qui est le fauteur de trouble ?

— L'informateur.

— Que puis-je faire ?

— Rien ! C'est mon boulot. On m'a seulement demandé de te mettre au courant.

— Alors sois vigilant. Ce n'est pas le moment d'attirer l'attention sur moi. Essaie d'en apprendre davantage sur ce qu'il a découvert.

— Et toi aussi, reste sur tes gardes. *Hasta luego**, *compañero*.

— ¡ *Hasta luego* !

⌒

Miami, lundi 4 novembre 2002

Après ce week-end passé au lit avec Julia, Eugenio revint à son bureau de la MAI pour s'attaquer à la pile de documents contenant les renseignements colligés par l'envoyé de Fosch sur les employés qu'il avait recrutés. Ce qu'il découvrit dans l'un des dossiers l'ébranla terriblement. Était-ce un piège ? Voulait-on le mettre à l'épreuve ? Ou n'était-ce qu'un mauvais tour que le sort lui avait réservé ? Son instinct lui dicta toutefois de ne pas réagir trop vite. Par ailleurs, malgré les promesses d'Armando Fosch, Eugenio craignait que ses ouvriers ne marchent fatalement à l'abattoir.

Mais en dépit de cet affligeant pressentiment, il n'avait d'autre choix que de rendre son rapport et d'annoncer aux employés désignés pour ce sale boulot qu'il y aurait une réunion extraordinaire le lendemain, mardi 5 novembre à huit heures, dans la salle habituelle. Pour s'assurer de leur présence, Eugenio leur donna un avant-goût de la rencontre, leur consentant quelques détails enthousiasmants, tous erronés évidemment. Il annonça, entre autres, que le grand jour approchait, et qu'ils allaient bientôt s'envoler vers La Havane pour un premier voyage d'exploration, où des amis impatients de les recevoir les guideraient dans la capitale et dans les grandes villes de l'île. Il ajouta même qu'on les présenterait à des directeurs de centrales, d'éventuels embaucheurs.

— N'oubliez surtout pas d'apporter vos passeports et une autre pièce d'identité, demain matin à la réunion. Il me les faudra pour l'obtention de vos visas.

Exaltés, tous avaient promis d'être là, documents en main.

CHAPITRE 4

Au risque d'arriver en retard à l'usine, José refit l'amour à sa femme. Il était si heureux ! Il allait enfin recevoir de la main d'Eugenio García le planning de la dernière tranche du projet, celle qui devait le conduire jusqu'à La Havane.

Alors qu'il allait s'engager dans la rue, Hortensia le rappela :

— José ! Téléphone pour toi. Une secrétaire de l'usine, je crois…

La voix de castrat qu'il ne reconnut pas le prévenait que la réunion n'aurait pas lieu dans la salle habituelle, mais dans l'hémicycle de l'édifice nord du complexe. C'était à l'autre bout de l'aire industrielle de la MAI. José calcula qu'il lui faudrait bien douze à quinze minutes pour franchir le terrain vague qui séparait les bâtiments, puis au moins trois autres encore pour monter au cinquième étage.

— Je serai en retard, déplora-t-il.

— La réunion a été reportée à neuf heures, vous avez tout votre temps.

José raccrocha, intrigué.

— Un problème ? s'inquiéta Hortensia.

— Non, tout va bien. Ce sera une belle journée… Je t'aime, ma chérie.

— Allez, au travail ! Et ne rêve pas trop, ajouta-t-elle en souriant.

— Je t'aime ! cria José une fois encore avant de dévaler les escaliers jusqu'à la rue et de disparaître dans le bus qui l'amènerait à l'autre bout de la ville.

Craignant tout de même d'arriver en retard à une réunion d'importance, José Casillo avait préparé quelques mots d'excuse qu'il adresserait au groupe. Mais lorsqu'il pénétra dans la salle de conférence de l'édifice nord, il n'y avait personne.

— On m'a pourtant dit neuf heures… J'ai à peine dix minutes de retard ! Où sont-ils tous passés ? murmura-t-il pour lui-même.

Balayant l'endroit du regard à la recherche d'un indice ou d'une note qu'on lui aurait laissée, il comprit rapidement qu'il ne trouverait rien dans cette salle déserte.

— Psitt…

Le chuchotement le fit sursauter.

— Tu cherches tes copains ? lui demanda la femme de ménage accroupie près d'un seau d'eau.

— Oui… Je croyais que la réunion avait été reportée…

— On les a tous embarqués, il y a presque une heure.

— Quoi ?

— Tu l'as échappé belle, dis donc !

— Ils ont été arrêtés ? Pourquoi ? C'est insensé, on n'a rien fait de mal !

— Ce n'est pas ce que disaient les policiers.

— Et García ?

— Qui, dis-tu ?

— Rien.

— Je ne sais pas ce que vous complotiez… Vols ? Drogue ? Mais si j'étais toi, je disparaîtrais, et vite. Je ne dirai rien, n'aie pas peur.

— Mais notre organisation n'a rien de clandestin ou d'illégal ! C'est tout ce qu'il y a de plus réglo ! On n'est pas des bandits ! s'insurgea-t-il.

La femme lui fit signe de baisser le ton. Consterné, José la remercia du bout des lèvres avant de quitter les lieux. Mais où pouvait-il aller ? Retourner au travail ? Seul ? On l'arrêterait à son tour, c'était évident. Les policiers étaient sûrement déjà à sa recherche. À qui pouvait-il demander de l'aide ? Ses amis faisaient tous partie de l'association. Pourquoi les avait-on arrêtés ?

Sur le coup, José ne trouva rien de mieux à faire que de se précipiter dans les toilettes du sous-sol où il espérait reprendre ses esprits, à tout le moins décider du comportement à adopter jusqu'à ce qu'il ait obtenu des éclaircissements sur la situation. Peut-être devrait-il se présenter au poste de police pour expliquer les circonstances et tenter de faire libérer ses copains ? Cette intervention serait sans doute prématurée. Il lui fallait d'abord obtenir des réponses à ses questions.

Après s'être aspergé le visage d'eau glacée, il revint sur ses pas en rasant les murs jusqu'à l'édifice ouest. Puis il monta à pied au cinquième étage en espérant qu'on ne l'avait pas suivi. Parvenu au bureau du directeur, il vit, par la porte entrouverte, que la pièce était vide. García avait sûrement été arrêté avec les autres et sans doute comptait-il maintenant sur lui pour agir et alerter qui de droit afin que tous soient remis en liberté. « Mais je ne connais pas de "qui de droit", putain ! s'affola José. Quoi faire ? Demander l'aide d'un avocat ?... »

Avant d'aller plus loin, tentant de retrouver son souffle, il demeura immobile dans un renfoncement au bout du couloir. Vigilant pendant quelques minutes, observant les alentours et analysant les bruits, il constata que l'assistante du directeur était absente, elle aussi. Il poussa doucement la porte et s'aventura jusqu'au secrétaire qui se trouvait au milieu du bureau de García. Mais que pouvait-il faire ? Son talent à lui, c'était les comptes. Depuis qu'un collègue de son père l'avait amené à l'usine pour le présenter à son patron – il venait à peine de terminer ses études en comptabilité –, il avait été facturier. Pas besoin de faire preuve de beaucoup d'initiative pour effectuer ce travail. N'ayant jamais eu à prendre de décision d'une telle gravité, José se sentait complètement démuni. Mais il lui fallait réagir vite, et seul. Même Hortensia, qui avait toujours réponse et solution à tout, devait rester le plus longtemps possible à l'écart de cette affaire.

José s'accroupit pour fouiller les tiroirs du secrétaire. Beaucoup de papiers, rien de bien intéressant. Si on le surprenait en train de manipuler les affaires d'un patron de l'entreprise, il se retrouverait certainement en prison avec ses compagnons, et accusé de vol ou d'espionnage en plus. Il en était là de ses réflexions lorsqu'il perçut un bruit de pas. Quelqu'un venait. Il s'allongea sous le meuble, retenant son souffle. Lorsqu'il entrevit le bout d'une chaussure d'homme à quelques centimètres de lui, José se crut découvert. Mais rien ne se produisit que le grincement d'une clé dans une serrure et celui d'un tiroir qu'on ouvre. José reconnut alors le cliquètement de touches qu'on enfonce et comprit qu'on composait un numéro de téléphone.

— ¡ *Hola!* Code CBM. *O dieciséis mil seis cientos once, mil seis cientos*, PC, enclenché. [...] Si, si, selon le plan.

C'était la voix de García. La première réaction de José avait été de se lever pour le prendre dans ses bras et lui dire à quel point il était heureux de le savoir libre. Mais son instinct l'avait retenu. Le ton de son patron, ferme et posé, n'avait rien de désespéré. Eugenio García, qui aurait dû être mort d'inquiétude, semblait tout au plus irrité. Il ne demandait rien pour ses ouvriers, alors que neuf d'entre eux venaient d'être arrêtés !

García raccrocha brusquement. José l'entendit replacer l'appareil dans un tiroir qu'il verrouilla. Quelques secondes s'écoulèrent encore avant que le directeur ne pianotât de nouveau, vraisemblablement sur le téléphone de son bureau, cette fois.

— Ici García. *Cocinas listas**, *aves despegadas**, zéro sept cent onze. [...] *O dieciséis mil seis cientos once, mil seis cientos*, PC confirmé.

La réponse de l'interlocuteur, qui se prolongea, mit apparemment García sur la défensive.

— En effet, pas huit, sept. Mais ça ne pose pas de problème. [...] Pas la moindre idée, c'est sans importance. [...] Puisque je vous dis que c'est un détail insignifiant!

La conversation semblait terminée, mais García ne reposait pas l'appareil. Un bon moment s'écoula. Puis José perçut de nouveau le cliquètement.

— *Hi!* [...] *Zero seven hundred eleven, confirmed. O 16 PC, visual effect also confirmed.* [...] *Sure. One thousand six hundred eleven PDR in place.*

García fit claquer l'appareil sur son socle et jura:

— ¡ *Hijo** de puta!*

José attendit que son patron s'éloigne et que le silence revienne avant de s'extirper de sa cachette. Bien qu'il sentît ses dents claquer dans sa bouche, il marcha presque normalement jusqu'à la sortie. Il ne savait quoi penser, ni que faire, ni où aller. Arrivé sans encombre à l'extérieur de l'édifice, il se rappela un petit motel au bord de la mer, minable mais discret et pas cher, et décida de s'y rendre.

∽

Ce soir-là, Hortensia venait de mettre Juanita au lit lorsque deux hommes frappèrent à la porte, se présentant comme des collègues de son mari. Ils se disaient fort préoccupés par l'absence de José.

— Mon mari n'était pas à la réunion ce matin ? prétendit se surprendre la femme de José Casillo. Ça signifie donc qu'il n'a pas été arrêté ? s'écria-t-elle, l'air réjoui pour donner le change.

— Ton mari n'était pas là. Et comme il ne s'est jamais absenté en cinq ans de service, tout le monde s'inquiète... Surtout après l'arrestation de ses amis.

— José n'a pas donné de nouvelles, tu comprends... et après ce qui s'est passé aujourd'hui ! renchérit l'autre visiteur.

— Je ne suis au courant de rien du tout, rien du tout, répéta Hortensia. En rentrant tout à l'heure, j'ai entendu à la radio que des ouvriers de chez Añejo avaient été arrêtés ce matin. Et puisque José n'est pas rentré depuis, j'ai conclu qu'il faisait partie du groupe. J'attendais qu'il m'appelle, mais il ne l'a pas fait ! Vous dites qu'il a disparu ? C'est terrible ! Que puis-je faire !

— Tu as peut-être une idée de l'endroit où il pourrait se trouver ? Chez un parent, des amis, des voisins ? Il doit bien avoir des connaissances en dehors de l'usine, quelqu'un chez qui il aurait pu se réfugier ? s'impatienta le plus jeune.

Mais Hortensia geignait : « C'est terrible ! C'est terrible ! », jusqu'à ce que les limiers concluent qu'elle ne savait rien et la laissent tranquille. Elle espérait les avoir convaincus qu'ils perdaient leur temps.

⌇

Hortensia s'était bien gardée de dire à ces inconnus qu'elle avait parlé à son mari quelques heures après l'arrestation. José l'avait appelée en catastrophe sur la ligne générale de la manufacture de jouets Mattoon pendant sa pause déjeuner pour l'informer de l'incident, la rassurer sur son état et lui proposer un rendez-vous le lendemain. Il lui avait répété de ne pas s'inquiéter, après lui avoir tout de même décrit une situation fort inquiétante. D'abord paniquée, elle s'était ensuite mise en colère :

— Pourquoi a-t-il fallu que tu te mettes dans un tel pétrin ?

— Il s'agissait d'un si beau plan ! Tu as toi-même été emballée par le projet, non ?

— Que comptes-tu faire, maintenant ? Où es-tu ?

— Je te le dirai demain.

— Tu ne vas tout de même pas te livrer à la police ?

— Je ne sais pas, je suis persuadé qu'il s'agit d'une erreur. Les policiers auront été désinformés.

— Je t'en supplie, José, attends d'en savoir davantage avant d'entreprendre quoi que ce soit.

— Pourquoi ? Je n'ai rien fait de mal ! Les autres membres du groupe non plus ! Si je parle aux policiers, ils verront bien que notre association n'a rien de subversif. Las palomas n'est pas une organisation anticubaine ni antiaméricaine ! Nous ne sommes pas des trafiquants, pas des terroristes non plus. Ils se trompent. On les aura mal renseignés. Ils doivent le comprendre !

La voix de José Casillo s'était brisée. Mais sa femme ne s'était pas laissée attendrir.

— Je crois que tu as tort, José. Écoute-moi bien. Il s'agit certainement d'une affaire qui te dépasse. Je t'en prie, reste tranquille jusqu'à ce que les choses se tassent.

— Je ne sais plus…

— Je t'en supplie, Jo, fais le mort pendant quelque temps. Ne dis rien, ne parle à personne, et réfléchis à deux fois avant de demander de l'aide. Surtout, ne bouge pas avant de m'en parler. Tu m'entends, *mi amor* ?

— Je ne suis pas certain d'être en sécurité, ici, et je ne sais pas à qui demander de l'aide.

— Je vais essayer d'en apprendre davantage par les employés de l'usine.

— Non! Je crois qu'on me recherche là-bas.

— Je connais des épouses de tes collègues, des femmes que j'ai rencontrées au pique-nique l'été dernier.

— Elles n'en savent pas plus que toi! Non, je ne veux pas que tu te manifestes, j'ai trop peur, Hortensia. Cache-toi avec la petite jusqu'à ce que j'aie trouvé une solution. Va chez ta cousine.

— Nous devrions peut-être partir tous les trois. Partons au Canada, nous avons des économies.

— Tu n'y penses pas, je me ferais arrêter au premier coin de rue. Je vais réfléchir de mon côté. Je pourrais peut-être appeler…

José s'était tu.

— Qui vas-tu appeler?

— Personne. C'est trop dangereux.

— Que va-t-il nous arriver? avait-elle crié.

— Ne t'en fais pas. Ça va s'arranger.

— J'ai tellement peur qu'on nous fasse du mal!

— Ne crains rien, ma chérie, bredouilla José sans conviction. Je te rappelle demain, au boulot. Je te dirai ce que je compte faire.

— Mon Dieu, que va-t-il nous arriver? avait-elle répété.

Sur le bord des larmes, José avait dû faire un effort pour poursuivre.

— Ma chérie, je te téléphonerai demain matin, chez Mattoon.

— Je n'irai pas travailler demain. Dis-moi où tu es.

— Notre téléphone est peut-être sur écoute.

— Que racontes-tu ? Dis-moi où tu es, José !

— Je te le dirai demain matin.

— Tout de suite ! avait fulminé Hortensia à voix basse.

— Je t'appelle d'une cabine téléphonique. J'ai loué un chalet au *Star Playa*, le numéro 23. J'aurais besoin d'un peu d'argent et de vêtements.

— Je viendrai demain matin après avoir déposé Juanita chez la nourrice.

— D'accord. Embrasse Juanita. Je t'aime, Sia. Sois prudente.

— Je t'aime aussi.

Après le coup de fil de José, Hortensia était montée au bureau de sa patronne pour lui dire qu'elle était souffrante et demander un jour de repos.

∽

Le lendemain, il pleuvait à torrents. Hortensia se leva aux aurores après une nuit troublée par de mauvais rêves qu'elle ne pouvait s'empêcher de croire prémonitoires.

Ayant enfoui des vêtements de rechange dans un sac et rassemblé quelques dollars qui dépanneraient son mari un jour ou deux, elle amena Juanita chez sa gardienne. Sans doute parce qu'elle avait perçu la nervosité de sa mère, la petite s'était montrée maussade, refusant les bras de sa nounou. Hortensia avait dû prendre le temps de la calmer avant de se mettre en route et elle craignait de rater l'autocar. Aussi franchit-elle les derniers mètres au pas de course. Folle d'inquiétude, s'empêtrant dans la gadoue, elle arriva à la gare où elle devait prendre le car 92 qui partait toutes les heures en direction de Star Beach Station.

Ses réflexions l'amenaient tantôt à pleurer, tantôt à maudire José. Elle imaginait son mari, longiligne, de grands yeux tristes dans un visage doux, l'attendant dans la cabine misérable d'un motel. Elle voyait son bel amour, traqué, désespéré. En montant dans l'autocar, elle émit un gémissement qui fit réagir le gros homme boudiné dans un ciré olive qui marchait devant elle.

Accélérant le pas, elle demanda un ticket pour la dernière station.

— Vous voulez aller à la plage par ce temps? badina le chauffeur.

Hortensia ignora la question et se contenta de payer. Le car était plein, il ne restait qu'une place à l'avant, sur la même banquette que l'homme qui était monté devant elle. Il la laissa s'asseoir au bord de la fenêtre, précisant qu'il descendait au prochain arrêt.

— J'ai entendu que vous alliez jusqu'à Star Beach…

Hortensia acquiesça d'un mince sourire. La pluie tombait de plus belle, le paysage défilait derrière la vitre, uniforme et gris. Son voisin descendit comme il l'avait annoncé et la jeune femme se recroquevilla pour pleurer à son aise. Par la fenêtre embuée, elle vit l'homme à l'imperméable kaki héler une voiture qui s'arrêta pour le prendre à son bord avant de redémarrer en trombe.

Malgré l'heure qu'elle passa dans le car surchauffé, ses chaussures étaient toujours gorgées d'eau lorsqu'elle en descendit. Elle marchait d'un pas rythmé, retenant le col de son manteau bien fermé autour du cou. Après avoir traversé un grand stationnement boueux, elle dut encore franchir les deux cents mètres menant aux cabines du motel *Star Playa* et marcher dans le sable détrempé de la plage. La cabine 23 donnait sur la mer et en d'autres circonstances, elle eût été heureuse d'y passer quelques heures dans les bras de José.

La porte n'était pas fermée à clé, aussi s'empressa-t-elle de se mettre à l'abri de la pluie à l'intérieur.

— José, c'est moi! Tu es là?

La pièce contenait un lit affaissé recouvert d'un édredon de ratine marron, une table en formica et une chaise pliante. Sans téléphone ni téléviseur, la chambre n'était décorée que d'un calendrier et d'un crucifix. Une porte, à gauche du lit, devait cacher la douche et les toilettes, et c'est là qu'elle crut pouvoir trouver son mari.

Le cri d'horreur qu'elle poussa aurait pu ameuter tous les clients, s'il y en avait eu. Hortensia s'appuya au rebord du lavabo avant de se laisser choir sur le carrelage. Il y avait du sang partout. Sur les murs, dans la glace, sur le cabinet de toilette. Un carnage, une boucherie. Dans un état second, elle souleva un coin du rideau de plastique. C'est alors qu'elle vit le corps charcuté d'un homme aux cheveux clairs, accroupi dans la douche. Un haut-le-cœur la fit se raidir puis elle s'évanouit.

Lorsqu'elle revint à elle, un orage violent s'abattait sur la plage et un froid humide avait envahi la pièce. Voyant la porte entrouverte, elle se releva pour aller la fermer. Personne en vue, l'endroit était désert. Appuyée au mur, elle tenta de rassembler ses esprits. Où pouvait bien être son mari? Était-il encore vivant? Serait-il l'auteur de ce meurtre? Non, c'était impossible! José était incapable d'un acte d'une telle violence. Mais s'il avait dû se défendre?…

Grelottante, Hortensia alla s'asseoir sur le rebord du lit. Elle prit un oreiller entre ses bras et le respira à fond pour y trouver l'odeur de José. Les larmes revinrent en masse.

— Reprends-toi, ma fille, reprends-toi, murmura-t-elle.

Elle croyait entendre son père. Chez les Caritas, on pleurait peu. Ça ne servait à rien, disait-on. Elle souffla dans son mouchoir et se remit sur ses pieds. S'avisant que l'endroit ne pouvait être sûr, elle quitta la cabine après avoir fait claquer la porte derrière elle. Il lui fallait se persuader que son mari n'était pas mort, se mettre à l'abri avec sa fillette et attendre que José lui fasse signe.

∽

Miami, mercredi 6 novembre 2002

— Grand-mère, tu m'entends? C'est José, ton petit-fils… Il faut que tu m'aides, mamie ! s'étrangla José Casillo.

À bout de souffle et la gorge nouée, il tenta de décrire du mieux qu'il le put la situation dans laquelle il se trouvait. Les arrestations, sa fuite, la cabine, sa course effrénée sur la plage, sa veste retournée, le bandeau autour de son front pour changer son apparence, l'arcade. Mais afin de ne pas bouleverser davantage sa grand-mère, il se retint de mentionner le cadavre qu'il avait découvert en revenant d'un café où il avait petit-déjeuné. Puis ses sanglots couvrirent les questions, les conseils, les recommandations, l'inquiétude surtout, de Clarita. Ce qu'il retint fut les dernières paroles qu'elle prononça avant de raccrocher :

— Écoute-moi attentivement, José, tu ne bougeras pas de cette arcade, tu m'entends, mon petit ? Tu vas attendre là, des jours s'il le faut, perds-toi dans la foule, ne te fais pas remarquer, mais ne quitte surtout pas cet endroit ! Je vais t'envoyer du secours, je te le promets, *amor mio* !

— Mamie !

Lorsque, dix ans auparavant, son petit-fils l'avait appelée de Miami pour lui annoncer, atterré, que ses deux parents avaient été victimes d'un accident, Clarita Cardoso venait d'emménager en résidence. Elle n'avait plus que du temps devant elle. Celui de pleurer, de se souvenir, celui de pardonner à la vie. Pardonner, c'est ce qu'elle savait faire de mieux. Elle n'avait jamais revu sa fille Marisa après son départ pour les États-Unis en 1975 et n'avait connu son petit-fils que blotti dans ses bras alors qu'il n'était qu'un bébé.

⌒

Aux environs de neuf heures, avant de descendre prendre son petit-déjeuner, Peter s'enferma dans son bureau pour consulter ses messages électroniques. Au moment où il s'apprêtait à envoyer à son agence d'Ottawa ses coordonnées à Miami et la confirmation de son séjour au Canada la semaine du 10 novembre, la sonnerie du téléphone central retentit. Il ne prenait jamais ces appels qui concernaient surtout le maître d'hôtel ou d'autres employés de la résidence – il s'agissait le plus souvent de fournisseurs ou d'agents de l'ambassade qui s'occupaient des problèmes de logistique. Mais un clignotant lumineux lui indiqua que cet appel était pour lui. Il décrocha.

— Bonjour, monsieur. C'est madame Cardoso, résidente du Palacio Rojo à Varadero, elle insiste pour vous parler.

— Passez-moi la communication. Bonjour, Clarita !

— Merci de prendre mon appel.

— Comment allez-vous ? J'espère que vous ne vous inquiétez pas de la publication de votre livre ?

Luther me dit que tout va bien. Je lui ai fait parvenir l'épilogue.

Soudain, assailli par le doute, il se tut. Comment Luther avait-il interprété cet épilogue ? Son informateur, en qui il avait mis sa confiance, aurait-il déjà été approché par l'ennemi ? Le journaliste tressaillit. Et si Luther avait vu dans la lettre de Masíquez une source potentielle de revenus supplémentaires ? Mais en quoi cette lettre aurait-elle pu intéresser la CIA ? Non, il s'égarait.

— Il ne s'agit pas de mon livre. Enfin, je l'espère ! Je suis désespérée, monsieur Grove ! C'est José, mon petit-fils qui travaille pour l'usine MAI, à Miami. Sa vie est en danger, dit-elle d'une voix brisée.

— Votre petit-fils, Clarita ?

— Et celui de Sergio, s'empressa-t-elle d'ajouter.

— Il travaille pour Eugenio García !

Peter déglutit péniblement puis écouta Clarita Cardoso lui raconter l'événement à sa façon. D'après elle, il ne pouvait relever de la simple coïncidence que le petit-fils de Sergio Masíquez fût impliqué dans cette affaire d'arrestation orchestrée par la mafia cubaine de Miami. Tentant de la consoler par moments et de l'encourager à d'autres, Peter se dit que la vieille dame de quatre-vingt-sept ans faisait preuve d'une force de caractère et d'une lucidité étonnantes.

Que mijotait donc ce mafieux de García ? Pourvu qu'il n'aille pas tourmenter une pauvre femme ! Et même s'il s'agissait, après tout, d'une coïncidence, elle ne pouvait qu'être tragique. Peter était bouleversé.

— J'espère que vous avez tort, Clarita, balbutia Peter sans conviction.

— Je ne le crois pas… Mais je ne peux rien faire sans votre aide, monsieur Grove.

La conversation ne s'éternisa pas. Clarita lui donna les informations qu'elle détenait, suppliant le journaliste de retrouver son petit-fils. Et Peter s'entendit acquiescer à sa demande.

— Une arcade le long de Star Beach, dites-vous ?

— Oui, une arcade. Mais il est probable qu'il y en ait plus qu'une.

— Vous n'avez pas d'autres précisions ?

— Mon pauvre José était affolé. Il ne m'a rien dit de plus.

— Et comment pourrai-je le reconnaître ?

— À son veston qu'il porte du côté de la doublure orange.

— Je serai à Miami demain matin. Je le retrouverai.

CHAPITRE 5

Ottawa, mercredi 6 novembre 2002

Peu après vingt-deux heures, la veille, retirant du réchaud l'eau qu'il avait mise à bouillir, Jorge Luther avait failli s'ébouillanter en entendant la sonnerie du téléphone. Il avait hésité avant de décrocher, mais sitôt qu'il eut reconnu la voix du conseiller politique de l'ambassade cubaine à Ottawa, il s'était mis au garde-à-vous. Après avoir reposé le combiné, Jorge s'était reproché sa politesse excessive envers ce pédant de Cristiano Pérez. Il avait promis au diplomate de passer rue Main dans la matinée du lendemain.

— Comptez sur moi, monsieur Pérez.

«Comptez sur moi, monsieur Pérez!» L'appel l'ayant laissé d'humeur morose, Jorge était sorti sur le balcon pour fumer une Gitane avant de se plonger dans la relecture de certains documents concernant la *Loi Helms-Burton* qu'il voulait éplucher pour Peter Grove. Le reporter, qui vivait à La Havane, passait régulièrement à Ottawa et il s'était annoncé pour la semaine suivante.

Lorsqu'il avait obtenu le poste d'attaché culturel à l'ambassade de Cuba à Ottawa, dans les années 1980, Luther n'était pas dupe que cette « largesse » du gouvernement cubain ne provenait pas d'un élan du cœur. Son protecteur, Manuel Sánchez, qui occupait déjà un poste important au ministère des Affaires étrangères, avait rapidement fait aboutir sa demande en haut lieu, moyennant, il allait sans dire, certaines conditions. Le processus, qui aurait dû mettre des mois à aboutir, avait été réglé en quelques semaines. Et avant même qu'on ne lui remette la description du poste d'attaché culturel, qu'il allait occuper pendant deux périodes de quatre années consécutives, Jorge avait été briefé et entraîné comme agent de renseignements.

Désabusé depuis l'affaire du concours de l'Union des écrivains en 1969, le jeune auteur qui s'était vu refuser, à cause de sa tiédeur révolution-naire, un prix littéraire qui lui revenait de toute évidence, n'avait plus écrit par la suite que des articles commandés par Prensa Latina et censurés par les éditeurs du *Granma*. Aussi, lorsqu'on lui avait confié ce mandat, s'était-il dit qu'il devait attraper la balle au bond et donner le meilleur de lui-même. Mais au cours de son deuxième mandat pour les Affaires étrangères, sa santé devenue précaire l'avait obligé à s'absenter trop souvent du bureau et il s'était vu relégué à la semi-retraite. Ce statut, qui n'en était pas un, permettait à un diplomate comme Cristiano Pérez de faire appel à lui à sa convenance, c'est-à-dire à tort et à travers, à brûle-pourpoint et au fil des aléas. Occurrences que Luther estimait outrancières. Cependant, puisqu'en haut lieu on ne s'était pas opposé à ce qu'il publie des articles dans les journaux canadiens et américains, Luther en était venu à se satisfaire d'un *modus vivendi* dont il n'avait pas le choix de s'accommoder. De fil en aiguille, ces publications étaient donc devenues son gagne-pain.

Ayant obtenu la nationalité canadienne après un mariage avec une riche Ontaroise de vingt ans son aînée qui décéda d'un cancer fulgurant onze mois après avoir convolé, Jorge Luther détenait les papiers nécessaires pour faire la navette entre deux pays qui se targuaient allusivement de tirer profit de la situation. C'est ainsi qu'il s'était retrouvé dans le giron de Peter Grove à titre de recherchiste, tout en continuant de travailler pour Pérez comme délateur.

En ce jour pluvieux de novembre, tout en rabattant les pans de son pardessus en gabardine qui flottaient au vent, Luther marchait au milieu du trottoir pour éviter d'être éclaboussé par des chauffards impudents. Le cœur serré, il s'engagea rue Main où l'ambassade de Cuba à Ottawa avait ses bureaux. La fortification de béton du bâtiment et l'absence de clairevoies au rez-de-chaussée lui conféraient un caractère de blockhaus. Luther réfléchissait à ce qu'il allait bien pouvoir dire au conseiller si on l'avait informé de la lettre posthume de Sergio Masíquez. En huit ans de commerce plutôt équitable avec les agents de l'ambassade, c'était la première fois qu'on le convoquait. D'habitude, on attendait qu'il vienne de lui-même livrer quelque information. Oui, il s'agissait bien d'un précédent et Jorge Luther n'aimait ni les changements ni les nouveautés.

Malgré son envie de reporter cette rencontre, Jorge hâta le pas vers l'édifice austère, escomptant y parvenir dès l'ouverture afin de s'épargner une fastidieuse attente dans les couloirs encombrés. Les consignes étant qu'il se présente parmi la clientèle des cas consulaires et non comme une personnalité ayant obtenu un rendez-vous, il se dépêcha de prendre sa place dans la file d'attente.

Sa dernière visite remontait à plus de deux mois et tant d'événements s'étaient produits depuis! Luther avait eu maille à partir avec des journalistes de Reporters sans frontières en tournée dans les Caraïbes – leur patron n'ayant pas apprécié son analyse appuyant celle du journaliste québécois Jean-Guy Allard. Puis il s'était permis des commentaires dans plusieurs journaux, accusant la CIA d'être l'instigatrice de la multiplication d'attentats terroristes partout sur l'île de Cuba. Pour finir, il venait tout juste de proposer à Prensa Latina un article féroce dans lequel il jetait l'anathème sur Jim Cardon, nouveau chef de la SINA à La Havane et dont Peter Grove avait fait des objectifs funestes son cheval de bataille.

Espérant que ce cheval ne s'avère pas de Troie pour lui, Luther escomptait tirer profit de l'inconvénient que lui procurait cette convocation de dernière minute afin d'obtenir du diplomate une petite augmentation pour les services qu'il rendait tout à la fois à Cuba et au conseiller politique représentant ce beau pays en terres canadiennes. Voilà le motif que se donna Luther pour patauger dans la boue, ce matin-là, et faire fi des ourlets effilochés et trempés de ses pantalons.

Réprimant une aigreur d'estomac, Jorge regretta de ne pas avoir petit-déjeuné convenablement. Bon vingtième dans la file, il retira de sa poche un beignet enroulé dans du papier et mordit dans la pâtisserie fourrée de marmelade. Du jus de mûres coula sur sa cravate qu'il s'empressa d'éponger avec son gant. Il sentit alors son moral tomber au plus bas et eut envie de rentrer chez lui. Mais ses jambes le faisaient souffrir à un tel point qu'il opta pour l'un des fauteuils qui ne servaient jamais à rien, puisqu'il fallait garder sa place dans la file plutôt que de prendre un numéro à l'entrée.

— Faciliter les choses pour les impétrants n'a jamais été une priorité de la mentalité communiste… s'insurgea-t-il à voix basse.

Tous les regards se braquèrent sur lui ; il rendit son sourire à une congénère qui lui fit comprendre qu'elle compatissait. Mais à peine fut-il installé qu'un jeune homme aussi musclé que basané vint vers lui. Luther le reconnut pour l'avoir croisé à quelques reprises dans les bureaux de l'ambassade.

— Si vous voulez bien me suivre, monsieur Luther, notre conseiller va vous recevoir.

Déjà mal à l'aise d'être personnellement invité, Jorge se dit qu'il devrait encore traverser toute la salle et entendre la rumeur de mécontentement qui ne manquerait pas d'accompagner sa sortie. Les briseurs de ligne n'étaient pas appréciés et on le lui ferait savoir. Qu'à cela ne tienne, on allait le recevoir tout de suite. Mais cette perspective, qui aurait dû le réjouir, le contrariait. Pourquoi le recevait-on avec autant d'empressement? Que voulait-on apprendre de lui? Il détenait sûrement, à son insu, quelque renseignement qu'il devrait leur livrer. Jorge se jura de rester sur ses gardes.

Bien que la façade principale de l'immeuble fût bardée de croisées à l'étage, les bureaux des diplomates cubains étaient toujours sombres à cause des draperies et des vantaux que l'on rabattait pour protéger ces espaces clos des indiscrétions. Jorge pénétra dans la pièce sinistre où Cristiano Pérez l'attendait, l'air pincé.

— Merci d'être venu en dépit du mauvais temps, Jorge. Nous attendions votre visite. Vos derniers articles ont suscité des réactions… Auriez-vous été malade?

«Quelle belle idée, voilà qui fera une bonne entrée en matière», se dit Luther.

— Oui, en effet. J'ai même craint de devoir être hospitalisé, précisa-t-il.

— Vous m'en voyez désolé. Mais je vous en prie, assoyez-vous.

Luther prit place dans le fauteuil capitonné en face du conseiller.

— Avant que je ne vous entretienne de la raison pour laquelle nous vous avons fait venir aujour-d'hui, auriez-vous, de votre côté, de nouvelles informations dont vous voudriez nous faire part? enchaîna le conseiller Pérez en jetant un œil sur sa montre.

— J'ai apporté avec moi un dossier susceptible de vous intéresser, dit Luther en retirant une enveloppe de la poche intérieure de son manteau.

Le conseiller fronça les sourcils, il le faisait tout le temps.

— Il s'agit d'un groupe de danseurs cubains en tournée au Canada…

— Nous sommes au courant, le coupa Pérez.

— J'ai des photos. On peut constater qu'au moins trois d'entre eux ont déjà contacté Pier Douvet, ce fabricant de…

— Nous connaissons l'habileté de Douvet en matière de passeports et les services canadiens ne sont pas dupes.

— À mon avis…

— Bien, bien. Laissez-moi tout cela.

De toute évidence, Cristiano Pérez refusait d'être entraîné dans cette direction.

— Écoutez, Luther, j'ai malheureusement peu de temps à vous consacrer, alors je vous parlerai franchement.

Jorge avait toujours craint les conversations commençant par des clichés tels : « Je ne veux pas vous faire de peine, mais… », ou encore : « Je n'ai pas beaucoup de temps, aussi… » Le pire était sans aucun doute : « Je vous parlerai franchement… » Pourquoi le préciser ? Arrivait-il si souvent au conseiller de mentir ? Et pourquoi diable l'avoir convoqué s'il n'avait pas le temps de le recevoir ? Luther se sentait de mauvaise humeur et se boucha mentalement les oreilles jusqu'à ce qu'une phrase de Pérez le rappelât à l'ordre.

— … l'AF, évidemment. On parle de l'arrestation d'une demi-douzaine de personnes.

— Vous faites allusion à l'arrestation de ces ouvriers, hier à Miami ? Vous croyez que le mouvement Après-Fidel serait à l'origine de cette descente policière ? C'est absurde. Pourquoi les autorités américaines auraient-elles arrêté des partisans de leur propre camp ?

— Nous reconnaissons les méthodes, elles ont déjà été utilisées. Et nous avons des noms.

— Ah bon ? Les méthodes… répéta Luther pour feindre l'ignorance.

— Et des noms, oui. Eugenio García, un suppôt de la CIA et un ami du chef de la mafia cubaine à Miami, Armando Fosch, lui-même un comparse de Jim Cardon. Des gens que vous connaissez bien, n'est-ce pas?

— Pas plus que vous, le rabroua Luther, qui savait pertinemment que plusieurs éléments de l'enquête de Peter Grove sur la mafia cubaine de Miami conduisaient à Eugenio García.

Mais ignorant le ton agressif de son visiteur, le diplomate se leva pour ouvrir un coffre duquel il retira un dossier.

— Voici ce que notre ambassadeur a reçu de la Section des intérêts cubains à Washington, hier, en fin de journée. On m'a demandé de vous en faire part.

Luther prit la feuille que lui tendait Pérez et lut:

Cuban Interests Section in Washington DC
2630 and 2639 16th Street, NW
Washington DC 20009

5 novembre 2002

Monsieur le conseiller,

Pour faire suite à notre entretien de ce jour, voici les informations qui pourraient vous intéresser. Bien qu'encore inexpliquée, l'arrestation

en banlieue de Miami, ce matin, de sept personnes, toutes des membres actifs d'un nouveau
mouvement appelé Las palomas, nous a appris
ceci :

Un. L'organisateur du mouvement est
Eugenio García, une grosse pointure de la
mafia cubaine, chef d'entreprise d'une des
firmes Añejo à Miami depuis dix-huit mois.

Deux. Tous les membres de l'organisation
qui ont été arrêtés étaient des employés de cette
même entreprise et tous étaient d'origine
cubaine.

Trois. Plusieurs heures après l'arrestation,
un nom manque encore à l'appel. Il s'agit de
José Casillo, résidant de Miami, aussi employé
de la firme Añejo Internacional.

Quatre. La section d'information de notre
Consulat au Bureau des Nations Unies à New
York nous a confirmé que Peter Grove, reporter
international résidant à Cuba, mais attaché
au bureau l'Associated Press d'Ottawa, se
rendra à Miami pour couvrir l'événement.

Nos spécialistes suivent cette affaire d'envergure impliquant Eugenio García, bras droit
d'Armando Fosch, chef de la mafia cubaine.
Nous ne voudrions pas voir cette affaire avorter
à cause des indiscrétions d'un journaliste dont

nous connaissons l'audace. Nous souhaiterions, monsieur le conseiller, que vos services nous fassent parvenir l'information qu'ils détiennent sur Peter Grove et nous informent de ses intentions. Nous sommes préoccupés par le rôle qu'il pourrait jouer dans une affaire impliquant Eugenio García de la mafia cubaine à Miami.

Luis Orlando de L'Acosta.

Luther marmonna :

— Peter Grove fait son travail de grand reporter international. Ça ne regarde pas les ambassades cubaines.

— Détrompez-vous, Luther ! L'affaire García est de la plus haute importance pour le gouvernement que je représente. Dites-vous bien que vos cachotteries sur les projets de votre journaliste à Miami pourraient en irriter plusieurs.

Luther en eut le souffle coupé. Que savait-on exactement, à l'ambassade de Cuba à Ottawa, de sa relation avec Peter Grove ? Officiellement, en échange de petits renseignements, Grove avait aidé l'écrivain à obtenir des contrats d'appoint, il l'avait introduit dans les bureaux de journaux sérieux et il venait surtout de lui donner l'occasion de se faire connaître comme écrivain au Canada. Mais ses fonctions d'informateur auprès de Grove étaient demeurées secrètes. Tout allait-il s'écrouler alors que les revenus que lui versait le correspondant de l'AP à Ottawa étaient de loin plus consistants que les débours minables que lui accordait l'ambassade cubaine?

— Mon journaliste, vous dites?

— Oui, ce Canadien avec qui vous entretenez une relation amicale ou d'affaires, qu'importe! Mais ne craignez rien. Vous avez vos amis comme nous avons les nôtres. Soyons bien clairs: il n'est nullement question de vous demander de rompre cette amitié avec monsieur Grove, au contraire.

D'entendre le nom de Peter Grove prononcé aussi allègrement dans cette enceinte lui donna des sueurs froides. Il demanda à boire. Le conseiller lui offrit de la grenadine aux agrumes qu'il versa dans un gobelet argenté décoré des couleurs cubaines. Jorge Luther but le sirop d'un trait avant de poursuivre.

— Que craignez-vous, exactement?

— Grove a vécu de nombreuses années à Cuba… Et ne vit-il pas de nouveau à La Havane? demanda Pérez sur un ton insidieux.

— Mais il ne s'en cache pas. Grove a toujours manifesté un grand intérêt pour la cause cubaine. Et qu'il vive à La Havane n'est un secret pour personne! Son épouse est ambassadeur du Canada à Cuba.

— Nous connaissons bien Son Excellence, madame Edwige Elliott, dont le titre ouvre certainement quelques portes à son mari. Qu'à cela ne tienne!

— Que voulez-vous, monsieur le conseiller?

— D'après vos rapports, Peter Grove travaillerait depuis près d'un an à un projet d'analyse de la *Loi Helms-Burton*. Nous sommes heureux qu'il le fasse et nous vous savons gré de nous tenir au courant de ses travaux. De même que nous sommes toujours impatients de lire ses articles dans la presse. Mais pour le moment, ce qui nous préoccupe, c'est son intérêt subit pour la mafia cubaine de Miami. Nous avons des raisons de croire que Grove joue sur plusieurs tableaux.

— Et pourquoi ferait-il ça?

— À vous de nous le dire. Le fait est que votre journaliste fréquente des diplomates de toute allégeance et des dissidents de notre gouvernement aussi bien que des ministres et des fonctionnaires haut placés de ce même gouvernement. Il entretient tout à la fois des relations avec le ministre Manuel Sánchez, un ami proche du président Castro, et Jim Cardon, le nouveau chef de la SINA, dont l'appartenance à la CIA et les affinités avec la mafia cubaine sont notoires.

— Grove est sympathique, dit Luther, caustique. Et il n'y a rien de surprenant à ce qu'il ait ses entrées partout : il est correspondant international et conjoint de diplomate. Il a lui-même un passeport diplomatique.

— Oui, oui, nous savons tout cela, répliqua Pérez. Et sachez que nous apprécions votre collaboration, ajouta-t-il, radoucissant le ton. Nous attendons de vous que vous fassiez comprendre à Grove que le gouvernement cubain préfère qu'il ne s'immisce pas dans cette récente affaire d'arrestation à Miami et nous voulons que vous l'observiez davantage. Faites-nous un rapport et tenez-nous au courant de ses démarches, quelles qu'elles soient, conclut le conseiller en faisant claquer le dossier sur son bureau.

— Quelles qu'elles soient, répéta Luther, ulcéré.

— Au fait, je me suis laissé dire que vous aviez repris votre métier d'écrivain ? Un roman d'amour ? ajouta Cristiano Pérez, l'air amusé.

Luther s'agita sur sa chaise, s'essuyant le front du revers de sa manche.

— Comment le savez-vous ? Je suis écrivain, en effet, c'est mon métier, bredouilla Luther comme une excuse.

Apparemment fier de l'effet qu'il avait produit sur son interlocuteur, le conseiller fit une pause, le temps de le mettre davantage sur les charbons ardents – comme si c'était possible.

— Vraiment?

— Faut-il que vous vous mêliez aussi de mes affaires personnelles?

— Ne vous méprenez pas sur votre rôle, monsieur Luther. Nous nous comprenons, n'est-ce pas?

Cette fois, Pérez fit plus que jeter un regard sur sa montre. Il se leva et raccompagna son visiteur encore interloqué jusqu'à la porte.

Jorge Luther enfouit le menton dans son cache-col et quitta le bureau du conseiller politique sans demander son reste.

~

Un peu avant vingt-deux heures ce même jour, alors qu'il rentrait d'une promenade avec Jason, Luther eut envie de sa tisane. Comme il en avait l'habitude, il mit de l'eau à bouillir qu'il jetterait ensuite sur le sachet de camomille séché depuis la veille.

Cette nuit-là, malgré ses tracas, Jorge dormit profondément jusqu'à ce qu'un bruit étrange le réveillât aux environs de cinq heures. Le vieux

Jason était agité et n'en finissait plus de gratter le paillasson en geignant. Après une inspection des pièces du rez-de-chaussée qui n'avait rien révélé de suspect, Luther se dit qu'il y avait encore eu une panne d'électricité au cours de la nuit et que la compagnie Hydro-Ontario venait sans doute de rebrancher le courant. Le moteur du réfrigérateur vétuste s'en plaignait.

— Il me faudra remplacer cette vieillerie avant longtemps, bougonna Jorge en rattrapant Jason pressé de reprendre sa place chaude au pied du lit.

Au matin, après une toilette sommaire, l'écrivain se laissa choir dans son fauteuil crapaud, déplorant que le café cognac, qui aurait dû le réconcilier avec sa mauvaise nuit, lui ait, au contraire, laissé un goût amer dans la bouche.

— Ce café hors de prix est imbuvable, geignit-il à voix haute.

Tendant le bras pour attraper la copie de la lettre de Masíquez qu'il avait laissé tomber là, la veille, en terminant sa camomille, il s'étonna de sentir ses doigts effleurer les éclisses du parquet. Les feuilles n'y étaient plus.

Luther perdit une bonne heure en spéculations. Il en conclut qu'on s'était introduit chez lui par la fenêtre, à l'aube, dans le but de consulter le manuscrit – d'où le bruit qui l'avait tiré du sommeil et l'agitation de son vieux colley. Vérifiant si on ne lui avait pas aussi volé quelque objet de valeur, il constata que l'intrus avait ouvert son ordinateur et sans doute consulté ses messages. Il se haït pour sa mauvaise habitude de ne pas mettre de mot de passe au démarrage de sa session. Mais il se réconforta au souvenir d'avoir au moins pris la précaution de supprimer les derniers messages d'Arrozblanco.

— Pérez! Maudit fouineur! grommela Luther en repoussant les documents qui s'accumulaient sur sa table de travail.

Malgré ses efforts, il n'arrivait pas à se concentrer. N'y tenant plus, il composa le numéro de l'ambassade cubaine. On le fit attendre une dizaine de minutes, croyant sans doute qu'il renoncerait à parler au diplomate. Mais Luther savait être patient et il persévéra jusqu'à ce qu'il entende :

— Je vous passe monsieur Pérez.

— Oui, Jorge, que puis-je pour vous?

— J'ai été cambriolé ce matin, laissa-t-il tomber sans cérémonie.

Luther était attentif à la respiration du conseiller. Un peu rapide, mais rien de significatif.

— Et? demanda Pérez d'un ton ennuyé.

— On m'a volé la copie d'une lettre.

— Une lettre? M'était-elle destinée?

— Il s'agit d'une lettre posthume d'*el comandante* Sergio Masíquez, et de l'épilogue de mon roman.

— Et pourquoi m'en faire part, alors? De quoi traite donc cette lettre? Devrait-on craindre sa publication?

— Peut-être. Il y est question de Francis Cruz, notre éminent directeur de l'ICAIC, et de Peter Grove, vous vous rappelez? Ce journaliste canadien dont les enquêtes vous inquiètent. Et aussi de notre cher ministre, Manuel Sánchez! Des personnes qui ne vous sont pas étrangères, n'est-ce pas?

Pérez ne réagit pas tout de suite. Il n'était pas dans les habitudes des agents politiques des ambassades cubaines de prononcer des noms à haute voix entre deux portes ou dans les antichambres, encore moins au téléphone. Le ton de Pérez changea.

— Êtes-vous malade, Luther? fit-il, menaçant.

— Mon roman vous intéresserait-il, après tout?

— Prenez garde, votre arrogance pourrait vous coûter cher.

Puis, après quelques secondes de silence:

— Je ne sais rien de votre manuscrit, encore moins de vos lettres ou de vos lubies, Luther. Et je n'ai rien à vous dire, sinon que j'attends un rapport substantiel sur vos écrits dans les jours à venir.

Sachez aussi qu'il n'est pas nécessaire que je m'abaisse jusqu'à m'introduire chez vous par effraction pour obtenir les renseignements qu'il me faut.

— En va-t-il de même pour votre apollon musclé? ne put se retenir de braver Luther.

— Je n'ai aucun compte à vous rendre, articula le diplomate d'une voix glaciale avant de raccrocher.

Regrettant déjà son impertinence à l'égard d'un conseiller qui avait le bras long et doutant des avantages qu'il pourrait tirer de cet appel irréfléchi, Jorge s'efforça de terminer son bol de café froid. Il voulait reprendre sa lecture là où il l'avait laissée la veille, mais, assailli par des nausées, il dut se traîner jusqu'à la salle de bain. Il demeura penché au-dessus de la cuvette de la toilette jusqu'à ce qu'il comprenne qu'il n'était pas victime d'une indigestion, mais d'une crise d'angine. Il ouvrit alors avec peine le petit étui qu'il gardait dans la poche de son gilet et déposa un cachet sous sa langue. Bien qu'ayant rapidement ressenti les effets bienfaisants du médicament, le vieil homme passa le reste de la journée allongé sur son lit, Jason — qu'on avait sans doute drogué — tout aussi mal en point à ses côtés.

CHAPITRE 6

La Havane, mercredi 6 novembre 2002

La résidence de l'ambassadeur du Canada à La Havane se trouvait dans les parcs de l'élégant quartier de Siboney, à moins d'un kilomètre de la mer. Le drapeau canadien y flottait depuis plus d'un demi-siècle. Construite dans les années 1930, La Jamaitas au revêtement de plâtre blanc agrémenté de fioritures en fer forgé, avec les tuiles rouges en arrondi de sa toiture et ses fenêtres en arches, reflétait tout à la fois la Renaissance espagnole, l'élégance florentine et l'esprit hollywoodien. Conçu comme un lieu de fêtes, le petit palais fut témoin de réceptions somptueuses où les listes d'invités alignaient les noms les plus prestigieux de l'époque. La petite histoire veut qu'une liaison amoureuse entre Hemingway et Jane Mason, la première propriétaire de La Jamaitas, soit à l'origine de la vente de la propriété au gouvernement du Canada en 1949. Grant Mason, le mari au cœur brisé, aurait choisi de se départir d'un endroit trop plein de souvenirs.

Ce jour-là, près de deux ans après leur arrivée sur l'île, Edwige Elliott et son mari, Peter Grove, recevaient à déjeuner une quinzaine de chefs de mission diplomatique et de chargés d'affaires pour souhaiter la bienvenue à leur collègue américain. Le nouveau chef de la SINA, Jim Cardon, et sa femme, Lizy, arrivés à La Havane depuis moins de trois semaines, faisaient déjà les frais des conversations dans les milieux de l'enceinte protégée. Toutes les ambassades étaient au courant des premières harangues de Cardon à son personnel, tant local qu'américain. Le chef des intérêts américains, pour le moins sûr de lui, n'avait en rien caché ses visées d'ingérence, déclarant que son but était de hâter l'évolution vers une Cuba démocratique. Il avait invité ses collègues à soutenir tous ceux qui manifestaient l'intention de collaborer à cette transition.

Disposant d'une petite heure avant l'arrivée des invités, Peter s'enferma dans son bureau pour lire ses messages électroniques. Il constata que Luther et son correspondant de Miami avaient inondé sa boîte de réception.

— *Jesus Christ*! jura Peter, saisissant toute l'envergure que prenait l'arrestation des ouvriers de la MAI.

« Clarita Cardoso a raison de s'inquiéter pour son petit-fils », rumina-t-il.

Il lut à la suite une kyrielle d'alertes et de recensions envoyées par les médias. Le FBI accusait les jeunes d'origine cubaine de « complot terroriste contre Cuba » et affirmait que leurs projets criminels étaient approvisionnés par l'argent sale du trafic de stupéfiants. Le groupe aurait été guidé par la brigade Despues-Fidel, ou Après-Fidel, flancgarde de la mafia cubaine de Miami. On y précisait aussi que tous les membres de l'aile qui opérait sous le nom de Las palomas étaient des employés de la Miami Añejo Internacional.

« Tout conduit à Eugenio García », se réjouit Peter, qui connaissait de réputation le suffisant patron de la MAI. L'Après-Fidel, organisation que le gouvernement cubain accusait d'actes d'ingérence pernicieux encouragés par la CIA, suscitait une fois encore les commentaires acérés des médias américains. L'AF faisait crier certains éditorialistes au scandale, remettant en avant la théorie voulant que Fidel Castro ait perdu la confiance et le soutien de son peuple et réitérant qu'il était grand temps que la communauté internationale se réveille et agisse, qu'elle appuie surtout l'Amérique dans une intervention d'envergure pour venir au secours du peuple cubain.

Le dernier message de Luther, qui concernait la réponse d'un entrepreneur de pompes funèbres de Santa Clara, avait été envoyé au journaliste en pièce jointe. Bien que pressé, Peter prit le temps de l'ouvrir. Le texte démentait l'information du ministère de l'Intérieur cubain selon laquelle la dépouille de Carlos Bandera-Masíquez, demi-frère de Sergio, avait été inhumée à Santa Clara.

Monsieur Luther, pour faire suite à votre demande, voici les annotations que j'ai retrouvées dans nos archives :

« Santa Clara, 6 juin 1974

Carlos Bandera-Masíquez, né le 4 janvier 1945, mort noyé à La Havane le 25 mai 1974.

Sa dépouille a été retrouvée le 5 juin dans le port de La Havane et arrivera à Santa Clara par train le 15 juin.

P.S. Faire parvenir correspondance (avis, factures, reçus) à F. Cruz domicilié au 1133 calle H y 23, Vedado, Habana, Cuba. »

Veuillez prendre note, monsieur Luther, que la dépouille de Carlos Bandera-Masíquez n'a pas été enterrée à Santa Clara, pour la bonne raison qu'elle n'a jamais été ramenée de La Havane.

Bien à vous, Raoul Martines.

— Je parierais ma chemise qu'on a voulu dissimuler un crime, marmonna Peter.

Avant de contacter son agence de voyages pour qu'elle lui confirme un vol vers Miami via Mexico à la première heure le lendemain, Peter relut aussi les courriels que lui avait envoyés son collègue Stephen Hart, et qu'il avait parcourus en diagonale. À peine mieux documentés que ce qu'il avait entendu sur les ondes de toutes les chaînes de radio, les messages de Stephen ne confirmaient pas la responsabilité d'Eugenio García, qui devait pourtant être à l'origine de l'arrestation, et n'y faisaient même pas allusion. Ne s'offusquant qu'à moitié de cette omission de la part de son collègue, Peter engloutit d'un trait le Jack Daniels qu'il se permettait encore dans ce qu'il avait facilement tendance à qualifier de « grande occasion » et quitta son bureau pour regagner l'aile des chambres.

Edwige terminait de s'habiller.

— Nos invités seront là dans quelques minutes, lui rappela-t-elle.

Peter vint à l'aide de sa femme aux prises avec le fermoir de son collier. Il endossa une veste légère sur un pantalon clair, se délectant à la perspective de rencontrer enfin Jim Cardon.

— Ma chérie, je suis impatient de serrer la main de ce semeur de merde, dit-il, les yeux pétillants de malice.

— J'espère que tu profiteras de toutes les occasions qui te seront données de te taire, le supplia-t-elle.

— Tu ne me fais pas confiance ? demanda-t-il, plaisantin.

La prenant par la taille, il la fit virevolter. Sa robe, qu'elle n'avait pas réussi à attacher dans le dos, tombait sur ses épaules.

— N'essaie surtout pas de m'amadouer. Je te connais, Peter. Je sais que pour toi, toutes les circonstances sont bonnes pour s'amuser, mais aujourd'hui, je compte vraiment sur toi.

Puis, le regardant bien en face :

— Je regrette quasiment de t'avoir demandé de participer à ce déjeuner.

Il caressait ses épaules, embrassait sa nuque.

— Tu es bien trop belle pour te lancer seule dans l'arène. Je te défendrai contre le méchant Cardon !

Après avoir remonté la fermeture éclair de sa robe, il mima quelques élégants coups de sabre, obligeant Edwige à exécuter trois pas de danse avant de la rattraper dans ses bras.

— Soyez sans crainte, ma reine, votre chevalier servant vous protège…

— Mais c'est toi dont je dois me méfier, Peter Grove !

Il la souleva dans ses bras.

— Grand Dieu du ciel, tu ne changeras jamais !

— Non. Et je t'aimerai à la vie à la mort.

Elle lui sourit. Peter caressa son visage, lui faisant remarquer que sa peau de pêche en avait aussi la douceur et l'odeur.

— J'ai vraiment envie de toi, je ne survivrai pas à ce déjeuner. Dommage que tes invités arrivent si tôt ! Crois-tu que notre chevronné Juan saurait les faire patienter le temps de…

Ignorant sa dernière remarque, elle insista :

— Je compte sur toi, Peter.

Le carillon de la porte d'entrée se fit entendre.

— Voici l'ennemi.

Edwige lança un regard réprobateur à son mari avant de descendre dans le hall.

L'homme grassouillet aux lunettes rondes qui s'avançait avait presque l'air sympathique. Mais son épouse, une grande blonde sèche, arborait un sourire condescendant.

— Lizy, Jim, soyez les bienvenus.

— C'est vraiment très gentil à vous de nous faire l'honneur de ce déjeuner, s'exclama la femme de Jim Cardon.

— Tous nos collègues seront ravis de vous rencontrer, mentit Edwige comme il se devait. Comment se sont passés vos premiers jours à La Havane? demanda-t-elle tout en évaluant les dispositions de son mari.

— Déjà beaucoup de travail, fit mine de se plaindre Lizy Cardon en caressant l'épaule du nouveau chef de la SINA.

— J'espère que vous n'êtes pas trop incommodés par cette vague de chaleur? fit Peter sur un ton faussement compatissant.

— Un peu, je l'avoue, déplora Jim Cardon. Heureusement, les climatiseurs de nos bureaux fonctionnent bien. Je ne pourrais certainement pas survivre sans eux.

— La plupart des habitants de l'île ont appris à s'en passer au cours des quarante dernières années, répliqua le journaliste. À cause des pannes et pour faire des efforts d'économie d'énergie, bien sûr. Mais vous êtes sans aucun doute bien pourvus en génératrices.

— En effet.

Peu sûre de l'issue de cette conversation, Edwige entraîna les Cardon vers le salon tandis que Juan, le maître d'hôtel, accueillait d'autres invités. Dans le grand séjour, les portes vitrées étaient ouvertes sur les jardins.

— Ces scènes d'hiver sont particulièrement agréables à regarder aujourd'hui, se réjouit l'ambassadeur du Venezuela en admirant des toiles de peintres canadiens dont un mur était recouvert.

— Vous nous arrivez donc de Washington, Jim? s'informa-t-il.

— Directement, oui, et chargé d'une fascinante mission!

— Une fascinante mission? Vous voulez dire celle de protéger les intérêts nord-américains à Cuba? demanda malicieusement l'ambassadeur de Grande-Bretagne, qui faisait toujours des entrées remarquées.

— À quatorze mois seulement des attentats terroristes du 11 septembre, je ne vous cacherai pas que j'espère trouver ici une transparence qui n'est guère perceptible de chez nous. Qu'en dites-vous, cher collègue, après deux années d'observation de ce régime totalitaire si propice à la fomentation du terrorisme?

— Je pense que le président Castro a tout de même mis pas mal de coca-cola dans son rhum, si vous voyez ce que je veux dire.

— Voudriez-vous dire qu'en vieillissant, ce dictateur deviendrait moins rigide ? demanda Cardon sur un ton dédaigneux. Détrompez-vous, mon cher.

Les diplomates tournaient autour des nouveaux venus, serrant des mains, échangeant les bises et les gentillesses d'usage. Peter se tenait dans l'embrasure des portes d'arche séparant le boudoir du salon d'où il dirigeait les convives vers leur hôtesse. Une quinzaine de minutes plus tard, tous les invités étant arrivés, Peter accepta une coupe de mousseux que Juan offrait à la ronde avant de rejoindre l'assemblée débordant sur la terrasse et dans le jardin. La voix grasse de Cardon dominait les conversations. L'homme avait l'habitude des égards et ce déjeuner n'en était qu'un de plus où il aurait le privilège de se retrouver à la droite de l'hôtesse. Très à l'aise, il allait de l'un à l'autre, ponctuant chacune de ses remarques d'un gros rire décontracté.

— Notre invité d'honneur pète le feu, souffla Peter à l'ambassadeur de France au moment où Jim Cardon se détachait d'un groupe pour en rejoindre un autre.

— Comme vous le dites si bien, cher ami, monsieur Cardon donne l'impression de se sentir chez lui. Souhaitons que cette aise soit de bon augure.

Le maître d'hôtel ayant prononcé l'usuel « madame est servie », chacun trouva sa place à partir d'un plan de table bien en vue sur une desserte.

⌐

Lizy Cardon était assise à la droite de Peter, et l'épouse de l'ambassadeur de Belgique à sa gauche, son mari ayant présenté ses lettres de créance avant tous les autres chefs de mission présents.

Dans une brève allocution qu'elle avait choisi de prononcer au début plutôt qu'à la fin du repas – cette récente façon de faire lui permettant de mieux profiter ensuite de la réception qu'elle offrait –, Edwige souhaita la bienvenue au nouveau chef de la SINA ainsi qu'à son épouse, « dans un pays merveilleux et accueillant en dépit des lacunes, et qui ne pourrait manquer de fasciner le couple de diplomates nouvellement arrivé ». Les tournures permettaient d'être courtois sans trop en dire. Appréciée de la plupart des convives, cette préférence de style n'échapperait toutefois pas à un vieux renard comme Cardon. Aussi, dès que fut prononcée la dernière de ces phrases lénifiantes, le chef de la SINA s'empressa-t-il de lever son verre à la santé de ses hôtes et de ses collègues, puis il s'embarqua sans plus de préambule dans un discours peu diplomatique.

S'assénant un violent coup de poing dans la main, Cardon lança :

— Je ne vous le cacherai pas, je suis ici pour mettre Fidel K.-O. Et ma maison est ouverte à tous les diplomates qui veulent se joindre à moi pour mettre en œuvre la politique du président des États-Unis. Ensemble, nous favoriserons l'éclosion de l'opposition dans ce pays. Je parcourrai l'île de fond en comble pour interroger les groupuscules contestataires, j'organiserai des réunions avec les dissidents disposés à mettre en œuvre leur projet d'opposition, je participerai aux meetings politiques qu'ils mettront sur pied, j'assisterai aux tribunes ouvertes et je collerai sur les murs des bureaux du consulat les photos et les noms des prisonniers politiques de Castro pour alerter l'opinion publique.

Certains invités avalèrent d'un trait leur coupe de vin pendant que d'autres nettoyaient des taches invisibles sur les napperons de dentelle écrue. Mal à l'aise, Edwige tirait sur son collier de perles et jetait des regards désespérés en direction de son mari. Aussi, avant même que l'invité d'honneur eût terminé son discours, profitant d'une pause respiratoire, Peter frappa sa cuillère contre son verre et invita chacun à lever le sien au président du pays hôte, Fidel Castro, ainsi qu'aux dirigeants de tous les pays représentés autour de la table. Trop heureux d'échapper à l'arrogance de Jim Cardon, personne ne se fit prier pour s'unir au mari de l'ambassadeur du Canada dans ce toast improvisé. Cardon conclut donc sa harangue par un sourire en coin qui en disait long sur ce qu'il pensait du correspondant de l'Associated Press domicilié à Cuba.

Ayant reçu le petit coup de tête attendu de la part de l'hôtesse, les maîtres d'hôtel s'empressèrent autour de la table avec les tartares de fruits de mer.

Se servant de garniture, l'ambassadeur de Belgique, autre voisin de Lizy Cardon, petit homme rondelet et renommé pour son esprit de répartie, ne put s'empêcher de lui dire :

— Je pense que l'histoire a souvent démontré que le président Castro n'appréciait pas la confrontation. L'attitude de votre gouvernement n'est-elle pas un tantinet provocatrice ?

— N'y a-t-il aucun terme en français pour évoquer « force » ou « autorité » avant d'en arriver à « provocation » ?

— La langue française ne manque pas de souplesse, madame, il me semble qu'il en aille autrement de celle de Shakespeare.

— Si je comprends bien, le plat pays n'a pas l'intention de se mouiller, fit Lizy Cardon sur un ton moralisateur.

— Si par « se mouiller » vous entendez s'engager arme au poing dans une attaque de front contre le président de ce pays et se ranger auprès d'une puissance qui n'a d'intérêt que la propension de son omnipotence, vous avez bien compris, madame.

— On m'avait prévenue, Excellence, que certains ambassadeurs ici étaient des suppôts du régime castriste.

— Mais quel rôle comptez-vous donc jouer à Cuba ?

— Celui de démolir Castro ! Rien de plus, rien de moins.

La riposte de Lizy Cardon n'avait pas échappé à son mari. Le clin d'œil de connivence qu'il lui adressa était éloquent.

— Je ne vous promets pas mon entière discrétion, madame Cardon.

— Ne comptez pas sur la mienne non plus, Excellence. Soyez assuré que votre gouvernement, grand défenseur des droits de l'homme, sera prévenu !

Les joues en feu de l'ambassadeur de Belgique n'avaient pas échappé au regard de Peter qui vint à sa rescousse.

— Surveiller des chefs de mission représentant des pays démocratiques à Cuba fait-il aussi partie de votre mission ? s'informa le journaliste sur un ton badin.

L'ambassadeur belge s'était abstenu de riposter à l'attaque de Lizy Cardon pour ne pas manquer aux règles de politesse envers ses hôtes, mais son sourire encouragea Peter à poursuivre.

— J'ai l'impression que Bush, pardon, que monsieur le président Bush vous a investie d'une mission pour le moins autocratique, ne diriez-vous pas, Lizy ?

Habile, Lizy Cardon se défila :

— Chacun de nous est ici pour réaliser les ambitions de son pays. Quelles sont les vôtres, monsieur Grove ? Je croyais que le gouvernement du Canada défendait, comme nous, les valeurs de la démocratie...

— Nous croyons aussi à l'autonomie. Et, à mon avis, il n'appartient pas aux États-Unis d'implanter un parti d'opposition à Cuba. Nous appelons cela de l'ingérence. Mais servez-vous plutôt de ce poisson provenant des mers les moins polluées du monde, madame.

Puis, se tournant vers sa compagne de gauche, Peter s'enquit des progrès de l'Union européenne dans le débat du Protocole de Kyoto, laissant Lizy Cardon à ses réflexions et sans interlocuteur depuis que ses voisins de table avaient engagé une conversation sur la problématique des changements climatiques.

À l'étonnement de l'hôtesse, le repas se termina sans trop de heurts, malgré quelques échanges acérés entre les ambassadeurs de Grande-Bretagne et de France quant aux récentes déclarations du premier ministre Blair au sujet de la pertinence d'une invasion en Irak.

Le service n'avait jamais été aussi rythmé, Edwige y avait veillé. Pas question de prolonger ce huis clos avec un homme de si peu de manières. Jim Cardon n'avait pas lâché prise de tout le repas, revenant sur ses visées sous les regards approbatifs de sa femme. Il entendait aller au bout du projet de son président et provoquer Castro jusqu'à ce que le dictateur commette une erreur grave qui ameuterait les gouvernements étrangers.

À peine la dernière bouchée de flan à l'érable avalée, Edwige proposa des cafés dans le jardin. Plusieurs invités s'excusèrent, prétextant un travail pressant, mais personne n'était dupe de la volonté générale de ne pas prolonger inutilement cette réception que l'ambassadeur du Canada n'avait guère eu le choix d'offrir. Marchant vers la terrasse, Jim Cardon perçut la vibration de son téléphone cellulaire et s'empressa de le retirer de la poche de son veston. Puis, ayant détourné la tête pour grogner un « *yes* » peu amène, il chercha des yeux un endroit pour s'isoler.

— On ne vous laisse pas une minute de répit, mon pauvre Jim, compatit Peter à qui la moue d'agacement de Cardon n'avait pas échappé. Suivez-moi, vous serez plus tranquille à l'intérieur.

Cardon le suivit jusqu'au boudoir de l'entrée où Peter le laissa seul, refermant derrière lui. N'allant évidemment pas jusqu'à coller une oreille sur la porte, Peter prit toutefois le temps de s'accroupir pour refaire un lacet de chaussure qui tenait pourtant bien. Il ne put capter la conversation, mais le ton cinglant du chef de la SINA laissait à croire qu'il s'adressait à un subalterne ou un collègue pour lequel il n'avait pas grande estime.

— Quoi? *Dammit*! L'imbécile! Je ne lui ai jamais donné l'ordre d'éliminer le « détail sans importance »! Ce gars était notre seule chance d'identifier une taupe. Il vaudrait mieux pour lui que cette initiative n'ait pas compromis l'opération!

Dites-le-lui! […] Une piste? Et que vient-il faire dans cette affaire? […] Je veux tout savoir sur lui dans les heures qui viennent. Vous m'entendez?

Lorsque Cardon revint au salon, le brouhaha rituel annonçant la fin de la réception avait déjà commencé. À l'encontre des règles de protocole, les invités d'honneur n'ayant pas été attendus pour sonner le départ, les Cardon durent se mettre en file pour remercier Edwige et Peter de leur hospitalité.

— Nous recevons des amis cubains à dîner samedi prochain, une petite réunion tout à fait informelle, précisa Lizy Cardon à l'intention d'Edwige.

— Si tôt? Vous venez à peine d'arriver, s'étonna l'ambassadeur du Canada.

— Si vous ne vous formalisez pas d'un buffet servi à la bonne franquette…

— Il me faudra d'abord consulter mon agenda… Je viendrai avec plaisir si ça m'est possible. Je vous remercie, s'esquiva Edwige dans les règles de l'art.

— Cette invitation tient aussi pour vous, fit Jim Cardon à l'intention de Peter.

— Moi, j'accepte, fit ce dernier sur un ton trop empressé. Je m'envole demain vers Miami, mais je serai de retour samedi.

— Miami? s'intéressa Jim Cardon.

— Oui, de petites choses à régler, mais comme je vous disais, je serai revenu à temps pour me joindre à vous samedi soir, poursuivit Peter sans tenir compte de l'intérêt de Cardon pour son voyage aux États-Unis. Ce sera un plaisir de pouvoir m'entretenir de nouveau avec vous ! ajouta-t-il à l'intention de Lizy Cardon, décontenancée.

— À bientôt, alors.

Imités par les autres invités, le nouveau chef de la SINA et son épouse montèrent à bord de leur voiture que le chauffeur avait avancée jusqu'à la porte d'entrée. Il allait démarrer lorsque Jim Cardon, attirant l'attention de son hôte, demanda à brûle-pourpoint :

— Dites-moi, Peter, n'auriez-vous pas connu un dénommé Luther lors de votre premier séjour à Cuba dans les années 1970 ? À ce qu'on m'a dit, il aurait travaillé chez les Suisses qui représentaient nos intérêts à l'époque…

Peter déglutit. Il comprit à son sourire sardonique que Cardon souhaitait le désarçonner. Mais pourquoi ? Aurait-il appris qu'il avait demandé à Luther d'aider Clarita Cardoso à publier la biographie de Sergio Masíquez ? En quoi cette histoire pouvait-elle contrevenir aux plans du nouveau chef de la SINA ? Il était plus vraisemblable que Cardon ait été mis au courant de la collaboration de Luther

dans ses articles dénonçant la *Loi Helms-Burton*.
Craignant que son air perplexe et son hésitation ne
plaisent trop à Cardon, Peter s'empressa de riposter :

— J'ai bien connu Luther en 1967, lorsqu'il a
fait ses débuts au *Granma*. Il nous arrivait même
d'écrire des articles en collaboration. Puis il
a abandonné le journalisme pour se consacrer à
l'écriture de ses romans jusqu'à ce que le gouvernement lui impose de travailler pour vous, chez
nos amis suisses. Par la suite, il a été nommé attaché culturel à l'ambassade cubaine à Ottawa et il
a occupé ce poste pendant une bonne dizaine
d'années avant d'obtenir son passeport canadien. Je
l'ai revu en différentes occasions. Depuis qu'il est
à la retraite, il propose sporadiquement des entre-
filets à notre bureau d'Ottawa et, plus récemment,
il m'a fait la faveur de finaliser la biographie de
mon grand ami Sergio Masíquez. Sans doute vous
en a-t-on déjà informé ? ironisa Peter, essoufflé.

Ne commentant que la fin de la tirade, Cardon
maugréa :

— Ce Masíquez n'était-il pas un ami personnel
de Castro ? Vous aviez de ces relations, mon cher !

Le journaliste ne laissa rien paraître de l'émotion
que lui causait d'entendre le nom de Sergio dans
la bouche dédaigneuse de Cardon. Il revint à la
charge :

— Mais dites-moi, Jim, est-ce l'annonce de mon voyage à Miami ou ce coup de fil inopportun qui vous a agacé à ce point ?

Peter se réjouit de constater le désagrément que sa question avait provoqué chez Cardon. Car si la référence à Miami l'avait surpris, celle au coup de fil l'avait hérissé. Sa riposte n'était donc pas hors sujet et Peter se dit qu'il y avait « quelque chose de pourri au royaume du Danemark ». Cardon se contenta de le saluer de la main avant de donner l'ordre à son chauffeur de quitter le parvis. En moins de dix minutes, la résidence s'était vidée et Edwige, comme elle en avait l'habitude, fit voltiger ses chaussures. Peter était demeuré pensif dans le hall d'entrée.

— Tu dois aller à Miami, demain ?

— Oui, la mafia cubaine fait des siennes.

Mais Edwige avait la tête ailleurs.

— Il fallait s'y attendre ! maugréa-t-elle.

— Que dis-tu, chérie ?

— Je dis que je savais bien que Cardon serait là pour provoquer, et pour inciter les diplomates étrangers à contribuer à la réalisation des plans américains. C'est scandaleux. Avec cette menace d'invasion en Irak et la décision de notre gouvernement de s'abstenir – ce qui est loin de plaire aux Américains –, sans parler de la certitude de Cardon

de parvenir à tous nous embrigader dans sa croi-
sade… je ne suis pas sûre de pouvoir garder mon
sang-froid.

— Mais si, tu sais très bien que tu joueras le jeu.

— Que veux-tu dire ?

— À mon avis, tout ce bruit que fait Cardon
n'est qu'une mascarade. Il a voulu détourner notre
attention avec ses gros sabots. Mais comme dirait
notre ami français, « le problème n'est pas là ».

— Je ne comprends rien à ton interprétation.
D'ailleurs je dois partir, j'ai un rendez-vous dans
une demi-heure. On reparlera de tout cela ce soir,
ou à ton retour de Miami.

— Mais tu m'avais promis… fit Peter, câlin.

— Je ne t'ai rien promis du tout, va travailler,
grand bêta. Ne crois pas que je vais t'entretenir
encore longtemps.

Edwige courut récupérer ses chaussures sous
le piano.

— Tu ne perds rien pour attendre, madame
l'ambassadeur, la menaça son mari en lui soufflant
un baiser.

CHAPITRE 7

Miami, mercredi 6 novembre 2002

Eugenio n'avait dormi que quelques heures. Le chaos qu'avait engendré la disparition de José Casillo l'avait perturbé. L'ayant trouvé dans un état pitoyable, Julia l'avait d'abord bercé comme un enfant, puis embrassé et cajolé. Mais ni ses mots troublants, ni ses baisers sensuels, ni ses poses impudiques ne lui avaient redonné l'envie de faire l'amour. Elle l'avait donc caressé doucement jusqu'à l'aube.

— Pardon, ma chérie.

— Ne t'en fais pas. Je sais bien que tu m'aimes…

— Pas comme je le devrais. Julia, c'est trop injuste.

Elle avait posé la main sur la bouche d'Eugenio. La gorge serrée, ravalant ses larmes, elle l'avait supplié :

— Tais-toi. Ne me chasse pas, *amor*, c'est tout ce que je demande.

— C'est moi qui ne peux plus me passer de toi.

— Et je suis là.

Eugenio préférait qu'elle dorme chez lui mais exigeait qu'elle parte avant le lever du jour. Julia comprenait. « Mais que comprend-elle exactement ? » se demandait-il parfois. Qu'il était capricieux ? Que le célibataire toujours tiré à quatre épingles, galant et bien nanti ne voulait pas s'afficher avec une fille sexy, danseuse au Blue Moon ? Julia enfila une petite culotte qui le fit sourire.

— Comment peux-tu supporter ce truc toute la journée, *querida** ?

— Je rêve du moment où tu me le retireras !

Elle pouffa d'un rire espiègle. Julia venait d'avoir vingt-huit ans, était belle à croquer et disait qu'elle aimerait Eugenio pour la vie.

— Si tu as besoin de moi, tu n'as qu'à m'appeler.

&

— ¡ *Coño* ! Reprenez votre souffle et répétez-moi les mots exacts de Cardon !

— Les mots exacts ? Les voici, les mots exacts, s'offusqua George W., accusant Eugenio García de tirer sur le messager. Cardon a dit : « *Dammit* !

L'imbécile! Je ne lui ai jamais donné l'ordre d'éliminer le "détail sans importance"! Ce gars était notre seule chance d'identifier une taupe. » Bref, Cardon était furieux contre vous. Je l'ai calmé comme j'ai pu en lui soufflant le nom de l'écrivain, comme vous m'aviez dit.

García comprit, à la riposte corrosive du chef de la SINA, qu'on avait éliminé José Casillo.

— Vous avez assassiné cet ouvrier! Mais pourquoi? cria García, livide.

— Je croyais que vous en aviez donné l'ordre, et c'est ce que Cardon a l'air de croire aussi, ajouta l'envoyé de Fosch avec insolence.

— Idiot! ne put retenir le directeur. Pourquoi aurais-je éliminé cet homme avant d'apprendre le nom de son protecteur? Je suis d'accord avec Cardon. Casillo aurait pu nous rendre service.

— Alors, qui aurait donné l'ordre de l'abattre?

— Je me renseignerai là-dessus et faites-en donc autant, George-W.-comme-l'autre, lança García, sur les nerfs.

— Comptez sur moi, conclut le petit homme à lunettes en quittant le bureau du directeur de la MAI.

Eugenio sentit le besoin de s'asseoir. Il se cambra et se prit la tête à deux mains. La tirade de Cardon laissait entendre qu'on avait non seulement assassiné Casillo, mais aussi ordonné cet assassinat sans le consulter, lui, le patron de l'opération. Il semblait évident que ses supérieurs, de part et d'autre, s'étaient attendus à ce qu'il lance une meute d'hommes aux trousses du fuyard, qu'il ne les relaxe qu'à la livraison du gars, et qu'il en tire un maximum de renseignements avant de le faire disparaître discrètement.

Mais il ne l'avait pas fait.

En effet, ayant cru à tort que la fuite d'un des membres de l'association s'avérerait un détail insignifiant, García avait tenu pour acquis que l'affaire en resterait là. Fosch savait aussi bien que lui que les membres de Las palomas ne connaissaient strictement rien de l'opération et qu'ils ne pouvaient donc pas les trahir. Les pauvres ouvriers, convaincus d'appartenir à une ONG œuvrant dans l'humanitaire, se réjouissaient de pouvoir enfin retourner dans le pays de leurs ancêtres. Cela ne comportait pas grand risque pour la mafia cubaine. C'est pourquoi Eugenio avait assuré Armando Fosch que la fuite de Casillo était un « détail sans importance », ce que le chef de la mafia se serait empressé de répéter à Cardon.

D'après George W., Armando Fosch avait affirmé ne pas avoir eu vent de l'assassinat de Casillo. Par sa réaction, Cardon laissait entendre la même chose. Qui, du chef de la mafia ou du directeur de la SINA, mentait? Qui n'avait plus confiance en lui? La mafia ou la CIA?

Sa secrétaire, qui s'était retirée pendant la visite de George W., frappa à la porte du bureau de son patron avant d'entrer. Eugenio lui demanda un verre d'eau.

— Vous ne vous sentez pas bien, monsieur?

Eugenio respirait bruyamment. Il but l'eau d'un trait.

— Cardon aura donc lui-même ordonné... marmonna-t-il en fixant la jolie femme sans la voir.

— Vous dites?

Retrouvant ses esprits, Eugenio perçut de l'étonnement dans le regard de sa secrétaire.

— S'il vous plaît, contactez mes adjoints de Miami et dites-leur que nous déjeunons au *Murphy's* demain à treize heures. Puis mettez-moi en ligne avec le bureau de la SINA à La Havane.

— Un déjeuner, demain? Ça nous donne peu de temps...

— Alors, n'en perdez pas! répliqua García, bourru.

La jeune femme s'exécuta. En moins d'une heure, elle confirma à son patron que ses trois plus proches collaborateurs avaient accepté son invitation, et qu'un agent de la Section des intérêts nord-américains à Cuba venait de le rappeler. Il patientait sur la ligne deux.

∽

— Eugenio García à l'appareil, fit le directeur de la MAI en appuyant sur la touche-conférence.

— Bonjour, Eugenio! Ici Fuentes. Comment allez-vous? Beau temps à Miami? demanda l'émissaire de Jim Cardon, à l'évidence chargé de détendre l'atmosphère.

Ayant anticipé la réaction d'Eugenio García lorsqu'il apprendrait qu'on marchait sur ses plates-bandes, Jim Cardon avait pris la précaution de briefer son personnel.

— Épargnez-moi les politesses et venez-en tout de suite au fait, Fuentes. Dites-moi à quel paragraphe de notre contrat il est stipulé que vous pouvez vous mêler de mes affaires, ici, à Miami?

Contrarié, Eugenio s'était levé pour arpenter son bureau.

— Ne le prenez pas mal, García! Dès que le patron a été informé de l'absence d'un membre de Las palomas à votre réunion «capitale», il a mis son meilleur limier de Miami aux trousses de Casillo. Cette initiative n'avait pas pour but de vous nuire, au contraire! L'objectif était de vous éviter des ennuis avec Fosch. Vous savez que la mafia est moins conciliante que nous lorsqu'elle est confrontée à des circonstances fâcheuses.

— Fallait-il assassiner ce jeune homme?

— Vous n'y allez pas de main morte, García! Avions-nous le choix de faire disparaître un traître qui menaçait de faire échouer une opération de cette envergure?

Eugenio s'accorda un moment de répit.

— Pourquoi ne m'avez-vous pas consulté?

— Il fallait faire vite. Notre homme a suivi la femme du fugitif et dès qu'il a appris où se cachait son mari, il l'a devancée. La battue n'a duré que quelques heures. Cardon espère que cet incident ne vous aura pas causé trop d'ennuis, conclut l'émissaire d'une voix fourbe.

— Aucun, affirma Eugenio, tout à la fois furieux et bouleversé.

Le souffle court, il raccrocha. La nouvelle de l'assassinat de José Casillo l'avait ébranlé. Ces arrestations et cette exécution, à une semaine seulement des «feux d'artifice», lui faisaient remettre en question le succès de l'opération O 16. Cardon était plus téméraire que Fosch. Que l'attitude arrogante du chef de la SINA provoque sa propre mise à mort, Eugenio s'en moquait, mais qu'elle mette en péril une opération montée si méticuleusement, et qui avait déjà coûté non seulement beaucoup d'argent et d'énergie, mais aussi des vies de personnes innocentes, cela, il ne le supporterait pas.

Eugenio se répétait qu'il avait suivi les consignes de Fosch à la lettre. Le seul incident avait été la disparition de Casillo ; mais que pouvait craindre la mafia cubaine d'un petit employé ignorant tout d'une opération terroriste ? Eugenio ne collaborait avec Fosch que de façon ponctuelle. La mafia lui ferait confiance tant et aussi longtemps que la CIA l'y obligerait. L'assassinat d'un jeune homme dans une cabine du *Star Playa* n'était pas l'œuvre de la mafia. Pourquoi Fosch aurait-il pris un tel risque ? Ce geste provocateur visait à le déstabiliser, lui, le directeur de la MAI. C'était un avertissement de ses patrons immédiats, donc de la CIA, par l'intermédiaire de Cardon.

⌒

Le soleil allait se coucher sans même s'être levé et la journée s'achevait, morne et glaciale. Eugenio García avait consacré les dernières heures à réfléchir aux conséquences de l'opération amorcée après la première visite de George W. Ce qu'il avait découvert lors de la révision des cursus de ses employés lui avait fait perdre ses moyens et avait fait craquer sa carapace. Il se croyait pourtant à l'abri de ce genre d'émotion. Dans le monde où il évoluait, sa réaction était injustifiable et il en était conscient. Doutant de la cohérence des décisions qu'il avait prises au cours des dernières heures, Eugenio espérait qu'elles ne provoqueraient pas l'effondrement de tout ce à quoi il avait consacré ou… dilapidé sa vie. Pour le moment, une chose était certaine : la fuite de Casillo avait ébranlé la confiance de ses patrons et de ses partenaires, et il devrait rapidement mettre le point final à cette histoire.

— Monsieur, votre visiteur…

— Qui ? se ressaisit Eugenio.

Ne s'étant pas encore avisé de la tombée du jour, il avait gardé son bureau dans la pénombre. Sa secrétaire tira sur la chaînette d'une lampe torchère.

— L'homme que vous avez reçu cet après-midi, George W., il est revenu.

— Dites-lui que je ne peux pas le recevoir. Non, dites-lui plutôt que j'ai déjà quitté le bureau.

— Ce ne sera pas long, s'imposa l'envoyé de Fosch.

Ne cachant pas son mécontentement, García fit signe à sa secrétaire de se retirer. George W. s'assit dans un fauteuil face à celui du patron de la Miami Añejo Internacional et s'éclaircit la gorge avant de dire, sur un ton presque poli :

— Je crois que nous sommes tous en très mauvaise posture. Votre « détail sans importance » est apparemment moins insignifiant que vous ne semblez le croire.

— Que voulez-vous insinuer ? demanda García, sur ses gardes.

— Je dis que votre José Casillo a trompé tout le monde.

Eugenio García se leva pour arpenter son bureau. Prétendant contempler le quartier industriel de la ville, inondé depuis plusieurs jours et plus désert que jamais, il se parqua une bonne minute devant la large baie vitrée. Tournant ainsi le dos à George W., Eugenio espérait reprendre son souffle avant que le visiteur ne comprenne son désarroi.

— Trompé, vous dites ?

— Cet enfoiré a été mis au courant de l'arrestation et a été prévenu qu'on était à ses trousses.

— Pourquoi dites-vous ça ?

— Je vous dis que ce salaud a toujours eu une longueur d'avance sur nous.

— Il l'aura payée de sa vie.

— Pas encore.

— Que voulez-vous dire?

— Le cadavre de la cabine 23 n'est pas celui de Casillo.

— Quoi? lâcha Eugenio García.

— Notre gars a déniché le repaire de Casillo quelques minutes avant l'arrivée du filateur de Cardon.

— Vous aussi, vous aviez envoyé un homme à ses trousses? s'insurgea Eugenio.

— Eh oui, Cardon et Fosch avaient tous deux donné l'ordre de retrouver et de descendre Casillo. Mais quand notre gars est arrivé, la cabine devait être vide. Il a dû s'y attarder un peu, le temps de fouiller l'endroit. J'imagine que le sbire de Cardon est tombé sur notre homme et l'a dépecé sans lui laisser le temps de s'expliquer.

— Dépecé! Et comment se fait-il que Cardon ne soit pas encore au courant de cette méprise?

— Armando compte sur vous pour l'en informer. Et si j'étais à votre place, je retrouverais Casillo avant que Fosch et Cardon ne se mettent en colère pour de bon. Cette histoire de disparition commence à les énerver tous les deux, ricana George W. en tirant sa révérence.

Eugenio García, dont la réputation de célibataire endurci attirait les plus belles femmes de Miami et d'ailleurs, avait élu domicile dans un immeuble huppé du centre-ville quelques années auparavant. Bardé de briques de verre sur toute sa longueur, l'immense appartement était luxueusement meublé Art déco. Le statut de directeur d'une entreprise renommée et florissante justifiait cette dépense extravagante.

Ce soir-là, espérant l'arrivée de Julia, celui qu'on surnommait parfois « le suppôt d'Armando Fosch » se reprocha de s'être trop attaché à la jeune femme. Il devrait y remédier. Encore moins à l'aise qu'à l'accoutumée dans son décor factice, Eugenio déplorait le vide de sa vie.

— Si j'ai fait avorter cette opération, je me flingue, prononça-t-il à voix haute, devant la glace.

Le bar de marbre, qui séparait le salon du séjour, brillait sous les plafonniers. Eugenio le contourna pour ouvrir le petit réfrigérateur encastré dans les panneaux de chêne massif. Ayant choisi une bouteille de pouilly-fuissé, il se jucha sur un tabouret et attrapa un tire-bouchon. La musique diffusée en sourdine reprenait en boucle les chansons de Bola de Nieve. Eugenio en était à son quatrième verre de vin et les mélodies qui avaient bercé son enfance le rendaient nostalgique. Il sentit des larmes lui monter aux yeux au moment où le grésillement du fax coincé dans un rayon de la bibliothèque le tira de sa mélancolie. Eugenio ramassa la feuille qui avait glissé sur la moquette et prit le temps de se réinstaller au bar avant d'en faire la lecture.

CBM,

Peter Grove sera à Miami dans la matinée de demain, jeudi 7 novembre. Il travaille à une étude critique de la Loi Helms-Burton, *mais il prépare avant tout une série d'articles sur la responsabilité de la mafia cubaine et de la* CIA *dans la succession d'attentats terroristes survenus à Cuba au cours des derniers mois. L'opération O 16 pourrait être compromise si les investigations du reporter aboutissaient. Nous savons que Peter Grove est sur vos traces depuis plusieurs mois et qu'il connaît vos allégeances. Mais s'il cherchait à obtenir davantage de preuves pour conclure son enquête et vous faire arrêter, nous serions dans l'obligation de l'éliminer.*

Peter Grove va certainement chercher à vous contacter. Vous devez rester maître de la situation. Le mieux serait que vous provoquiez cette rencontre afin de ne pas être pris au dépourvu. Surtout, ne sous-estimez pas la perspicacité du journaliste international et assurez-vous que l'enquête qu'il mène depuis des mois sur vous et vos activités n'aboutisse pas. Elle ne doit pas devenir une menace pour l'opération en cours ni pour celles qui suivront.

Assurez-vous en priorité que Peter Grove ne s'intéresse pas à l'incident de l'ouvrier disparu. S'il vous questionne, arrangez-vous pour que cette affaire ait l'allure d'un coup raté, d'une disparition sans importance. Disparition, d'ailleurs, que nous ne nous expliquons pas. Pourriez-vous nous dire comment il se fait qu'un de vos gars ait pu s'échapper aussi facilement ?

« Certainement pas ! » s'étouffa Eugenio García en avalant son vin de travers.

CHAPITRE 8

La Havane, jeudi 7 novembre 2002

— Expresso ou cappuccino, monsieur?

— Les deux, Juan. L'expresso bien serré pour commencer, j'en ai besoin.

— Tu as mal dormi, mon pauvre chéri? compatit Edwige entre deux bâillements.

— Hum, grommela-t-il.

— Tu es au courant de cette arrestation à Miami? demanda-t-elle à Peter en poussant des journaux vers lui.

— Ouais…

— J'imagine que c'est la raison pour laquelle tu y vas? C'est ce qui te tracasse?

— Non, c'est autre chose.

— Mais encore?

— C'est Clarita Cardoso. Elle a des problèmes… Je n'ai pas le temps de t'expliquer, ma chérie, mon avion décolle dans moins de deux heures. Je te raconterai tout à mon retour, promit Peter.

Mais Edwige revint à la charge.

— Les problèmes de Clarita Cardoso ont-ils un lien avec ton voyage à Miami ?

— Ce n'est pas impossible. Je vais devoir relire attentivement son livre ! dit Peter, préférant éviter les sujets de l'arrestation des ouvriers et de la fuite de Casillo.

— Les carnets qu'elle veut faire publier ont donc un lien avec l'affaire de Miami !

— Non, enfin, je ne le crois pas. Mais allez savoir ! Entre les aberrations du régime de Castro et les manigances américaines, il y a tout un réseau où le pire peut se produire !

— Que veux-tu dire ?

— Que Clarita Cardoso a peut-être sous-estimé l'importance des secrets d'outre-tombe qu'elle m'a confiés.

— Il s'agit bien de la biographie d'un guérilléro ?

— En quelque sorte, une biographie romancée. Je t'avais parlé du docteur Sergio Masíquez, non ? demanda Peter en bouclant sa valise.

— Oui, tu l'as connu avant mon arrivée à La Havane, en 1972. Mais pourquoi as-tu accepté de t'embarquer dans ce projet de publication ?

— Le récit de la vie de Masíquez m'a semblé intéressant. Sergio était un compagnon d'armes, un ami et un partenaire d'échecs du Che… qui l'a toutefois fait emprisonner pour trahison. Mais Fidel l'a amnistié en 1967. C'est à ce moment qu'il a travaillé pour moi à l'Associated Press comme traducteur. Puis en juillet 1970, alors qu'il participait à un congrès médical à Montréal, on a prétendu qu'il s'était suicidé. Je ne l'ai jamais revu. Je sens comme un devoir d'aider Clarita, ne serait-ce qu'en souvenir de l'amitié que j'avais pour Sergio.

Peter se garda d'en révéler davantage à Edwige sur cette histoire qui pourrait impliquer jusqu'à l'actuel ministre cubain de l'Intérieur.

— Et pourquoi es-tu si préoccupé ?

— Parce que certaines révélations de Clarita pourraient bien contrarier de grosses pointures d'ici et de Miami. Je dois partir, Edwige, je vais rater mon avion.

— Dois-tu vraiment aller à Miami ? Ne pourrais-tu pas mener ton enquête à partir d'ici ?

— Impossible. Ne t'en fais pas, je n'y passerai que deux jours, tout au plus. Je veux être de retour pour le dîner de Cardon, samedi.

— Qu'attends-tu de ce fourbe ?

— Il a beaucoup d'influence sur Eugenio García. Mais ce n'est pas tant lui qui m'intéresse

que ses invités. J'espère entendre quelques conversations intéressantes.

— Sois vigilant. N'oublie pas que tu joues dans
la cour des grands.

— Je le sais.

— Je soupçonne Cardon de te détester suffisamment pour vouloir te compromettre à tout prix.

— J'ai une réservation au *Marriott* sur Duke
Avenue, la coupa Peter en enfilant sa veste.

— Est-ce bien judicieux? Toute la côte américaine sait que tu descends toujours là!

— Tu t'inquiètes trop, ma chérie. Tu vois bien
que tu m'adores! Edwige est amoureuse, Edwige
est amoureuse, chantonna-t-il pour la dérider.

— Cesse de faire le pitre!

— Je te promets d'être prudent, déclara-t-il sur
un ton plus sérieux.

— Tu as jusqu'à samedi midi, pas une heure de
plus, tu m'entends? Sinon, je ne réponds plus
de rien.

— Je t'aime, lui souffla-t-il dans l'oreille, conscient de l'effet que provoquait cette câlinerie.

Il la sentit frémir.

— Tu vas me manquer, ajouta-t-elle en se lovant
contre lui.

— Edwige Elliott! Tu me fais le coup chaque
fois que je suis à la bourre! ajouta-t-il, faussement

irrité. Ma chérie, je te désire trop. Il nous faut prendre des vacances seuls tous les deux, le plus tôt possible. Il en va de ma santé mentale !

— Si tu annules ce voyage, je prends congé et je passe la journée… non, la semaine, au lit avec toi ! murmura-t-elle en entrouvrant son peignoir.

— Oh ! vous me le paierez, madame l'ambassadeur, la menaça-t-il en l'embrassant.

Bien installé dans son fauteuil en classe affaires, Peter rédigea un premier résumé de ce qu'il savait de la situation :

Un. García est un ami personnel du chef de la mafia cubaine à Miami.

Deux. García a ses entrées chez le chef de la SINA.

Trois. García est le directeur de la Miami Añejo Internacional et donc le patron des ouvriers qui ont été arrêtés.

Quatre. L'arrestation par le FBI des ouvriers de la MAI membres de Las palomas a probablement été commandée par Eugenio García. Pourquoi ?

Cinq. José Casillo aurait dû être arrêté en même temps que ses compagnons. Par quel hasard ou quelle astuce a-t-il été épargné?

Six. Casillo est le petit-fils de Clarita Cardoso et de Sergio Masíquez. Coïncidence?

Ou alors:

Il sympathise avec la mafia, García l'a prévenu.

Il appartient à la police et il était au courant de l'intervention du FBI.

Il a été sauvé par pur hasard, un retard, une erreur d'agenda.

⌒

Miami, jeudi 7 novembre 2002

Le personnel de l'hôtel *Marriott* du centre-ville de Miami réservait toujours un accueil chaleureux à l'éditorialiste, qui était un client régulier depuis près de dix ans.

— Je monte vos bagages au 2912, monsieur Grove. Votre chambre est prête.

Peter savait qu'il y trouverait une bouteille de Jack Daniels et des glaçons, qu'il aurait le loisir de commander son petit-déjeuner à toute heure du jour et de la nuit, et qu'il recevrait en priorité tous les journaux du matin.

— Oh! J'oubliais, fit le garçon en lui tendant deux enveloppes. On a déposé ceci pour vous.

— Déjà! ne put s'empêcher de commenter Peter. Quand avez-vous reçu ce courrier?

— Le fax, hier soir, la lettre, ce matin.

Peter n'attendit pas d'arriver à sa chambre pour prendre connaissance de la missive rédigée sur du papier à entête de la SICW, la Section des intérêts cubains à Washington. Se penchant pour récupérer une photographie qui avait glissé de l'enveloppe, Peter ne put retenir un « *Jesus Christ!* » bien senti. Le cliché, quoique pris à une certaine distance, montrait le visage extatique de Jim Cardon alors qu'il caressait les seins d'une jolie femme qui n'était pas Lizy.

— J'ai déjà vu cette fille... habillée, se dit Peter en regardant la photo de plus près.

Puis il s'empressa de lire la lettre. Ce n'était pas la première fois que le chef de la SICW lui faisait l'honneur de ses conseils.

Cuban Interests Section in Washington DC
2630 and 2639 16th Street, NW
Washington DC 20009

6 novembre 2002

Monsieur Grove,

Nous connaissons votre détermination à découvrir le mobile de l'arrestation de sept hommes d'origine cubaine à Miami, dans la matinée d'hier matin, une affaire qui aurait déjà causé la mort d'un homme et la disparition d'un autre, sans parler de l'inquiétude des familles des ouvriers arrêtés par ceux-là mêmes qui les avaient embrigadés.

Le directeur de la Miami Añejo Internacional, Eugenio García, n'est qu'un homme de paille dans ce complot. Son rôle consiste à détourner l'attention des vrais responsables et des criminels qui dirigent une opération contre Cuba, à commencer par Jim Cardon. (Voir photo ci-jointe prise en janvier dernier à la marina Gaviota à Varadero. Il est en compagnie de madame Bussemaker, propriétaire de nombreux bateaux de croisière amarrés dans plusieurs ports de Cuba.)

Afin que vous ne perdiez pas votre temps sur des pistes stériles, nous souhaiterions mettre à votre disposition des « moyens » qui faciliteraient votre enquête. Nous sommes persuadés que vous pourriez, avec notre aide, démontrer la duplicité de la CIA qui commande et gère les opérations criminelles et terroristes de la mafia cubaine à Miami, par l'entremise du nouveau chef de la SINA, un tandem perfide dont l'objectif est de discréditer le gouvernement cubain, de s'assurer de l'assentiment de la communauté internationale et d'envahir Cuba.

Veuillez accepter l'expression de nos meilleurs sentiments,

Luis Orlando de L'Acosta

Puis, ayant décacheté la deuxième enveloppe, Peter parcourut le message faxé à l'hôtel, la veille : *Consultez au plus vite votre courrier électronique. Je suis une piste qui risque de nous mener très loin. L'affaire est de taille et n'est pas sans risque. JL.*

« Luther, Luther, Luther ! » s'amusa Peter. Le ton de son ami lui paraissait si exagérément dramatique que Peter se retint de rire en repliant le papier. La photo de Cardon prise par les services secrets cubains pourrait certainement, le cas échéant, amener le chef de la SINA à faire quelques concessions. Cela le mettait de belle humeur.

~

Peter appréciait le confort des chambres du *Marriott*. Rien ne manquait. Jetant deux glaçons au fond d'un verre, il résista au Jack et y versa plutôt du jus de pamplemousse avant de se jeter sur les journaux du matin. La photo qui illustrait l'article de la première page du *Miami Herald* suffit à lui faire retrouver son sérieux. Le jeune homme avait reçu une dizaine de coups de couteau et avait été retrouvé, plusieurs heures plus tard, gisant dans son sang, dans la cabine numéro 23 du motel *Star Playa*, disait la légende. Peter ne put qu'imaginer le pire.

— *Jesus Christ* ! J'arrive trop tard !

Mais au fil de sa lecture, il comprit que celui qu'on avait sauvagement poignardé était un jeune homme dans la vingtaine dont le nom était Cooper. L'article ne faisait aucun lien entre cette mort tragique et l'arrestation des sept ouvriers de l'usine Añejo Internacional, accusés de complot terroriste contre Cuba.

Peter décrocha le téléphone et salua la réceptionniste qui l'avait reconnu.

— Bonjour Nancy, pourriez-vous me donner une ligne Internet, s'il vous plaît ?

— Tout de suite, monsieur Grove. Votre code est : 22imax3. Vous n'avez qu'à brancher votre portable. Vous trouverez une imprimante dans le tiroir du secrétaire.

— Merci. Pourriez-vous me dire quels bus vont jusqu'au motel *Star Playa* ou jusqu'à Star Beach Station, et combien de temps mettrait un taxi pour s'y rendre ?

— Le 92 est le seul autocar qui va jusque-là, et Star Beach est au dernier arrêt de la ligne. Je dirais qu'on peut y être en moins d'une heure.

— Je vous remercie infiniment.

Retirant son carnet de notes de la poche de son blouson, Peter vérifia les détails que lui avait fournis Clarita Cardoso et y ajouta le renseignement qu'on venait de lui donner. Il lui tardait de retrouver José Casillo. Mais avant de se changer pour sortir, il jeta un coup d'œil sur ses courriels, comme Luther le lui avait demandé.

Son message s'avérait en effet de la plus haute importance.

J'ai du nouveau. Le 31 juillet 1970, le ministère a envoyé Carlos Bandera-Masíquez à Montréal. L'homme était désespéré, il venait de perdre sa femme et son enfant. Il se préoccupait du châtiment qui allait être infligé à son frère, Sergio Masíquez – désormais sa seule famille – s'il persistait dans sa demande d'asile, rien de moins qu'une trahison. Bandera aurait fait valoir auprès des autorités cubaines qu'il était le seul capable de convaincre Sergio de rentrer à Cuba après ce congrès médical qui devait être exceptionnel en retombées pour le pays. Mais le malheureux n'aurait jamais revu son frère. Le commandant Masíquez serait disparu avant l'arrivée de Bandera à Montréal.

Par ailleurs, mes recherches sur les circonstances du décès de Bandera semblent en déranger plus d'un. Le fossoyeur de Santa Clara prétend maintenant que sa sépulture est introuvable. Et Francis Cruz, chargé de cette sépulture en 1974, l'aurait sommé de cesser d'importuner tous les ministères avec des questions sur un gars mort sans famille et depuis si longtemps.

Bandera aurait-il été témoin d'une anomalie lors de l'enquête qui a suivi la disparition de son frère ? Était-il devenu gênant ?

— *Jesus Christ* ! Bandera était à Montréal lui aussi ? s'étonna Peter.

Le journaliste se demandait s'il devait se réjouir ou s'alarmer de ces informations. Le pauvre Luther avait raison de croire que l'affaire n'était pas sans danger.

⌒

Déguisé en hippie, Peter arriva sur la plage en fin d'avant-midi. Malgré des orages aux allures d'ouragan, il prit le temps d'inspecter les trois arcades qu'il avait repérées le long de la route. La tournée des deux premiers établissements lui avait déjà occasionné une dépense d'une cinquantaine de dollars sans lui livrer le petit-fils de Clarita Cardoso. Convaincu que José Casillo ne pouvait s'y cacher – il les avait inspectés de fond en comble –, Peter espérait le trouver dans le troisième, plus imposant et juché à proximité des hôtels les plus fréquentés. L'immense salle de jeu offrait près d'un kilomètre carré de surface, plus de cinq cents machines à sous, une quinzaine de cabinets d'aisance, deux salons de coiffure, des cafés, des restaurants et bien d'autres endroits où claquer son argent. Peter se dit que c'était sûrement au Beach Star Arcade qu'il allait retrouver le malheureux, terrorisé et rasant les murs. Malheureusement, le temps le pressait, car Peter voulait surprendre

Eugenio García au centre-ville à l'heure du déjeuner. Il allait devoir interrompre ses recherches pour le moment et revenir au Beach Star en fin de journée.

Il rentra donc au *Marriott* pour prendre une douche, changer de tenue et avaler un double *cheese and bacon* avec une bière, avant de se rendre au *Murphy's*.

⌒

Grâce à son charme irrésistible et à quelques mensonges, Peter avait convaincu la secrétaire de García qu'il était un collaborateur de son patron et il avait obtenu le nom du restaurant où il déjeunait. Il le trouva dans une alcôve du *Murphy's*, attablé avec trois hommes en complet-cravate.

— Peter Grove de l'Associated Press, s'imposa-t-il d'emblée. Votre secrétaire m'a dit que je vous trouverais ici. Je vous prie de m'excuser de vous déranger au milieu de votre repas.

Eugenio García lança un regard noir au journaliste qui lui souriait sans vergogne.

— Retournez prendre rendez-vous auprès de cette secrétaire bavarde, monsieur Grove, le rabroua García en lui tendant la main.

— J'ai bien peur que ce que j'ai à vous demander ne puisse attendre. Mais ça ne prendra qu'une minute de votre temps.

García se cabra, blanc de colère.

— Je vous retrouve dans le vestibule.

Mais Peter ne lui donna pas le temps de quitter la table.

— Je voulais simplement vous demander si vous pouviez m'arranger un petit rendez-vous avec votre ami Armando Fosch, ou quelqu'un de son entourage. C'est au sujet de José Casillo…

Les trois invités de García avaient les yeux rivés à leurs assiettes.

— Pourquoi saurais-je où trouver Armando Fosch ?

— Il est le chef de la mafia cubaine de Miami.

— Je n'ai rien à voir avec Fosch, ni avec la mafia. Vous vous méprenez sur mon compte, monsieur Grove.

— Pourtant, d'après une série de photos parues sur un site Web, et si on ajoute foi à cet article publié dans le *Miami Herald* le mois dernier…

Retirant de sa sacoche une coupure de journal, Peter commença à lire :

— … Eugenio García, directement lié à la Fondation nationale cubano-américaine et à d'autres organisations terroristes basées aux États-Unis, accompagnait…

— Pas la peine, je connais cet article diffamatoire ! trancha Eugenio.

Manifestement satisfait des émotions qu'il provoquait chez son interlocuteur, Peter sourit à la ronde aux invités du directeur de la MAI qui s'étranglaient avec leurs entrecôtes grillées.

— Je crains de devoir vous abandonner avant le dessert, souffla García à ses compagnons de table.

— Désolé d'avoir interrompu votre déjeuner, messieurs, railla Peter en attrapant un longuet dans la corbeille.

Eugenio García, dans son costume impeccable et ses souliers vernis, insista auprès de la caissière pour régler sur-le-champ la note de ce déjeuner auquel il avait convié des hommes d'affaires de Miami. Replaçant sa carte or dans un portefeuille bien garni, il glissa ensuite un gros billet dans la main de la serveuse.

— Je compte sur vous pour gâter mes invités. N'oubliez pas le cognac.

Puis, malgré le temps froid et pluvieux, Eugenio endossa son imperméable et se précipita hors du restaurant. Ayant fait signe à son chauffeur de l'attendre au coin de la rue, il demanda presque calmement à l'homme qui le suivait :

— Que puis-je pour vous, monsieur Grove ?

— Peu de chose. Me dire pourquoi vous avez vous-même dénoncé des hommes que vous aviez embrigadés ? M'expliquer pourquoi Casillo s'en est tiré ? Me donner les véritables raisons de l'arrestation de ces ouvriers de votre usine et me dire aussi ce que cache cette diversion, parce qu'il s'agit bien d'une diversion, n'est-ce pas, monsieur García ? Pour qui travaillez-vous exactement ? La mafia, la CIA, ou les deux ? Et quel est le but de cette opération ?

— Vous êtes du genre téméraire, Grove. Je connais de pauvres cons qui ont disparu pour bien moins.

La sonnerie de son téléphone portable retentit.

— Oui ? [...] Julia ! Je ne peux pas te parler maintenant. Je te rappelle, murmura Eugenio García, visiblement agacé.

Peter entendit des cris. García avait blêmi.

— Je serai là dans dix minutes. Enferme-toi à double tour dans ta loge et n'ouvre à personne. Tu m'as bien compris, Julia ? À personne.

— Votre amie a des problèmes ? demanda Peter.

Prenant appui sur la palissade entourant le *Murphy's*, García prit le temps de reprendre son souffle avant de regarder Peter droit dans les yeux et de poursuivre là où il en était avant le coup de fil de sa maîtresse.

— Pour en revenir à vos préoccupations, monsieur Grove, je vous dirai simplement que vous êtes dans l'erreur. Complètement. Faites un effort, *caramba*! Si vous persistez à vous mêler de ce qui ne vous regarde pas, j'ai bien peur qu'il puisse vous arriver malheur, à vous ou à quelqu'un de votre entourage.

— Des menaces! Je n'en attendais pas moins d'un homme de votre classe, García.

— Il ne s'agit pas de menaces, au contraire. Réfléchissez. Armando Fosch n'a que faire des fanfarons de votre espèce. Je vous déconseille de vous mettre en travers de son chemin. Et c'est ce que vous êtes en train de faire, monsieur Grove. Promettez-moi de rester tranquille et je ne dirai rien de votre… maladresse.

Un petit coup de tête du patron avait suffi au chauffeur attentif pour qu'il fasse avancer la limousine jusqu'au portail du restaurant.

— J'espère que vous n'avez pas la prétention de vous mesurer au chef de la mafia cubaine et à la CIA.

— Ma priorité ou, disons plutôt, l'urgence du moment, c'est cet ouvrier disparu.

— Casillo ? Vous êtes vraiment là pour lui ?

L'étonnement d'Eugenio n'était pas surfait.

— Je ne repartirai pas avant de l'avoir retrouvé.

— Casillo est le dernier de mes soucis, mentit Eugenio García. Vous feriez mieux de rentrer chez vous. *Wherever it is* !

— N'y comptez pas.

— Vous êtes un entêté. Casillo est sans doute mort à l'heure qu'il est. Et dans le cas contraire, ne perdez pas de vue que si vous persistez à le chercher, vous guiderez du même coup les sbires que ses ennemis ont lancés à ses trousses.

— Je serai vigilant, et je vous remercie pour cette mise en garde.

Eugenio sourcilla.

— Je vous souhaite un bon séjour à Miami, Grove. Mais ne vous éternisez pas. Vous êtes descendu au *Marriott*… c'est un excellent choix, souffla Eugenio en se glissant sur la banquette de cuir du véhicule. Au Blue Moon, vite !

❦

— Ouvre, Julia, c'est moi, Eugenio.

Il entendit le grincement de la clenche qui pivotait. Puis, dans un hoquet :

— Eugenio !

Julia se jeta dans ses bras. Il la serra contre lui, la laissant sangloter.

— Ça va aller, ma chérie. Je suis là. Que t'arrive-t-il, mon amour ?

— Ils étaient deux… ils portaient des cagoules, ils me menaçaient avec des couteaux… gémissait Julia.

— Que voulaient-ils ? On t'a violentée ?

— Non, admit-elle en soufflant dans un mouchoir.

— Tu crois qu'il s'agit de clients du Blue Moon ? Des gars qui t'ont vue danser ?

— Je ne crois pas…

Eugenio attendit qu'elle se calme. Assis à ses côtés sur le lit défait, il l'écouta lui raconter par bribes le cauchemar qu'elle venait de vivre. Deux hommes avaient forcé la porte de sa loge, l'avaient effrayée, en hurlant qu'ils cherchaient « le traître de García ».

— Ils criaient : « Dis à ton mac que ce sera le seul avertissement ! » Ils disaient que tu allais faire échouer l'opération. Quelle opération, Eugenio ? Tu sais qui étaient ces hommes ? Dis-moi !

— Je n'en suis pas certain. Continue.

— Ils ont parlé d'un otage. Ils ont dit : « Demande à ton mac où il cache l'otage ! »

Eugenio saisit qu'il s'agissait encore de Casillo. Mais ce qu'il ne comprenait pas, c'était le rôle que jouait soudainement Julia dans cette histoire. Personne n'était au courant de sa relation avec une danseuse du Blue Moon. Ils avaient gardé leur relation secrète, ne s'étaient jamais montrés ensemble.

— Qu'est-ce que tout ça signifie, *amor*? Je suis terrifiée. Dis-leur où se cache ce gars, je t'en supplie!

— Calme-toi, Julia.

— Que vas-tu faire, Eugenio? Où caches-tu cet otage? Pourquoi?

Eugenio déglutit. Il se leva et fit quelques pas dans la pièce exigüe. Puis, se tournant vers elle, il demanda:

— Qui es-tu, Julia?

La voix était glaciale. Eugenio venait de comprendre que le sex-appeal et la tendresse de cette fille l'avaient sans doute déjà perdu.

Chapitre 9

Miami, jeudi 7 novembre 2002

Satisfait de sa rencontre avec le chef du personnel de la Miami Añejo Internacional qu'il voulait mettre à l'épreuve et sur les nerfs, Peter se concentra sur ce qui était urgent. Non seulement avait-il à cœur de sauver la vie du petit-fils de Sergio Masíquez, mais il voulait surtout découvrir ce que tramaient la mafia cubaine et la CIA. José Casillo l'aiderait peut-être à saisir les intentions réelles de García.

On disait que les attaques terroristes qui avaient déferlé sur Cuba depuis novembre 2001, tout particulièrement l'explosion de *La Linda* en janvier 2002, étaient l'œuvre de contre-révolutionnaires cubains prêts à tout pour faire tomber Castro. Mais Peter Grove, à l'instar de plusieurs de ses pairs, restait convaincu que ces attentats ne pouvaient avoir été organisés que de l'intérieur du pays. Par ailleurs, il doutait que l'arrestation des membres de Las palomas, association reliée à des groupes dissidents cubains, survenue au moment où le chef de la SINA à La Havane offrait son soutien aux contestataires, puisse relever de la coïncidence. Sans être alarmiste, Peter croyait que l'incident pouvait laisser présager d'autres attentats à Cuba.

Affublé, cette fois, d'anneaux dans le nez et aux oreilles, d'un fichu rose autour du cou, d'un survêtement trop court sur un jean serré, Peter attendit que la voie soit libre pour quitter les toilettes du stationnement du *Marriott*. Il marcha jusqu'à la ruelle achalandée deux pâtés de maisons plus loin.

Sans doute à cause du mauvais temps, le Beach Star Arcade était rempli à craquer. C'est sans enthousiasme que Peter se mit à la recherche, dans une foule d'un millier de personnes, d'un jeune homme qu'il ne connaissait pas et qu'il devrait repérer grâce à la doublure orange d'un blouson endossé à l'envers.

Après avoir aperçu et suivi plusieurs hommes à la chemise, au parka, au pull safran clair ou capucine, ignoré les sourires obscènes de vieux homosexuels et les regards languissants de plus jeunes, Peter allait sinon renoncer, au moins s'arrêter le temps de commander un Jack Daniels – même si le cocktail rose avec un parasol eût été plus approprié. À la recherche du bar le plus proche, aveuglé par les néons, il eut un choc. À deux mètres sur la gauche, appuyé contre une colonne, la tête légèrement inclinée sur la poitrine, là, vêtu d'un blouson couleur feu, Peter vit Sergio, oui, Sergio Masíquez à un âge où il ne l'avait pas connu. Un mètre quatre-vingt-dix, le regard noir comme le charbon, le nez aquilin, les cheveux tombant en boucles souples sur le front haut. Peter revoyait cette photo de Sergio qui avait servi à l'illustration d'un article publié dans le *Granma* en 1970 ; on le voyait dans la vingtaine, un fusil en bandoulière, le regard fier et la posture d'un matamore, portant l'uniforme des soldats républicains. C'était en Espagne, en 1939.

Se sentant observé, José Casillo s'éclipsa dans la foule. Peter ne mit que quelques secondes à réagir, mais cette hésitation avait suffi pour qu'il le perde de vue. Un quart d'heure plus tard, c'est le jeune homme qui le suivait à son tour dans l'enceinte étourdissante. Ayant compris son manège, Peter s'accroupit pour resserrer ses lacets. Les yeux rivés à ses chaussures, il sentait qu'aucun de ses gestes n'échappait à José. Le voyant s'approcher, Peter attendit qu'il soit suffisamment près pour dire :

— C'est Clarita qui m'envoie.

José Casillo le dévisageait en silence.

— Monsieur…

— Peter. Mon nom est Peter Grove, je suis canadien. J'ai connu ta grand-mère dans les années 1970.

— Et mon grand-père ?

— Il était mon ami. Je te raconterai. Suis-moi, j'ai repéré un bar où personne ne nous remarquera.

— Je meurs de faim, murmura José qui n'avait à peu près rien mangé depuis deux jours.

— Dépêchons-nous, l'endroit est moins sûr qu'il n'en a l'air. Je prendrais bien quelque chose moi aussi.

— Au bar ?

— Oui, j'ai vu que le Pinky servait aussi à manger.

L'endroit en question était situé à l'autre bout de l'établissement dans une enceinte sans fenêtres. Seules les bougies sur les tables éclairaient l'endroit qui se voulait douillet. Des couples, des hommes surtout, sirotaient des boissons ou picoraient dans des assiettes d'amuse-gueules. Ils allaient devoir jouer au couple discret. José adressa un sourire entendu à Peter qui se réjouit de le voir se détendre un peu.

— Tu as tout compris. Je viens de te draguer.

Ils prirent place à une table tout près de la sortie de secours, entre les toilettes et les machines à sous.

— Regarde le menu, je vais me laver les mains.

Peter ne fut pas long à revenir. Il vit que le jeune homme avait déjà posé le carton plastifié devant lui.

— Tu as fait ton choix ? demanda Peter en faisant signe au serveur de venir.

— Un club et une Stella, s'il vous plaît.

— Un triple Jack Daniels avec beaucoup de glaçons et une salade César pour moi. Apportez la note tout de suite, nous sommes pressés, précisa Peter.

Dès que le serveur eut tourné le dos, Peter prévint José qu'il n'y avait pas de fenêtres dans les latrines non plus.

— Si tu devais t'échapper, emprunte la sortie de secours ou une des portes qui mènent à l'arcade. Ne va surtout pas te réfugier dans les toilettes.

José acquiesça de la tête.

— Écoute-moi bien. J'ai beaucoup de choses à te dire en peu de temps. On peut avoir à se tirer d'ici en vitesse, continua-t-il en jetant des regards nerveux derrière lui.

Peter sortit son portefeuille de la poche de son jean et en retira une liasse de billets.

— Prends cet argent, tu en auras besoin.

Voyant que José hésitait, Peter improvisa :

— C'est de la part de ta grand-mère.

— Merci…

— En sortant d'ici, tu te rendras à l'hôtel *Three Trees*. C'est un hôtel du même type que ce bar, on ne te cherchera pas là. Je t'appellerai ce soir pour te confirmer l'heure de notre rendez-vous à l'aéroport demain matin.

— À l'aéroport ? se rebiffa José. Mais je ne peux pas quitter Miami sans ma femme et ma fille ! Jamais je ne ferai ça.

— Il n'en est pas question non plus. Vous partirez tous les trois pour Ottawa. Donne-moi ton adresse.

Peter inscrivit les coordonnées des Casillo dans son carnet et nota tous les renseignements nécessaires à l'achat de billets d'avion.

— Tu as ton passeport sur toi ?

— Oui. García nous avait dit de l'apporter à la réunion.

Le serveur revenait avec la bière et le triple Jack. Peter prit une longue gorgée avant de poursuivre :

— Je m'occuperai de ta femme et de ta fille. Je les emmènerai à l'aéroport demain matin. Surtout, évite les policiers. Tu m'as bien compris, José ?

— Je n'avais pas l'intention d'aller les voir. Je suis certain qu'ils me recherchent. Il y avait un cadavre dans ma cabine… chuchota-t-il.

— Je sais. Les tueurs l'ont pris pour toi. Pourquoi veut-on ta peau, José Casillo?

— Je n'en ai pas la moindre idée! Je n'ai rien fait de mal. Je mène une vie tranquille. Je travaille au même endroit depuis cinq ans, je n'ai jamais eu d'histoires. J'appartiens à Las palomas, mais c'est une ONG pacifiste qui œuvre dans l'humanitaire. On devait partir pour Cuba dans une dizaine de jours. Tout était organisé, il n'y avait rien de clandestin.

— Comment se fait-il que tu n'aies pas été embarqué avec les sept autres?

— Neuf! le reprit José.

— On m'a dit que sept ouvriers ont été arrêtés.

— Las palomas comptait dix membres, Juan Dias et Pedro Ortegon, tous deux réceptionnistes, les cuistots Luis et Marta Chávez, et six gars de différentes sections, Ruas, Sarduy, Lupos, Randel, notre président Jérémie González et moi-même. Dix!

— Il n'a jamais été question de dix personnes. On a beaucoup parlé de ta fuite, mais on n'a pas mentionné l'absence de deux autres membres de l'association. C'est étrange. Tu ne sais pas qui ils sont?

— Non. On m'a prévenu par téléphone que la réunion avait été reportée d'une heure et quand je suis arrivé, il n'y avait plus personne. J'ai appris que la réunion avait eu lieu à huit heures comme prévu, et qu'à huit heures dix, ils avaient déjà tous été arrêtés.

— La personne qui t'a appelé t'a sauvé de l'arrestation.

— Je n'ai pas reconnu sa voix. Sur le coup, j'ai pensé que c'était une des secrétaires de Miami Añejo, une femme âgée. Mais quand j'y repense, je ne sais même plus si c'était une voix de femme.

— C'était sans doute une voix déguisée. Tu as confiance en ton patron ?

— García ? Plus maintenant. Je pense que c'est lui qui a tout manigancé. Mais je ne comprends pas pourquoi.

— Tu le soupçonnes de vous avoir trahis ?

— Je l'ai entendu dire à quelqu'un qu'il avait suivi le « plan ».

Le serveur revenait avec deux assiettes bien garnies. José perdit le fil de ce qu'il racontait. S'emparant de son sandwich, il ne prononça plus un mot avant d'avoir presque tout avalé.

— Pardon, je mourais de faim.

Peter grignotait distraitement les feuilles de salade.

— Réfléchis bien et essaie de me répéter mot pour mot ce que tu as entendu.

— J'étais mort de peur, couché sous son bureau. Je ne sais plus…

— Fais un effort! Ce que tu pourras me dire m'aidera à te sortir de là, peut-être aussi à éviter une catastrophe.

— Une catastrophe?

Le jeune homme grimaça. Tentant de rassembler ses pensées, il ferma les yeux et dit:

— García a passé trois coups de fil.

— Tu en es sûr?

— Absolument. Il parlait anglais et espagnol.

Peter se dit que García devait avoir des versions pour Cardon et pour la CIA, et une autre encore pour la mafia.

— Il a d'abord fait référence à une compagnie informatique, puis il a parlé d'un PC…

— Une compagnie?

— C'est ce que je crois. CBM. Il pourrait s'agir d'une société spécialisée dans la vente de matériel informatique qui opère avec GEM. Je connais parce que c'est moi qui ai préparé les bons de commande et payé les factures pour l'installation du dernier réseau informatique de la MAI.

— Puis?

— Il a fait un autre appel. Il parlait plus fort, d'un ton bourru, il mélangeait l'espagnol et l'anglais. Cette fois, il a été question de cuisines meublées et d'oiseaux.

— Ça n'a aucun sens ! déplora Peter en inscrivant scrupuleusement toutes ces informations dans son carnet. Continue.

— Il a dit : « Oiseaux envolés. » Il devait parler des *palomas*.

— Probablement. Et il l'a dit en anglais ou en espagnol ?

— « … *flown away birds… aves despegadas…* » Plutôt en espagnol. Puis il a énuméré plein de chiffres.

— Je t'en supplie, retrouve ces chiffres !

— Impossible !

— *Jesus Christ*, José ! Essaie, je t'en prie !

— Laissez-moi me concentrer.

Le jeune homme sortit un stylo de sa poche et inscrivit une série de numéros sur sa serviette en papier, en biffa certains, puis en ajouta d'autres.

— Le premier nombre était assez simple, quelque chose comme zéro sept onze… ou zéro sept cent onze. Je m'en souviens parce que j'avais fait le lien avec la date d'anniversaire de mon père. Mais la suite était plus compliquée. Il a commencé par « O seize ». De ça je suis absolument certain, parce qu'il l'a répété à plusieurs reprises. Puis il a énuméré une autre série de chiffres.

— Continue…

— Je crois qu'il a dit « seize mille ». Non…

— Allez, réfléchis encore…

— … « six cents ». Il a peut-être dit « mille six cents… O, seize mille six cents et O, seize mille six cent onze ».

— Quel charabia ! Tu en es sûr ? s'inquiéta Peter en notant chaque détail.

— Je pense… Il a même répété en espagnol : « *O dieciséis mil seis cientos once* », ajouta José Casillo sans cafouiller avant d'avaler les dernières croûtes de son sandwich.

— Et ? fit Peter sans trop y croire.

— C'est tout.

— Zéro, sept, cent, onze ? Ou sept cent onze ? O, seize, mille, six, cent, onze ? Ou O seize mille six cent onze ? réfléchissait Peter à haute voix.

L'air de douter de la pertinence des questions du journaliste, Casillo ajouta :

— Au troisième appel, il a répété les codes, puis il a dit « PDR ».

— Tu veux dire CDR, Comité de défense de la révolution ?

— Je ne sais plus. Il parlait en anglais. Mais je crois que c'était plutôt PDR.

— PDR…

— J'allais oublier ! Il a aussi mentionné quelque chose à propos d'un effet d'optique.

— Effet d'optique !

— Oui. Au dernier coup de fil, il a dit « *visual effect* ».

Peter allait s'assurer que c'était bien tout ce dont José se souvenait lorsque son regard se posa sur un gros gaillard assis au bar et qu'il avait déjà remarqué à deux ou trois reprises au cours de l'après-midi.

— Lève-toi vite, sans te retourner, ordonna-t-il à voix basse. Sors par où nous sommes arrivés et prends tes jambes à ton cou. Va jusqu'au *Three Trees* sans t'arrêter. Vas-y, tout de suite, cours ! Ne t'occupe plus de moi ni de ce que je vais crier. Va te réfugier à l'hôtel !

José Casillo n'était déjà plus dans le restaurant. Mais Peter, courant derrière lui, hurlait :

— Va à la police ! Vite, José, va tout de suite à la police !

Peter s'époumonait encore lorsque le type qui les avait suivis se rua sur lui.

— Ta gueule, pédé. Laisse-le partir, laisse-le courir à la police, on s'occupera bien de lui, là-bas. On l'attend, ricana le gros homme.

— Tu veux dire que la police est dans le coup ? feignit de s'affoler Peter.

— Désolé de te l'apprendre, imbécile. Et c'est toi qui auras donné à ton petit copain la bonne idée de se livrer lui-même. Je t'en dois une. Allez, viens avec moi, mon cœur, on va bien s'amuser.

— *Jesus Christ*! La police! Les salauds! en rajouta Peter tout en administrant un violent coup de genou dans l'entrejambe de l'homme qui le retenait.

Le temps qu'il reprenne son souffle permit à Peter de s'enfuir du Pinky et de se perdre dans la foule. S'étant réfugié dans une salle de jeu, il s'empressa de retirer les boucles d'oreilles, les anneaux, tous les accessoires roses et le survêtement trop ajusté qu'il jeta à la poubelle. Prêt à repartir dans une autre direction pour semer son agresseur une fois pour toutes, Peter le vit quitter l'arcade et monter à bord d'une voiture. Il en conclut qu'il n'était pas celui qu'il cherchait.

⌁

Encore essoufflé, Peter s'installa sur un tabouret face à un jeu électronique et fit glisser une pièce dans l'orifice de la machine. « Concentre-toi, mon vieux, allez! » S'étant emparé des manettes, il guidait une fille sexy poursuivie par un *serial killer* dans les méandres d'un tunnel truffé d'embûches tout en faisant le point.

« Casillo, au *Three Trees*, est en sécurité pour le moment. Me rendre chez lui, emmener sa femme et la fillette au *Marriott* pour la nuit. Risqué, mais je ne dois pas les perdre de vue une seconde. Les conduire à l'aéroport demain, départ pour Ottawa ou n'importe où s'il le faut, avec le premier vol. Billets pour trois personnes... »

— Les billets! Voilà l'urgence! s'écria-t-il, déjà debout et tâtant ses poches à la recherche de son téléphone. *Jesus Christ*! jura-t-il, se rappelant tout à coup l'avoir glissé dans la pochette intérieure du sweat-shirt.

Les ordures étaient en grande partie constituées de restes de casse-croûte, de gobelets gluants et de sachets graisseux. La pièce de vêtement qu'il en retira était poisseuse, mais il n'en tint pas compte, trop heureux d'avoir récupéré son cellulaire en bon état.

⌒

Peter savait que sa femme pouvait, en moins d'une heure, obtenir trois billets d'avion en partance de Miami pour Ottawa. Toutefois, appeler Edwige pour lui demander ce service l'horripilait.

Son sens de l'éthique voulait qu'il ne profite jamais du titre de sa femme pour faciliter ses enquêtes. Mais la vie des Casillo était en danger, et il était sûrement la seule personne à Miami pouvant leur venir en aide.

Edwige comprendrait, c'est du moins ce qu'il espérait.

En dépit des efforts qu'il fit pour garder son calme et lui faire le récit d'un séjour agréable, il eut droit à mille questions lorsqu'il lui demanda de se charger de l'achat des billets d'avion dont il avait un urgent besoin.

— Je ne cours aucun danger, ma chérie. Je sais que le départ des Casillo n'était pas prévu, mais il doit se faire dans la plus grande discrétion et le plus vite possible. Je t'en prie, rends-moi ce service, je t'expliquerai. Il faudrait qu'ils puissent quitter Miami pour Ottawa tôt demain. Je récupérerai les billets directement à l'aéroport.

Bien que réticente à laisser son mari poursuivre un projet qui lui semblait tout à la fois farfelu et périlleux, Edwige lui promit de faire l'impossible et de le rappeler dès qu'elle aurait du nouveau.

— Dans tous les cas, j'attendrai ton coup de fil à vingt et une heures, ma chérie. Merci.

Avant de raccrocher, Peter avait réitéré à Edwige qu'il rentrerait à Cuba à la date et à l'heure prévues. En réalité, il n'en était plus sûr du tout. Il devrait d'abord sauver José Casillo sans doute malade de peur dans sa chambre d'hôtel, retrouver et convaincre Hortensia de lui faire confiance et de le suivre à l'aéroport avec son enfant, les embarquer tous les trois à bord d'un vol dont il ne savait encore rien, puis les installer à Ottawa en attendant de leur trouver un statut. Et tout cela en déjouant la mafia et la CIA, toutes deux à ses trousses !

Se répétant que la première chose à faire était de mettre la femme et l'enfant de José à l'abri pour la nuit, Peter héla un taxi. La maison des Casillo, située dans une petite rue d'un quartier modeste, était déjà plongée dans l'obscurité. Peter craignit qu'Hortensia ait décidé de se réfugier chez des amis avec sa fille. Si c'était le cas, il n'avait aucune idée des endroits où les chercher.

Il descendit tout de même du taxi en priant le chauffeur, qu'il régla généreusement, de l'attendre une dizaine de minutes avant de repartir. Au même moment, il entendit une voiture démarrer en trombe à l'angle de la ruelle. L'avait-on devancé ? Aurait-on kidnappé la famille de Casillo pour le forcer à reparaître ? Alors qu'il allait frapper à la porte du solarium, Peter sentit une présence derrière lui. Se préparant à enfoncer son coude dans l'abdomen de l'agresseur, il perçut un petit gémissement. La voix d'une enfant.

— Chut, Juanita. C'est vous, monsieur Grove ?

— Hortensia ? J'ai failli vous frapper !

— Je vous attendais. José m'a prévenue. Entrons, fit-elle en introduisant la clé dans la serrure. Faites attention à la marche. Je n'allumerai pas.

Peter s'engagea derrière la femme et la fillette. Déplorant le risque qu'avait couru Casillo en téléphonant à sa femme, Peter admit que cette précaution lui avait sans doute sauvé la vie.

— On était donc à vos trousses ? chuchota Peter.

— Oui, j'en suis sûre ! Le gros homme, qui vient de partir après avoir sondé les portes et les fenêtres, est celui qui est monté à bord de l'autocar en même temps que moi, hier matin. José m'avait précisé que vous étiez grand et mince, alors je suis restée cachée sous la galerie des voisins en vous attendant.

— Il va sans doute revenir. Je vous emmène à l'hôtel, toutes les deux. Nous retrouverons votre mari demain matin à l'aéroport. Enfin, je l'espère.

— Que voulez-vous dire, monsieur Grove ?

— J'attends une confirmation pour les billets.

— Les billets ?

— Oui, vous partirez tous les trois pour Ottawa, demain, et y resterez le temps de clarifier cette affaire.

— À Ottawa! Vraiment? Oh! Merci!… Alors pourquoi ne pas rejoindre José tout de suite?

— Ce serait prendre des risques inutiles. Et il n'y a pas de vol avant demain matin.

— Alors, restons ici plutôt que d'aller à l'hôtel.

— Ici?… Pourquoi pas… concéda Peter après quelques secondes d'hésitation.

— Ce sera moins perturbant pour Juanita, ajouta Hortensia.

— Je vais tout de suite réserver le taxi pour demain, fit Peter en sortant dans la rue.

Lorsqu'il revint, toujours dans l'obscurité, Hortensia préparait Juanita pour la nuit.

— Une voiture nous attendra dans la ruelle derrière la maison à quatre heures. Dois-je vous réveiller?

— Nous serons prêtes, ne vous inquiétez pas.

— Vous en êtes certaine?

— La petite est morte de fatigue. Je vais me mettre tout de suite avec elle au lit. Nous serons réveillées à temps.

— Il n'est que huit heures…

— Je sais, mais je ne veux pas laisser Juanita.

— Je comprends. J'ai des appels à faire, j'espère que ça ne vous dérangera pas.

— Nous avons une chambre d'ami. Suivez-moi.

Edwige et Peter étaient convenus de se parler à vingt et une heures. Craignant que les nouvelles ne soient pas bonnes et ne voulant surtout pas inquiéter Hortensia, Peter s'enferma dans les toilettes pour attendre l'appel de sa femme. Quelques minutes plus tard, son cellulaire vibrait dans sa main.

— Ma chérie! Merci de me rappeler!

— Où es-tu, Peter? Tu halètes comme un animal traqué.

— Je ne peux pas parler à voix haute, il y a une enfant qui dort dans la chambre à côté.

— Une enfant?

— La petite des Casillo. Je passe la nuit chez eux.

— Pourquoi ne dors-tu pas au *Marriott*?

— Je t'expliquerai. Dis-moi que tu as trouvé des billets…

— Oui. Tu pourras les récupérer au comptoir d'American Airlines, demain matin. C'est un voyage compliqué. Le départ est à six heures trente, je n'ai rien trouvé plus tôt. Ils devront faire escale à Charlotte, en Caroline du Nord, puis à Toronto, pour arriver à Ottawa aux environs de midi.

— Qui est au courant, à part toi ?

— J'ai tout réglé moi-même, sois sans crainte.

— Merci, mon amour. Je suis désolé de t'avoir demandé ça.

— Je suis folle d'inquiétude, Peter. Je n'ai pas désserré les dents depuis ton départ. Dans quelle sale histoire t'es-tu embarqué ?

— Sale, oui. Mais je dois aider ces enfants-là, Edwige ! Tu aurais fait la même chose à ma place.

— Peter, je te dis que je suis morte de peur.

— Je sais, mon amour. Je te rappelle demain, dès que je serai de retour au *Marriott*. Essaie de dormir, prends un somnifère et fais-moi confiance, je vais nous sortir de là.

— Je t'aime, Don Quichotte de mes deux !

— À demain, mon amour.

Peter avait ensuite joint José Casillo au *Three Trees* pour confirmer leur rendez-vous du lendemain et le rassurer sur le sort de sa femme et de son enfant.

— Rendez-vous dans les toilettes à gauche du comptoir US Air à cinq heures vingt.

CHAPITRE 10

Miami, vendredi 8 novembre 2002

Un mince lacet outremer fendait l'horizon, laissant croire que la journée serait moins exécrable que la veille. Peter était déjà dans la douche lorsque le radio-réveil lui donna les prévisions météorologiques. Il percevait des bruissements et des babillages de l'autre côté de la cloison. Hortensia et Juanita achevaient leur petit-déjeuner.

Lorsqu'il se présenta dans la cuisine, Peter s'étonna de trouver la jeune femme aussi calme. Elle était déjà en tenue de voyage et rangeait la table. À cheval sur la valise, Juanita grignotait un quignon de pain.

— Vous voulez un café ? lui proposa Hortensia à voix basse.

❦

Malgré l'heure matinale, l'aéroport de Miami était animé. Entre la cacophonie des annonces des départs et des arrivées et le ferraillement des voiturettes et des valises sur le terrazzo, Peter n'arrivait pas à se concentrer. Un peu après cinq heures, il laissa Hortensia avec sa petite fille à proximité du comptoir US Air, sur une banquette en face des toilettes pour hommes. Lui s'y engouffra en croisant les doigts. Il toussa trois fois avant d'entendre le battement d'une porte derrière lui. Se retournant, il vit un homme d'âge mûr se diriger vers les lavabos. Toutes les autres portes étaient entrebâillées. Peter ne voulut pas s'alarmer, mais José avait du retard. S'étant lavé les mains et coiffé plusieurs fois, il s'enferma dans un cabinet pour attendre le jeune homme. Après dix minutes, l'agacement fit place à l'inquiétude. Peter dut se rendre à l'évidence, Casillo avait eu un problème. Que dire à Hortensia pour ne pas l'affoler? Sortant des toilettes, il la vit quitter la banquette pour venir vers lui.

— Où est José, monsieur Grove? Que se passe-t-il?

— Suivez-moi, Hortensia, ordonna-t-il.

— Où allons-nous? Où est José? répétait-elle d'une voix étranglée.

— Vous allez vous installer au restaurant du premier étage et commander un jus de fruits, Hortensia.

La petite pleurait dans les bras de sa mère et Peter tendit les bras, suggérant qu'il allait la porter. Mais Hortensia lui demanda de prendre plutôt ses bagages restés sous la banquette. À l'entrée du café, Peter lui indiqua une table tout au fond de la salle.

— Ne quittez ce restaurant sous aucun prétexte, je reviens dans quinze minutes.

Sans tenir compte des gens en file qui attendaient un taxi, Peter se jeta devant une voiture qui arrivait, se précipita sur le siège arrière et, montrant une carte plastifiée, donna une adresse en ordonnant de faire vite.

— Quelqu'un est en danger, lança-t-il sans plus d'explications.

N'y croyant qu'à moitié mais ravie de commencer sa journée sur le pied de guerre, la jeune femme au volant de la Ford démarra en trombe, ignorant les commentaires outranciers des clients qui patientaient depuis un quart d'heure.

Le *Three Trees* se trouvait à moins d'un kilomètre de l'aéroport et ils ne mirent pas plus de trois minutes pour s'y rendre.

— S'il vous plaît, attendez-moi, insista gentiment Peter.

Puis il s'engouffra dans les portes battantes et fonça sur le réceptionniste en bousculant deux ou trois clients.

— Il s'agit d'une urgence, monsieur ! Je dois tout de suite parler à José Casillo, un client qui a passé la nuit chez vous.

L'homme aux tempes grises lui adressa un petit signe de la main, suggérant qu'il se calme. Ce rappel à l'ordre mit le journaliste hors de lui.

— Où est-il ? Donnez-moi la chambre de Casillo ou je fais un scandale, s'imposa-t-il en brandissant de nouveau sa carte plastifiée.

— Veuillez me suivre, monsieur, dit une voix mielleuse derrière lui.

Le jeune homme portait un tailleur-pantalon ajusté et arborait un maquillage soigné.

— Vous suivre où ? s'impatienta Peter. Je dois parler à un client de votre hôtel de toute urgence. Ça se fait, non ? Parler à un client ?

Ayant indiqué à Peter un petit bureau sur la droite des comptoirs de la réception, le jeune homme l'invita à s'y installer.

— Assoyez-vous, monsieur… ?

— Grove. Je suis un ami de José Casillo et nous avions rendez-vous ce matin à l'aéroport, reprit Peter le plus calmement possible. Je sais qu'il est descendu chez vous hier, je lui ai même téléphoné dans la soirée.

— Je comprends, monsieur Grove, mais je suis désolé de devoir vous apprendre qu'un accident est survenu hier, aux environs de minuit…

— Un accident? Quel accident?

— Lorsque je suis arrivé, ce matin, on m'a dit que votre ami aurait été trouvé…

— Non! hurla Peter.

— J'en ai bien peur. Je n'ai rien vu, je ne travaillais pas cette nuit, déplora le jeune homme. Des clients auraient entendu des cris et prévenu un gardien de sécurité qui se trouvait sur l'étage. On a parlé de crime passionnel… mais ce ne sont que des rumeurs.

— Un crime passionnel! C'est tout à fait insensé! Sa femme…

Conscient du danger que couraient Hortensia et Juanita, attablées sans aucune protection dans un endroit public, Peter se reprit.

— Où l'a-t-on… Où a-t-on amené le corps?

— Je n'en sais rien. Je vous l'ai déjà dit, je n'ai rien vu. Tout ce que je peux vous dire, c'est ce qu'on m'a rapporté. Voulez-vous parler à la police? Ou à notre directeur? Il sera là dans quelques minutes.

— La police? Non. Je… Plus tard, sûrement…
Merci.

S'étant levé précipitamment, Peter quitta le
Three Trees au pas de course.

— On retourne à l'aéroport! Faites vite, je vous
en prie, dit-il à la jeune fille qui l'avait attendu les
deux mains rivées au volant, sans même avoir
arrêté le moteur de son véhicule.

⌒

Lorsqu'il les retrouva au restaurant de l'aéroport,
la mère et la petite sur ses genoux étaient immobiles
devant des verres de jus de fruits intacts. Peter prit
place à leurs côtés et saisit la main d'Hortensia
pour lui apprendre tout à la fois que son mari était
mort et qu'elle devait s'enfuir à bord de cet avion
qui allait décoller dans moins d'une heure pour les
amener au Canada, elle et sa fille. Comme si elle
l'avait toujours su, Hortensia ne manifesta aucun
sentiment à l'annonce de « l'accident », si ce n'est
qu'elle se mordit les lèvres jusqu'au sang.

— Je vous mettrai à l'abri, toutes les deux. Vous
pouvez compter sur moi. Mais nous devons y aller
maintenant, insista Peter qui craignait qu'Hortensia
ne veuille plus quitter Miami.

Sans un mot, la femme de José Casillo se leva, prête à partir.

— Hortensia, je vous promets que ces salauds…

Mais la jeune femme ne l'écoutait pas.

— On va retrouver papa, ma chérie, murmurait-elle à l'oreille de la fillette.

— Papa, où papa ?

Pas une larme, pas un cri, pas une supplication. Hortensia mit un doigt sur la bouche de la petite, lui fredonnant : « On va retrouver papa. » Puis elle suivit Peter d'un pas mécanique, alors que lui, bouleversé, s'efforçait d'avancer. Comment allait-il pouvoir apprendre cette horrible nouvelle à Clarita Cardoso ?

Bien que la mère et sa fille aient pris ce vol vers Ottawa et qu'aucun incident n'ait perturbé leur départ, Peter était troublé. La réaction d'Hortensia ou plutôt son absence de réaction lui faisait redouter un effondrement à retardement. Et bien qu'il ait vanté l'hospitalité de Jorge Luther pour la rassurer, il déplorait de ne pouvoir compter que sur l'écrivain renfrogné pour réconforter Hortensia. Lorsque Peter avait appelé Luther de l'aéroport pour lui annoncer la mort de José Casillo et lui demander d'héberger sa famille en route pour Ottawa, le vieux solitaire avait failli lui raccrocher au nez.

— J'avais pensé leur laisser mon appartement de la rue Clyde et m'installer à l'hôtel à mon retour de La Havane, mais elles n'y seraient pas en sécurité. Vous comprenez, Luther?

— Euh… mais… avait objecté l'écrivain. Je suis dans une période de travail intense et je ne me sens pas très bien ces jours-ci. Jason non plus, d'ailleurs. Nous souffrons tous les deux de crampes d'estomac. Pourquoi ne pas les installer à l'hôtel? Elles…

— Toujours pour des raisons de sécurité, l'avait coupé Peter.

Craignant de voir Luther s'entêter, il s'était empressé d'utiliser l'argument qui le convaincrait.

— Il va sans dire que les deux cents dollars par jour que me coûterait une suite au *Business Inn* vous reviendront, Luther! Quelques jours, une semaine tout au plus. Je m'occuperai d'elles dès que je reviendrai de Cuba.

— Vous repartez là-bas? Ne deviez-vous pas passer à l'agence cette semaine?

— Je dois être à La Havane demain, sans faute! Mais je serai à Ottawa en début de semaine.

Luther avait rapidement estimé que sa collaboration lui rapporterait au-delà des mille dollars.

— J'ai une grande maison, après tout. Je leur
donnerai le premier étage puisque je n'y monte
jamais. Ce sera un peu frais…

— Frais ? Empressez-vous d'allumer le chauffage,
avait ordonné Peter. *Jesus Christ*, Luther, la petite
a deux ans et elle et sa mère arrivent de Miami !
Allez aussi chercher des victuailles, je vous rem-
bourserai. Elles seront là aux environs de treize
heures.

Après avoir, non sans un pincement au cœur,
monté le chauffage à vingt degrés Celsius, Jorge
Luther s'était rappelé les deux cents dollars par
jour que lui vaudrait ce désagrément et s'était
remis à son travail.

⤚

Il était exactement treize heures quinze lorsque
Jorge Luther accueillit Hortensia et Juanita. Emmi-
touflé dans un châle, il se donna la peine de sortir
sur le perron pour demander au chauffeur de taxi
de déposer les valises dans le portique. Hortensia
régla la course avec des dollars que Peter lui avait
donnés à son départ de Miami. Juanita avait déjà

fait la connaissance de Jason qui se collait à son maître.

— *Perro… grande perro**, maman…

— Entrez, je vous en prie, fit Luther, plus aimable qu'il ne l'avait été au téléphone envers Peter.

Hortensia entraîna Juanita vers la maison.

— Je suis désolé pour ce qui est arrivé à votre mari, madame… sentit le besoin d'ajouter Luther.

— Merci, monsieur, le coupa Hortensia d'une voix blanche. Je vous remercie aussi de nous héberger. Je vous promets d'être discrète. Nous sommes très fatiguées toutes les deux.

— J'espère que la chambre et la salle de bain vous conviendront, dit simplement Luther en lui indiquant l'escalier.

— Ce sera parfait, j'en suis certaine.

— Je ne peux malheureusement pas vous aider à monter vos bagages, mon cœur me joue des tours depuis quelque temps. Mais laissez-moi au moins vous montrer votre chambre, fit Luther en s'agrippant à la rampe.

La pièce qu'il avait préparée pour ses invitées était spacieuse et bien éclairée. Donnant sur le jardin, elle convenait tout à fait. Ayant déposé la petite sur le grand lit et sa valise près de la commode, Hortensia demanda à son hôte si elle pouvait utiliser le téléphone.

— Un appel international ? s'inquiéta Luther.

— Oui. C'est vraiment très gentil à vous. Monsieur Grove vous remboursera toutes les dépenses, soyez sans crainte, il me l'a dit, précisa Hortensia, que Peter avait informée du petit défaut de son ami. Merci pour tout, répéta la jeune femme en poussant poliment le vieil homme hors de la chambre.

— N'hésitez pas à m'appeler si vous avez besoin de quoi que ce soit, insista Luther, soulagé à l'idée qu'on lui rembourserait toutes ses dépenses et refermant la porte derrière lui.

Hortensia retrouva la carte que Peter lui avait remise à l'aéroport. Elle composa le numéro de téléphone de l'hôtel *Marriott* à Miami et demanda la chambre 2912. Peter répondit tout de suite.

— Monsieur Grove ! Nous venons d'arriver.

— Ça va ? Vous avez fait bon voyage ? Et Juanita ?

— Tout va bien, merci. Il faut que je vous dise…

— Y a-t-il un problème ? s'inquiéta Peter. Ne vous en faites pas, vous ne resterez chez Luther que quelques jours…

— La chambre est parfaite et votre ami est très gentil… Écoutez, monsieur Grove, je vous appelle au sujet de José… il n'est pas mort. José n'est pas mort !

— Mais que racontez-vous ? L'assistant du directeur du *Three Trees* m'a dit…

— Je vous dis que José est bien vivant, continua Hortensia.

La voix de la jeune femme n'avait rien d'hystérique. Au contraire, elle était plus posée que celle de Peter.

— José est vivant ? En êtes-vous sûre ? Comment le savez-vous ?

— Mon mari m'a téléphoné la nuit dernière, chez nous à Miami…

— C'est impossible ! Je n'ai rien entendu. Quelle heure était-il ?

— J'ai fait en sorte que vous n'entendiez pas. José m'a appelée aux environs de trois heures pour me dire qu'on l'avait enlevé…

— Au *Three Trees* ?

— Il n'est plus à cet hôtel.

— Où est-il ?

— Je n'en sais rien, ni lui non plus. On l'a bâillonné, on lui a bandé les yeux, ligoté les mains et on l'a forcé à quitter la chambre une arme sur la tempe. Puis on lui a fait emprunter une sortie de secours pour descendre au garage et monter dans une camionnette. José a eu très peur, il croyait qu'on allait le tuer.

— Mais les cris, les voisins ! Le gardien de sécurité ! On m'a dit qu'il y avait des témoins ! *Jesus Christ* ! Le directeur de l'hôtel devait être dans le coup.

— Oui, c'était une mise en scène.

— Quelle mascarade ! s'insurgea Peter. Pourquoi ne pas m'avoir dit que José avait téléphoné ? Pourquoi ne pas m'avoir prévenu tout de suite ?

— José m'a fait promettre de partir comme prévu et de ne rien vous dire avant que nous soyons arrivées au Canada et en sécurité toutes les deux. Il avait peur que vous changiez d'idée, pour Ottawa.

— Mais c'est insensé ! Je n'aurais jamais fait ça ! Puis je n'en sais rien, après tout, avoua Peter. Il a peut-être eu raison. Mais où est-il ? Que vous a-t-il dit du ravisseur ?

— Qu'il était seul, qu'il parlait espagnol. Rendu à destination, l'homme qui le détient lui a suggéré de m'appeler.

— Et pourquoi cette gentillesse ?

— Pour que je ne m'inquiète pas quand j'apprendrais sa mort. Surtout pour que je promette de ne rien entreprendre. Ni vous non plus… si nous tenons à la vie de José.

« García! » pensa Peter. Ce criminel avait dû promettre à Fosch et à Cardon de retrouver l'ouvrier manquant. Bien sûr, le directeur de la MAI ne toucherait pas à un cheveu de la tête de Casillo. Il allait le loger et bien le nourrir en attendant de le remettre à la mafia ou à la CIA.

— *My God!* ne put s'empêcher de gémir Peter.

— Quoi? Vous croyez que José est en danger? Il ne semblait pas terrorisé, il m'a assuré qu'il était dans un endroit correct.

Quelques secondes s'écoulèrent avant que Peter ne réponde:

— Je vais tenter de le tirer de là. Je vais faire l'impossible pour sortir votre mari du pétrin encore une fois, mais à la première bévue, je laisse tout tomber. À partir de maintenant, Hortensia, vous ne me cachez plus rien, c'est compris?

Assise sur le rebord du lit, la jeune femme s'était mise à pleurer. Sa petite fille s'agrippa à son dos.

— Promettez-moi de rester bien sagement chez Luther avec Juanita. Ne sortez pas, ne téléphonez à personne, sauf à moi, et ne répondez à aucun appel. Je passerai par Luther pour vous parler.

— C'est promis.

— José est vivant, c'est ce qui nous importe, conclut Peter.

Après avoir raccroché, il se servit un double Jack et s'allongea sur le canapé en se répétant que José Casillo était vivant.

La nouvelle aurait dû le réjouir. Pourtant, Peter se sentait pris au dépourvu. Alors qu'il croyait mener le jeu, quelqu'un l'avait devancé. Eugenio García avait eu raison de lui dire qu'en se mettant à la recherche de Casillo, il ferait le travail pour d'autres. En le retrouvant grâce aux indications de Clarita qu'il était seul à détenir, il leur avait indiqué le chemin. Et en envoyant José au *Three Trees*, il le leur avait offert sur un plateau.

— *Oh my God*! gémit de nouveau Peter.

La pensée de rentrer sur-le-champ à La Havane l'effleura. Edwige lui manquait et il savait à quel point elle s'était inquiétée pour lui au cours des dernières heures. Son billet de retour avait été confirmé pour le lendemain matin, mais il pouvait devancer son départ. Sur le point de contacter son agence de voyages, il se dit qu'il devrait plutôt appeler la secrétaire de García et tenter d'obtenir un rendez-vous avec son patron.

Sachant pertinemment que ses chances d'être reçu par le directeur de la MAI étaient minces, Peter se présenta comme un voisin de José Casillo qui savait où ce dernier se cachait. Si García ne détenait pas Casillo, il demanderait à le rencontrer.

Si, au contraire, il l'avait lui-même kidnappé, il voudrait connaître le plaisantin qui croyait pouvoir se moquer de lui.

— Je regrette, mais monsieur García est absent aujourd'hui.

— Pourriez-vous me donner son numéro à la maison ?

— Certainement pas.

— Pourriez-vous au moins l'appeler pour lui dire que j'aimerais le rencontrer ?

— Votre nom ?

— Inutile, il ne me connaît pas. Dites-lui que je suis « un voisin de Casillo qui sait des choses ». Je vous rappelle dans une heure, conclut-il, jouant le tout pour le tout.

Il s'installa au secrétaire en face de la baie vitrée et démarra son portable. Il s'était dit qu'il consacrerait l'après-midi à mettre bout à bout les informations recueillies au cours des derniers jours et à les analyser. Il voulait aussi décortiquer les bribes des conversations téléphoniques d'Eugenio García dont José s'était plus ou moins souvenu. Il plaça sa montre bien en vue pour ne pas oublier de rappeler la secrétaire de García et entreprit de taper sans trop réfléchir tout ce qu'il avait appris au cours des derniers jours.

— CBM, PC, zéro sept cent onze, cuisines prêtes, oiseaux envolés, O seize mille six cent onze et mille six cents, *visual effect*, CDR ou PDR! Quel magma! s'emporta-t-il. Résumons!

Malgré le poids de Cardon dans l'administration Bush et le spectre de Fosch planant sur Miami, un point était clair: toute l'histoire de l'arrestation de Las palomas, l'incident Casillo compris, tournait autour de García. Le directeur de la MAI avait reçu l'ordre de créer l'ONG, comme il avait reçu celui de faire arrêter ses membres. Pourquoi? Soit pour camoufler une opération, soit pour en donner le coup d'envoi. La CIA et la mafia, toutes deux aux commandes, auraient pu prévenir Casillo ou donner l'ordre de l'épargner, mais elles ne l'avaient pas fait: l'inconnu assassiné dans la cabine 23 était l'homme de main de Fosch que celui de Cardon avait pris pour Casillo, ou le contraire. Ce qui signifiait, dans les deux cas, que des tueurs à gages de la mafia et de la CIA étaient aux trousses de Casillo avec l'ordre de l'éliminer. Ce n'était pas eux qui l'avaient sauvé. Il fallait donc que ce soit García!

— Pourquoi García a-t-il épargné José Casillo? Et à deux reprises, j'en parierais ma chemise! s'écria Peter, convaincu de détenir enfin un morceau du puzzle.

Soucieux de ne pas s'engager sur une fausse piste, Peter voulait étudier davantage ses notes lorsqu'un regard sur sa montre lui indiqua qu'il était l'heure de son rendez-vous téléphonique avec la secrétaire du directeur de la Miami Añejo Internacional.

— Des nouvelles de votre patron, madame ?

— Rappelez demain, trancha la secrétaire sans plus de détails avant de raccrocher.

« Ce gangster refuse de me recevoir ! se dit Peter. Tant pis ! Quelles sont les priorités ? » La réponse à cette question lui semblait évidente : il devait obtenir, dans le cadre de son enquête pour l'agence, un maximum de renseignements sur la prochaine opération et sauver la vie de José Casillo dans la foulée.

Il s'écoula presque trois heures avant que Peter ne quitte son clavier. Après avoir noirci des pages et des pages de réflexions – des pistes allant dans toutes les directions –, il allait abandonner, déçu. Mais avant d'éteindre l'ordinateur, il tapa de nouveau certains des codes retenus par Casillo qu'il s'empressa d'imprimer afin de les lire et les relire à haute voix et dans tous les sens.

« Zéro, sept, onze… ou 0711. O seize, mille six cent onze…? O16 1611 ? *Jesus Christ* ! Des dates ?

Ces codes seraient-ils les jours et les heures des attentats ? » se demandait-il.

Une chose était sûre : une opération menée de front par la mafia cubaine et la CIA ne laissait présager rien de bon pour Fidel ni pour Cuba. Mais que signifiaient les autres éléments ? Les oiseaux et les cuisines ?

« Il me manque sans doute l'essentiel. Et si je faisais erreur ? J'ai besoin d'aide ! »

Bien que terriblement incomplète, l'information devait parvenir sans tarder aux autorités cubaines. Peut-être que là-haut, quelque expert arriverait mieux que lui à interpréter ce fatras. Il commença par envoyer un courriel à Luther dans lequel il lui faisait part de son embryon de trouvaille et lui demandait d'en aviser le conseiller politique de l'ambassade cubaine à Ottawa dans les plus brefs délais. Puis, ayant retrouvé la lettre de Luis Orlando de L'Acosta, à laquelle il avait épinglé la photo de Cardon et de sa maîtresse, il téléphona à la Section des intérêts cubains à Washington pour informer le chef de mission des derniers développements.

Après avoir envoyé des signaux où il le pouvait, Peter s'attaqua à la révision de sa série d'articles qui visaient à démontrer que les événements tragiques dont Cuba était victime depuis quelque temps n'étaient rien d'autre qu'un renforcement de la *Loi*

Helms-Burton proclamée en 1996, qui était elle-même un durcissement de l'embargo mis en place le 7 février 1962. Cette loi, par ailleurs, était loin d'avoir atteint son but, à savoir soulever l'assentiment international. Le gouvernement du Canada, à l'instar de nombreux pays, n'avait pas caché sa désapprobation quant à l'intensification d'un embargo qu'il n'acceptait déjà pas au départ. Ces articles sur lesquels le journaliste travaillait depuis des mois et que l'AP comptait diffuser de par le monde dans les semaines à venir voyaient leur pertinence s'accroître avec l'affaire Las palomas.

Peter était persuadé que l'ONG, dont l'arrestation d'une dizaine de membres avait fait beaucoup de bruit, était l'invention de la mafia et que son seul objectif était de camoufler les préparatifs d'un autre attentat terroriste d'envergure à Cuba. Consciente que le temps ne jouerait pas en sa faveur, la CIA était pressée de frapper vite et fort. Et s'il s'agissait bien du 16 novembre, il ne restait qu'une dizaine de jours avant la catastrophe.

« Je dois convaincre l'agence de diffuser mes articles tout de suite ! »

Nul doute qu'ils déplairaient à Jim Cardon ! Le journaliste devait agir avec prudence. Casillo était toujours entre les mains de la mafia. Par ailleurs, si ce qu'il avait compris dans les charades de García s'avérait exact et que ceux à qui il venait de faire parvenir ces renseignements passaient à l'action, il craignait que le directeur de la Miami Añejo Internacional, à la solde de Cardon et de Fosch, n'ait à se débarrasser de Casillo pour redorer son blason aux yeux de ses employeurs.

Il en était là de ses réflexions quand il reçut un message de Jorge Luther lui confirmant qu'il rencontrait Pérez à dix-sept heures et que ses invitées, après avoir pris un bon repas, faisaient une sieste.

⌒

Luther était revenu plutôt satisfait de sa rencontre avec le conseiller de l'ambassade cubaine à Ottawa.

Après qu'il eut fait part des dernières découvertes de Peter à Cristiano Pérez, ce dernier s'était confondu en excuses de avoir douté de la bonne foi de son ami correspondant international, et en avait fait autant à l'égard de Luther, le priant de ne pas lui tenir rigueur de l'arrogance dont il avait fait preuve lors de leur précédent entretien.

— Le ministre est très préoccupé par tous ces événements, avait expliqué le diplomate. Soyez assuré, Luther, que vos services seront reconnus en haut lieu. J'y verrai personnellement, avait conclu le conseiller.

Dès son retour à la maison, Luther avait envoyé un mot à Peter pour le rassurer.

Chapitre 11

La Havane, samedi 9 novembre 2002

À peine engagé sur la passerelle, Peter vit Edwige le saluer depuis la loggia du salon VIP. Elle portait une robe blanche ample et vaporeuse et avait chaussé des sandales à hauts talons. Peter se dit qu'il serait bon d'être en vacances dans ce pays magnifique avec cette femme magnifique par ce temps magnifique. Mais rien ne laissait présager un tel bonheur dans les jours à venir. Elle lui fit signe de venir le rejoindre. Bousculé par les passagers pressés d'en finir avec les formalités, Peter présenta son passeport au militaire parqué devant la porte blindée. On lui fit signe de passer.

— Mon amour, tu ne m'as jamais autant manqué. Tu as l'air épuisé.

— Je le suis, mais c'est si bon de te revoir !

— Comment s'est passée ta dernière journée à Miami ? As-tu des nouvelles des Casillo ?

Peter avait voulu attendre d'être sain et sauf à La Havane et de savoir Hortensia et Juanita en sécurité à Ottawa avant d'informer Edwige et Clarita de la mort de José Casillo. Il se félicitait d'avoir pris cette précaution puisqu'il n'avait plus à le faire. Serrant sa femme dans ses bras, Peter se demandait par où commencer.

— José nous a fait faux bond au dernier moment. Il a été kidnappé par la mafia qui attend probablement les ordres de la CIA pour l'éliminer.

— Quelle horreur ! Dois-je comprendre par là que tu n'en as pas terminé avec cette affaire ? C'est de la folie, Peter, fulmina Edwige se retirant de ses bras.

— Tu crois que j'ai le choix ? Ce garçon n'a personne au monde qu'une grand-mère de quatre-vingt-sept ans et une femme en fuite avec leur bébé de deux ans.

— Pourquoi ne mets-tu pas la police sur les pistes que tu as ? Il me semble que c'est son travail, non ?

— C'est en quelque sorte ce que je me propose de faire.

— Peter, ne me dis pas que tu envisages de retourner à Miami ?

La limousine s'immobilisa devant eux. Le chauffeur en sortit pour ouvrir la portière arrière droite. Peter attendit que sa femme soit montée pour aller s'asseoir derrière le chauffeur.

— C'est à Miami qu'on le détient et je dois le sortir de là. Je crois savoir où, mais j'ignore encore pourquoi. C'est ce qu'il me faut apprendre ce soir… murmura-t-il à l'oreille d'Edwige.

— Ce soir ? Tu comptes vraiment assister à ce dîner ?

— Je ne veux rater aucune chance de retrouver Casillo vivant. J'avais même espéré que tu m'accompagnes…

— C'est hors de question, Peter. J'ai déjà décliné cette invitation. Tu me pardonneras mais, pour le moment, je préfère garder mes distances avec les Cardon.

— Je comprends, susurra Peter en l'embrassant. Je te raconterai tout : les gaffes de Lizy, les désobligeances de Jim, les conversations ennuyeuses… Je te décrirai même dans le détail les toilettes des épouses des ambassadeurs, la déco, les petits-fours…

— Arrête, idiot ! Tâche plutôt d'obtenir les renseignements dont tu as besoin sans éveiller les soupçons de Jim Cardon. Je n'en demande pas plus.

À leur résidence du paisible quartier Siboney, Juan, le maître d'hôtel, les attendait avec une salade, des confits et une bouteille de brouilly bien frais.

— J'ai préparé la table dans le jardin, Excellence.

— Merci, Juan, c'est parfait. Vous pouvez partir, fit gentiment Edwige en avançant d'une demi-journée le congé hebdomadaire de son maître d'hôtel. Mon mari dîne dehors ce soir, je me débrouillerai.

— Merci, madame, je vous souhaite un bon week-end à tous les deux.

Peter n'attendit pas que Juan eût disparu au bout du couloir pour prendre sa femme dans ses bras. Edwige se laissa cajoler. Les caresses de Peter allaient peut-être lui faire oublier ses inquiétudes. La robe blanche glissa sur le parquet.

La bouteille de brouilly était vide dans le seau à glace. Le ciel avait rosi, l'après-midi était bien entamé. Sur la terrasse, Edwige et Peter étaient allongés sur des transats, se tenant la main.

— J'ai quelque chose qui pourrait t'intéresser, annonça Edwige sur un ton qui annonçait que les câlineries étaient terminées.

— D'autres nouveaux dessous ?

— Tu as vu tout ce que tu avais à voir dans ce rayon.

— Déjà ?

— Arrête, Peter. Je suis sérieuse. Lis ceci, le coupa-t-elle en retirant une enveloppe de la poche de son peignoir.

Peter remarqua qu'elle portait le sceau de l'ambassade.

— C'est la photocopie d'un rapport que j'ai envoyé à la Centrale à Ottawa, hier. Inutile de te dire que le contenu est confidentiel. Mais étant donné qu'il y est beaucoup question de toi, de tes enquêtes et de tes articles, j'ai obtenu de te mettre au courant.

— Que dis-tu ? Il est question de moi ? Tu as obtenu de me mettre au courant ?

— Ne t'énerve pas, Peter. Lis, tu vas comprendre.

Une moue d'impatience sur les lèvres, le journaliste s'exécuta. À peine eut-il pris connaissance des premières lignes qu'il s'écria :

— Tu as rencontré Sánchez, hier ? Et tu ne m'en as encore rien dit ? Que se passe-t-il, Edwige ?

— J'avais peur que tu refuses de me faire l'amour. Tu me comprendras, après tous ces jours d'absence… gouailla-t-elle à son tour.

— Je ne rigole pas !

— Moi non plus. Termine de lire cette lettre, s'il te plaît. On discutera après.

DE LA HAVANE À MAECI,

8 novembre 2002

OTTAWA
CONFIDENTIEL

Le ministre de l'Intérieur, Manuel Sánchez, m'a demandé de le rencontrer à son bureau, Place de la Révolution, ce matin. Il fut question de mon mari Peter Grove, correspondant international qui, comme vous le savez, travaille à une analyse de la Loi Helms-Burton *pour l'AP. Le ministre s'est dit « anxieux de prendre connaissance des conclusions de son enquête » sur une loi qui, selon lui, « n'est rien de moins qu'un ajout à l'embargo criminel dont son pays est victime depuis des années ».*

Le ministre a appris que, dans le cadre de cette enquête sur la participation de la mafia et de la CIA à l'énonciation et l'élaboration de cette loi, mon mari avait été amené à prendre contact avec des proches d'Armando Fosch à Miami, surtout avec Eugenio García, directeur de la Miami Añejo Internacional. Il m'a alors demandé de convaincre mon mari d'interrompre ses recherches, à tout le moins pour un temps. Le président Castro craindrait que les interventions d'un journaliste ne fassent avorter une arrestation délicate et cruciale sur laquelle leurs agents travaillent depuis des mois. (J'ai compris qu'il s'agissait de celle d'Eugenio García.)

Le ministre Sánchez a conclu la rencontre en faisant valoir que c'était au nom de l'amitié que mon mari et moi portions à Cuba, « ... vous, tout particulièrement, madame l'ambassadeur, nièce de feu le premier ministre Pierre Elliott Trudeau, un ami personnel du président Fidel Castro », qu'il était convaincu que mon gouvernement, mon mari et moi-même comprendrions les enjeux qu'ils défendent et donnerions suite à leur requête...

— Jesus Christ !
— Je constate que tu te sens inspiré, ironisa Edwige. Cela dit, mon amour, j'espère que tu vas calmer le jeu. Que dirais-tu de prendre un petit congé sans solde ? Je veux bien t'entretenir quelques

années encore, le temps que tu te recycles dans la musique ou le ballet classique…

— Cela s'appelle « atteinte à la liberté de la presse », dit Peter, retrouvant enfin la parole.

— Cela s'appelle « danger », Peter. Tu ne vas tout de même pas te faire des ennemis sur tous les fronts ! T'attaquer à la CIA, à la mafia cubaine et au ministère cubain de l'Intérieur !

— Et pourquoi pas ?

— Je te ferai remarquer que tu es le mari de l'ambassadeur du Canada à Cuba. J'ai moi aussi une petite mission, ne t'en déplaise. Je t'en supplie, donne-moi au moins le temps de comprendre ce que tout cela signifie avant de t'aventurer plus loin.

— Nous n'avons plus de temps. J'ai découvert ce que Cardon et García manigancent, et j'ai déjà prévenu le gouvernement cubain par l'entremise de leur ambassade à Ottawa. J'ai aussi alerté de L'Acosta, de la Section des intérêts cubains à Washington, hier en fin de journée. Tu as rencontré le ministre Sánchez quelques heures plus tôt, il ne devait pas encore être au courant.

— Tu as prévenu le consul de la Section des intérêts cubains à Washington ! Mais que lui as-tu dit au juste ?

— Suis-moi, tu vas comprendre.

Peter fit glisser un cédérom dans l'ordinateur de son bureau. Mise au courant de ce qu'il avait découvert en jonglant avec les mots et les chiffres prononcés par Eugenio García et rapportés par José Casillo, Edwige murmura, émue :

— José Casillo est donc le petit-fils de Clarita et de Sergio Masíquez. Et José travaillait pour Eugenio García ! Es-tu certain qu'il ne fait pas partie lui aussi de la mafia cubaine ? Il s'agit peut-être d'un coup monté !

— Absolument pas ! Ne nous égarons pas.

— Mais les souvenirs de Casillo semblent si confus, déplora Edwige.

— Il a tout de même tout entendu. Eugenio García a fait allusion à une opération. Je dois aller à ce dîner chez Cardon et lui faire comprendre que son plan O 16 est un secret mal gardé. Lui foutre la trouille ! Je peux au moins faire ça.

— Tu crois que l'arrestation des *palomas* faisait partie de ce plan ? Et pourquoi García aurait-il kidnappé un de ses employés ?

— Pour en faire une monnaie d'échange ? Je ferai surtout comprendre à Cardon que je n'hésiterai pas à rendre publique sa participation dans un complot terroriste s'il arrivait malheur à Casillo.

— C'est une très mauvaise idée.

— J'ai quelques bonnes cartes dans mon jeu.

— Tu ne gagnerais rien en l'affrontant. Laisse-lui le plaisir de te prouver qu'il est le plus fort. Il aime se vanter. C'est ta seule chance de l'entendre dévoiler ce qu'il complote.

— Je ne suis pas diplomate.

— Tu m'en diras tant.

Peter enlaça sa femme.

— Je vais devoir retourner à Miami pour récupérer ce garçon et l'amener à Ottawa, comme je l'ai promis à sa femme et à sa grand-mère.

— À la première heure demain, je vais voir comment je peux calmer les craintes du ministre Sánchez et informer Ottawa de la situation sans alarmer tout le monde, décréta Edwige, consciente de l'envergure et de l'urgence de l'affaire.

Peter regardait sa femme en souriant.

— Merci, ma chérie. Comme tu es belle quand tu es sérieuse, déclara-t-il.

— Tu es impossible, Peter. Je me souviens maintenant des raisons qui m'avaient amenée à demander le divorce, fit-elle, pince-sans-rire.

— Tu dois te rappeler surtout celles qui t'ont fait revenir sur cette mauvaise décision, quinze ans plus tard.

— Je t'aime tant, promets-moi de ne pas faire l'imbécile, Peter.

— Je suis fou de toi, promets-moi de ne jamais l'oublier.

⌇

Malgré son souci d'épargner Clarita, Peter ne pouvait plus reporter le moment de l'informer de la situation. La vieille dame devait attendre jour et nuit des nouvelles de son petit-fils. La gorge serrée, il se réfugia dans son bureau et s'exécuta. Quelques phrases suffirent à la rassurer.

— Je vous remercie du fond du cœur, Peter. Mes prières vous accompagnent. Embrassez bien fort Hortensia et Juanita et, quand vous le reverrez, dites à José combien je l'aime.

Il n'avait donné que l'essentiel des renseignements. Oui, il avait retrouvé son petit-fils la veille, à l'arcade, et oui, il allait bien. Non, José n'avait pas pu quitter Miami en même temps que sa femme et sa fille, mais ce n'était plus qu'une question de jours. Et oui, bien sûr, ils seraient bientôt tous réunis.

CHAPITRE 12

La Havane, samedi 9 novembre 2002

Lizy Cardon donnait des ordres à la ronde. En son absence, pendant toutes ces heures qu'elle avait passées chez le coiffeur, la manucure, la pédicure et l'esthéticienne, les maîtres d'hôtel avaient pris des initiatives et aligné des tables sur les terrasses entourant la résidence. Le service Wedgwood était déjà étalé sur des nappes blanches et les couverts en argent astiqués, prêts à être disposés. Les domestiques rompus aux habitudes de leurs prédécesseurs avaient tenu pour acquis, à tort, que les caprices des uns pouvaient être ceux des autres.

— Mais non ! *Casual* ! Nous donnons une réception amicale, un buffet, pas un repas d'enterrement ! Retirez-moi tout ce bazar et vite, les invités seront là dans moins de trois heures. Descendez les tables dans le jardin, gardez les terrasses libres pour l'apéritif. Et je veux des nappes de couleur !

Récemment peroxydée, la chevelure de la maîtresse de maison chatoyait sous le soleil. Un domestique recruté peu avant l'arrivée des Cardon s'approcha d'elle.

— Je vous apporte votre chapeau, madame. Le soleil tape fort aujourd'hui, dit-il en lui présentant une capeline de paille.

— Que c'est aimable à vous, Arturo ! Puis-je vous confier les commandes ? Je voudrais me reposer un peu avant la réception.

— Et pour l'éclairage, madame ?

— Accrochez des lanternes chinoises aux manguiers et plantez des torches dans les plates-bandes, ordonna Lizy Cardon, déjà dans l'embrasure de la porte.

La façade illuminée de la résidence du chef de la SINA arborait un air de fiesta. Rien ne laissait croire que cette réception diplomatique différait des autres, depuis l'accueil du laquais chargé des limousines et de leurs chauffeurs jusqu'au major-dome indiquant la ligne d'honneur, en passant par les préposées au vestiaire empressées auprès des dames refusant, malgré les vingt-trois degrés Celsius si agréables de novembre, d'abandonner leur châle de chez Dior ou d'ailleurs. Même les sourires démesurément épanouis des Cardon étaient monnaie courante à ces rencontres protocolaires.

Pourtant, Peter n'était pas dupe. Cardon était au courant de l'arrestation des ouvriers de la Miami Añejo Internacional survenue quatre jours plus tôt, et il savait aussi que José Casillo y avait échappé. Il était certainement agacé qu'un blanc-bec ait réussi à contrecarrer ses plans, et pour le moins préoccupé à l'idée que la mafia cubaine de Miami, qui obéissait aux ordres d'Armando Fosch le plus souvent par l'intermédiaire d'Eugenio García, puisse être à l'origine de cet empêtrement. Jim Cardon devait être furieux à la pensée qu'il y avait peut-être une taupe infiltrée dans le milieu et que la CIA allait probablement devoir retarder la prochaine opération à cause d'un manque de vigilance qu'on ne manquerait pas de lui imputer.

— Monsieur Grove, quel plaisir de vous revoir, s'exclama Jim Cardon.

Perdu dans ses réflexions, Peter n'avait pas remarqué qu'il progressait dans la file conduisant les invités jusqu'à leurs hôtes. Pris au dépourvu, il ne put que bredouiller :

— Tout le plaisir est pour moi, Excellence.

Puis, se penchant vers Lizy Cardon, il murmura, en lui faisant un baisemain des plus élégants :

— Vous êtes en beauté, ma chère.

Plutôt satisfait de cette performance qui ne l'engageait à rien, Peter se dirigea vers le bar pour demander un double Jack Daniels, dédaignant le champagne qui pétillait dans les coupes.

— Une pour moi, fit un militaire corpulent derrière lui.

— Commandant Cruz ! s'écria une exubérante quinquagénaire à l'étroit dans une robe écarlate. Nous nous sommes rencontrés lors de la remise de prix de l'ICAIC, l'an dernier… C'était une magnifique réception…

— Laissez-moi me rappeler… Madame Weber, n'est-ce pas ?

— C'est bien cela, je suis l'épouse du chargé d'affaires de l'ambassade de Suisse.

— Mes hommages, commandant Cruz ! s'immisça Peter. Moi aussi, j'ai déjà eu l'honneur de vous rencontrer. Ma foi, c'était bien il y a trente ans, chez nos amis britanniques.

— Monsieur Grove ! Peter Grove, le journaliste !

— Quelle mémoire !

— Aucun mérite. On m'a dit que vous seriez ici ce soir. Je vous ai facilement repéré à votre arrivée. Vous n'avez pas beaucoup changé en trente ans !

Toujours à l'affût de quelque scoop? demanda le directeur de l'ICAIC dans un rire pompeux.

— Ça fait partie de mes fonctions, oui. Et vous, commandant? Quels motifs vous amènent chez nos amis américains?

Mécontente d'avoir été aussi facilement oubliée, la dame rougeaude revint à la charge.

— Les Cardon sont adorables, minauda-t-elle.

— Adorables? s'étonna Peter. Il ne me semble pas que cet adjectif convienne! Qu'en dites-vous, commandant Cruz?

— Jim Cardon, adorable! Je ne dirais pas ça, non.

— Ce fut un plaisir de vous revoir, commandant, conclut l'épouse du chargé d'affaires suisse en pivotant sur ses chaussures inconfortables après avoir tendu une main gantée vers Francis Cruz.

— Vous êtes sans doute au courant qu'un de mes amis est sur le point de publier une biographie de Sergio Masíquez? lança le journaliste sans plus de préambule.

— Non. Quel est l'intérêt?

Le militaire s'était rembruni, feignant la surprise. Le nom de Masíquez revenait sur toutes les bouches au MININT depuis quelque temps.

— Je suis étonné qu'on ne vous ait pas dit que vous aviez un rôle important dans cette histoire.

— Important ? Je n'étais que son colocataire.

— N'étiez-vous pas à Montréal, au même hôtel que lui, quand il s'est enlevé la vie ?

— Je vois… J'y étais, en effet. Et comme tous ceux qui le connaissaient, j'ai été déçu et attristé par son geste, mais pas surpris. Sergio Masíquez était suicidaire.

Le commandant Cruz ne donna pas l'occasion à Peter Grove de prolonger la conversation. Regardant sa montre, il dit :

— Si vous voulez bien m'excuser, on m'attend à une autre réception. Je ne faisais qu'acte de présence ici.

Prenant tout de même le temps de serrer la main du journaliste, il ajouta :

— Votre ami s'est bel et bien suicidé. Vous avez tort de remuer ce passé plein de couleuvres. Laissez tomber, monsieur Grove, c'est dans votre intérêt, croyez-moi.

Peter suivit le commandant des yeux. Après s'être excusé auprès de Jim Cardon de devoir partir avant que le buffet n'ait été servi, Francis Cruz demanda à un maître d'hôtel de le suivre. Ce qu'il fit sans hésiter. Voyant les deux hommes sortir sur la terrasse, Peter contourna la pièce pour emprunter une autre sortie, puis se fraya un chemin parmi la cinquantaine d'invités agglutinés autour d'un bar installé sous une marquise. C'est là qu'il entendit Cruz et le majordome discuter derrière un paravent.

— ... je dois partir, Arturo. Je rencontre le ministre dans une demi-heure. N'as-tu pas un message pour lui ?

— En effet, dis-lui que nous craignons que l'opération soit compromise, fit le maître d'hôtel en remettant une enveloppe au colonel.

— Où est l'obstacle ?

— À Ottawa. Mais nous pourrions encore agir, à la condition que les ordres viennent vite.

Cruz fourra le papier dans la poche intérieure de sa veste et adressa un signe de la tête au maître d'hôtel avant de lui tourner le dos. Quelques secondes plus tard, le commandant avait quitté la résidence.

Peter se morfondait en regrets. Il avait manqué l'essentiel de la conversation. À Ottawa ? Faisait-il allusion à Luther, à Pérez, ou à lui-même ? Ou encore à la femme de Casillo ? Et qui était ce maître d'hôtel employé par le chef de la SINA qui jouissait de ce degré de connivence avec un commandant de l'armée cubaine, et qui balisait la route du ministre de l'Intérieur ? « Il me faut au moins trouver une réponse à cette question », se dit-il en se rapprochant du serveur pour l'aborder.

— Monsieur… Candela ? N'étiez-vous pas à l'emploi de l'ambassadeur d'Australie avant de servir chez les Américains ? improvisa Peter.

— Non, vous devez me confondre avec quelqu'un, monsieur. C'est mon premier emploi… je veux dire chez des diplomates.

— Vraiment ? Vous n'êtes donc pas Ramon Candela ? J'aurais pourtant juré…

— Je m'appelle Arturo Blanquero. Puis-je vous offrir autre chose à boire, monsieur ? demanda le maître d'hôtel d'un ton sec.

— Je vous remercie, Arturo… Blanquero. Votre nom me dit quelque chose, insista Peter alors que l'homme offrait ses coupes de champagne à d'autres invités.

— Le buffet est servi, annonça un majordome au même moment.

À table, Peter se trouva coincé entre deux jolies femmes, ce qui aurait pu lui être agréable en d'autres circonstances. Mais venu pour trouver des réponses à ses questions, il se demandait quand et comment il allait approcher Jim Cardon. Perdu dans ses réflexions, il manifesta peu d'intérêt pour la conversation jusqu'à ce qu'il entende :

— On dit que cette arrestation de sept délinquants à Miami pourrait enfin révéler les noms de gros trafiquants de stupéfiants.

L'épouse de Carl Wilson, le numéro deux de la SINA, s'adressait à son voisin de droite, un Américain que Peter reconnut. John Fergusson était président d'une ONG ayant pignon sur rue à La Havane depuis une dizaine d'années.

— Qu'est-ce qui vous fait dire que le FBI est sur une grosse affaire ? demanda sans trop d'intérêt l'homme en *guayabera**.

— D'après ce qu'on entend ici, l'affaire prendrait des proportions…

— Vous êtes sûrement mieux informée que nous tous, s'immisça Peter.

— Je ne vois pas votre épouse. Madame l'ambassadeur serait-elle souffrante ? demanda Gil Wilson, tentant de faire dévier la conversation.

— En effet, un malaise passager. Dans l'affaire dont vous parliez, saviez-vous qu'un terroriste manquerait toujours à l'appel ?

— On l'a retrouvé.

— Vraiment ! Son arrestation a-t-elle apporté de l'eau au moulin ?

— Aux dernières nouvelles, il serait mort. N'étiez-vous pas à Miami ces jours-ci ? Je suis certaine que vous êtes au courant de cette affaire autant que moi, monsieur Grove.

— En effet, j'y étais.

— Vous savez que les dissidents cubains sont en contact avec la mafia cubaine de Miami et que grâce aux profits du trafic de drogue, ils sont assez puissants pour faire tomber le régime de Castro en mettant l'île à sac. Tous ces attentats terroristes qui guettent le malheureux peuple cubain à chaque coin de rue ! Ces criminels ont pour but de s'emparer du pouvoir par la violence et la terreur, et le gouvernement américain veut à tout prix les en empêcher, conclut-elle fièrement.

— *Jesus Christ* ! C'est que vous y croyez vraiment ! la nargua Peter.

— Et vous, monsieur Grove, à quoi croyez-vous donc ?

— Je crois que le gouvernement américain est non seulement au fait des procédés de la mafia cubaine de Miami, mais qu'il les suggère à l'occasion, les encourage la plupart du temps et les finance en grande partie !

— Vous ne le pensez pas vraiment ? tenta de le calmer le président de l'ONG.

— Je ne le pense pas, je le sais ! Au fait, j'ai rencontré Eugenio García lors de mon récent voyage à Miami. Un confrère à vous, non ?

— Un confrère ? Non, mais je connais Eugenio. Il est directeur de la MAI.

— Il a surtout mis sur pied une soi-disant ONG, Las palomas, puis il a fait arrêter ses membres mardi dernier.

— Il n'a pas fait ça, le contredit Fergusson, sans grande conviction.

— Si, il l'a fait.

— Je ne vois pas ce que vous voulez dire, protesta à peine le gros homme, la bouche pleine.

— Peut-être même l'a-t-il fait à la demande de la SINA.

— Où voulez-vous en venir, monsieur Grove? demanda l'épouse du numéro deux, blanche de colère.

— Désolé de vous avoir offensée, madame Wilson. Eugenio García serait-il votre ami personnel? demanda candidement Peter.

— Pas du tout. Je l'ai rencontré à une ou deux reprises.

— Je connaissais Julia Horn, sa petite amie, se vanta John Fergusson.

— Sa petite amie? s'étonna Peter. Et pourquoi parlez-vous d'elle au passé?

— Aux dernières nouvelles en provenance de Miami, la pauvre a été retrouvée dans un bar, baignant dans son sang. Des voyous des bas-fonds l'auraient violée et torturée à mort. Et d'après la presse, elle était la petite amie de García.

— Et vous la fréquentiez ? réussit à prononcer Peter sous le choc.

Le président de l'ONG, l'air de regretter une confidence que le journaliste accueillait avec trop d'émotion, tenta de faire marche arrière.

— Pas vraiment. Je l'avais croisée, un soir…

Apparemment indifférente au sort de Julia Horn, Gil Wilson fit un commentaire sur la qualité de la salade. Ne tenant plus en place, le souffle court, Peter s'était levé. L'annonce de l'assassinat de l'amie de García lui faisait craindre le pire pour José Casillo. Il salua du bout des lèvres, demanda qu'on l'excuse et quitta la table. Plus que jamais déterminé à ne pas quitter la réception sans avoir appris ce que la mafia et la CIA tramaient, surtout ce que cachait l'enlèvement de Casillo — et peut-être aussi l'assassinat de cette jeune femme –, Peter alla tout droit à la table d'honneur. Le voyant s'approcher, Jim Cardon sourcilla et s'apprêta à se lever. Mais Peter ne lui en laissa pas le temps.

— Jim ! Quelle agréable soirée ! Je ne pourrai malheureusement pas en profiter longtemps, car ma femme n'est pas bien. Mais je ne voulais pas filer à l'anglaise sans vous remercier, surtout sans vous souhaiter bonne chance pour la prochaine opération, un projet d'envergure, à ce qu'on m'a dit, clama Peter comme on lance un pavé dans la mare.

Au même moment, un vacarme de verre qui explose provoqua un grand silence. Derrière le journaliste, Arturo Blanquero avait laissé tomber un plateau sur lequel reposaient une vingtaine de coupes glacées. Le trou normand prévu au menu ne s'était pas rendu jusqu'aux invités de la table d'honneur. Lizy Cardon se précipita vers Blanquero, piteux, piétinant dans les débris de cristal qui dégoulinaient.

— Idiot! Ramassez-moi ce dégât et informez-en le chef.

— Arturo Blanquero… Arturo Blanquero… Je maintiens que votre nom me dit quelque chose, s'amusait Peter. Mais vous êtes en sueur, mon pauvre ami. Qu'est-ce qui vous met dans cet état? La colère de votre patronne?

En effet, le serveur était en nage.

— Ou êtes-vous troublé parce que j'ai évoqué la prochaine opération? poursuivit le journaliste en haussant la voix.

Bien que la conversation ait repris aux autres tables, le silence régnait à la table des Cardon. Arturo Blanquero s'approcha de Peter et lui souffla à l'oreille:

— Vous devrez payer pour ça, monsieur.

— Vous avez raison, Arturo. Je ferai porter une bouteille de calvados à nos hôtes à la première heure demain, railla Peter.

— Je vous raccompagne, fit une voix blanche derrière lui.

Peter suivit Jim Cardon jusque dans le grand hall d'entrée désert.

— Que voulez-vous, Grove ?

— Je veux savoir où je peux retrouver Casillo vivant.

— Casillo ? Je n'ai pas la moindre idée de l'endroit où se trouve cet imbécile. Informez-vous plutôt auprès de la mafia, prononça Cardon, méprisant.

— Dites-moi alors quel rôle vous jouez dans l'opération seize mille et quelque chose… prévue pour le 16 novembre, non ? Cette O 16, dont la seule mention provoque des catastrophes…

Se frappant le front comme s'il venait de faire une grande découverte, le chef de la SINA répéta d'un ton méprisant :

— L'O 16 ! ¡*L'operacion dieciséis, el dieciséis de noviembre*! Comme c'est intéressant ! Vous avez trouvé ça tout seul ! Mais d'où tenez-vous cette information ?… Un canular sans doute.

— J'ai mes sources.

— Vous avez perdu la tête, Grove. Et même si j'avais des réponses à ces questions, pour quelles raisons vous les donnerais-je? Je dispose de suffisamment de moyens pour vous rabattre le caquet, monsieur le grand reporter international.

— Des raisons? En voici une, proféra Peter en retirant de son portefeuille la photographie que de L'Acosta lui avait envoyée quelques jours auparavant. L'exhibant devant Cardon, il dit:

— Jolie fille! Et sexy!

— D'où tenez-vous…

— J'ai moi aussi des moyens, le nargua Peter. On m'a dit que cette femme à qui vous rendez des services de tout genre, et qui vous fait quelques faveurs aussi, à ce que je vois, possède de beaux bateaux de croisière qu'empruntent des centaines de touristes chaque jour.

Jim Cardon avait verdi. Il s'épongea le front avec son mouchoir avant de poursuivre:

— Je vois. Vous devez savoir aussi que je ne suis pas le seul ami de madame Lemelin-Bussemaker.

— Bien sûr! Lemelin-Bussemaker, approuva Peter qui se rappelait maintenant avoir rencontré la jeune femme lors d'une réception à la résidence.

— Mais renseignez-vous, *dammit*! s'emporta Cardon. Vous avez raison, nous entretenons une relation amicale. Et vous croyez pouvoir m'intimider avec ça?

Cardon était vite retombé sur ses pieds.

— Une relation amicale… s'amusa Peter en retournant la photo dans tous les sens.

— Ne jouez pas avec le feu, Grove, c'est votre ambassadeur qui pourrait être brûlée. Je ne suis ni patient ni bon joueur, je vous aurai prévenu. Je vous le répète, si j'étais vous, je chercherais Casillo du côté de la mafia cubaine.

Lizy Cardon se tenait dans l'embrasure de la porte. Son mari lui fit comprendre par un petit signe de la tête qu'il allait revenir à table dans quelques instants. Puis, se tournant vers Peter, il le menaça en lui serrant la main :

— Si jamais cette photo circule, je vous ferai arracher les couilles. Oubliez cette femme, oubliez cette opération, oubliez l'O 16. Rien de tout ça ne vous concerne. Retrouvez plutôt Casillo, vous me rendrez service !

— Dites-moi, Jim, l'affronta de nouveau Peter en dégageant sa main, cette affaire aurait-elle un lien avec la femme qu'on a assassinée dans un bar de Miami ?

— J'ignore de quoi vous voulez parler.

— Je crois, au contraire, que vous le savez trop bien. Merci pour une charmante soirée, Jim !

Dès que les derniers invités eurent quitté sa résidence, le chef de la SINA s'enferma dans son bureau pour faire un appel téléphonique.

— *Hi*! La mer est belle. […] Plan B, exécution. On apporte un vrai pique-nique. Confirmation, prends note : l'O CLL MHC 1511 1600, éperonnée, proféra-t-il en raccrochant.

Puis, fou de rage, il frappa de toutes ses forces sur sa table de travail et quitta son bureau.

— Vous êtes encore là, Arturo ! Apportez-moi donc un whisky sur la terrasse, ordonna Cardon au maître d'hôtel qu'il croisa dans le couloir.

— Tout de suite, Excellence, répondit Arturo Blanquero d'un ton servile.

Chapitre 13

La Havane, dimanche 10 novembre 2002

Bien que rentré tôt d'un dîner qui l'avait laissé sur son appétit, Peter trouva Edwige profondément endormie. Il savait que sa femme avait à peine fermé l'œil durant son absence de deux jours, aussi évita-t-il de la serrer dans ses bras comme il l'eût souhaité. Il se contenta de s'allonger tout près d'elle et de respirer l'odeur de sa peau. Pessimiste quant au sort que la mafia et la CIA réservaient à José Casillo, il mit longtemps à s'endormir.

À son réveil, Edwige déposa un plateau de petit-déjeuner sur le lit.

— Qu'est-ce que j'ai fait pour mériter ces attentions ?

— Tu m'as laissée dormir, s'esclaffa Edwige en grande forme.

— Est-ce que je peux me reprendre ce matin ?

— Pas question, rétorqua-t-elle en menaçant de lui retirer le plateau.

— Je vois…

— Alors, qu'as-tu appris chez Jim Cardon ?

— Que le chef de la SINA n'aime pas me voir trimbaler ceci, dit Peter en attrapant sur sa table de nuit la photo de Jim Cardon et de la femme blonde, nus sur le ponton d'un bateau de plaisance.

— Où as-tu déniché ce rebut, Peter ? J'espère que tu n'as pas l'intention de l'utiliser !

— Et pourquoi pas ? Ça pourrait me servir.

— Tu la connais, elle est canadienne. C'est Thérèse Lemelin-Bussemaker, affirma Edwige.

— Je sais. Elle est propriétaire de quelques beaux bateaux ancrés dans les ports de Cuba.

— Elle organise des croisières. C'est une amie personnelle du ministre Sánchez.

— Voilà ! Cardon trame sans doute une opération dans le genre de celle qui a mené à l'explosion de *La Linda* en janvier dernier. Si, comme je le crains, un attentat doit avoir lieu le 16 novembre, il reste bien peu de temps pour le dénoncer. Je vais aller faire un tour à Varadero avant de prendre mon avion.

— Arrête-toi ! Tu sais très bien qu'il n'a pas été prouvé que l'attentat sur *La Linda* a été l'œuvre de la mafia de Miami, encore moins de la CIA ou du chef de la SINA! Je te ferai remarquer qu'à l'époque, Cardon était encore à Washington. Même Fidel n'a convaincu personne!

— Si, moi. Et toi à moitié, non?

— As-tu entendu quelque chose concernant le petit-fils de Clarita Cardoso? demanda Edwige pour éviter de répondre à la question.

— Pas grand-chose. Cardon croit la mafia cubaine coupable de la disparition de Casillo, et il n'a peut-être pas tort. Et j'ai bien peur que Casillo fasse partie du marché... au même titre que la petite amie de García.

— Qui?

— Julia Horn, une fille qui était dans de sales draps lorsque j'ai rencontré García à Miami.

— Comment sais-tu ça?

— Par un coup de fil que García a pris devant moi. À ce qu'on m'a dit ce soir, on s'est débarrassé d'elle, hier.

— Mais c'est une horreur! Vois-tu un rapport entre la mort de cette jeune femme et l'opération O 16?

— Tout se tient, c'est sûr. L'assassinat de Julia Horn, l'enlèvement de Casillo... Mais entre l'urgence de sauver le jeune homme et celle de faire avorter un attentat terroriste, je crois encore que cette opération reste la priorité.

— Je sens que tu vas encore te mettre les pieds dans les plats. Promets-moi de ne pas t'immiscer dans cette affaire d'assassinat! Promets, Peter!

— Je n'ai pas l'intention de m'en mêler.

Edwige choisit une viennoiserie et l'enfonça dans la bouche de son mari.

— Termine ton petit-déjeuner et pars à Ottawa publier tes articles, monsieur le journaliste.

— Je dois d'abord aller à Varadero.

— Tu y crois mordicus, n'est-ce pas?

— Oui.

— Je prends une douche et je t'accompagne, entêté.

Les plages de Varadero, toutes de sable blanc, sont les plus belles du monde. Mais Edwige et Peter arpentaient la rive sans la voir. Edwige ajusta ses lunettes de soleil et resserra nerveusement son pagne. Peter prit sa main dans la sienne et lui sourit.

— Nous aurions peut-être dû nous annoncer, fit remarquer Edwige.

La marina Gaviota était très achalandée. Des centaines de touristes y flânaient, sacs et appareils photo en bandoulière. Portée par l'ambiance décontractée, Edwige commençait à douter de la pertinence de ce déplacement.

— Au contraire, ma chérie, il faut que notre visite ait l'air d'être spontanée. Nous sommes venus bruncher à Varadero, puis nous avons eu envie de nous balader dans le port de plaisance et de nous allonger sur la plage.

— Voici le *Jacobus-Anton*, s'exclama Edwige en pointant un grand catamaran.

Un couple solitaire discutait sur le pont. Précédant sa femme, Peter s'engagea sur la passerelle.

— Allez ! l'encouragea-t-il en lui tendant la main.

— Madame Lemelin-Bussemaker ?

— Madame Elliott, Excellence, quel honneur !

— Nous passions par ici lorsque nous nous sommes rappelé votre invitation, expliqua Edwige.

— Je te présente notre ambassadeur à Cuba, dit Thérèse Bussemaker d'un ton protocolaire à l'intention de son compagnon.

— Nous nous sommes déjà rencontrés, Excellence ! J'étais à votre réception du 1er juillet, précisa fièrement le jeune homme en maillot de bain. Monsieur… ?

— Peter Grove. Ravi de vous revoir.

— Je vous en prie, venez vous asseoir. Puis-je vous offrir une coupe de champagne ?

— Nous ne voudrions pas vous déranger…

— Nous avons tout notre temps ! Seulement un petit problème de personnel à régler. Nous devons embaucher deux nouveaux membres d'équipage aujourd'hui, un dimanche ! déplora Thérèse Bussemaker.

— Nous ne resterons qu'une minute. J'imagine que vous n'avez pas beaucoup de temps libre avec ces croisières que vous offrez tous les jours ?

— Non, pas en novembre. Nous limitons nos excursions aux dimanches, lundis, mardis et mercredis.

— Vraiment ? Vous ne faites pas de croisières les week-ends ? J'aurais pourtant cru…

— C'est que la majorité des touristes qui viennent ici profitent de voyages organisés sur des vols nolisés qui arrivent et repartent généralement entre jeudi et samedi.

— Ah bon ! On ne peut donc pas faire de croisière de jeudi à dimanche… insista Edwige.

Peter, qui n'avait pas saisi le but de la question d'Edwige, s'avisa soudain que le 16 novembre était un samedi.

— Comme c'est étrange ! On nous aura mal renseignés.

Un bruit de casserole à l'étage inférieur attira leur attention. Le jeune homme enfila un pantalon et s'empressa de descendre. Peter profita de son absence pour confier à la propriétaire du bateau :

— Je dînais chez les Cardon, hier. Jim m'a parlé de vous.

— Vraiment ? s'étonna Thérèse Bussemaker. Difficile à croire ! Jim est plutôt discret sur notre… relation. Que vous a-t-il dit ?

— Rien de compromettant.

— Nous nous sommes rencontrés le mois dernier à une réception qui réunissait des gens d'affaires opérant dans le tourisme à Cuba. Jim venait tout juste de prendre son poste à La Havane. Nous nous sommes trouvé des parents communs. Un cousin de mon grand-père, Jacobus Anton Bussemaker, aurait épousé une Cardon… Mais j'en doute, je pense que Jim voulait se rendre intéressant.

— Vous croyez ? s'amusa Peter.

— Votre nom est d'origine hollandaise, non ? demanda Edwige.

— Oui. Grand-père Anton est décédé en 1941, et mon père a quitté Amsterdam après la guerre pour émigrer au Canada. Il a rencontré ma mère, Louise Lemelin. Elle était professeure de français.

Thérèse avait versé le champagne dans les coupes. Ils trinquèrent au *Jacobus-Anton*.

— Pour en revenir à notre ami Jim, il est un grand amateur de bateaux ! la relança Peter.

— Ah bon ? Je n'en savais rien. Il s'est plutôt montré intéressé à mes histoires de famille. Il connaissait le sous-marin de grand-père construit en 1933, il savait qu'il était venu à Washington et il détenait beaucoup d'autres détails. Il semblait ému que j'aie nommé tous mes bateaux à partir de ces souvenirs. J'ai baptisé mon plus gros bateau *Cor Le Loup*, en hommage à l'unique survivant du sous-marin que mon grand-père commandait lorsqu'il a coulé en 1941. Je n'aurais jamais cru que quelqu'un puisse être captivé à ce point par cette histoire vieille de soixante ans. Ça m'a fait plaisir. Nous avons sympathisé et il m'a fait promettre de faire appel à lui si j'avais besoin de quoi que ce soit.

— Et l'occasion s'est-elle présentée ? Ah, pardonnez ma curiosité ! Déformation professionnelle, s'excusa Peter.

— Je vous en prie... En fait, c'est lui qui m'a rappelée pour prendre de mes nouvelles. Je pense que je n'aurais pas osé le faire.

— Vous connaissez Lizy, sa femme ? demanda innocemment Edwige.

— Je l'ai croisée à cette même réception, répondit Thérèse d'un ton sec.

— Jim et Lizy sont des gens charmants, s'empressa de commenter Peter, souhaitant encourager son interlocutrice à se laisser aller aux confidences.

— Oui, on peut dire ça. Il y a une dizaine de jours, j'étais vraiment dans le pétrin. Deux cuisiniers m'ont fait faux bond sans préavis. Disparus dans la nature ! Je leur ai trouvé des remplaçants, mais ils ne peuvent pas se libérer avant la fin du mois. J'étais sur le point d'annuler des croisières sur deux de mes bateaux lorsque Jim m'a dit de ne pas m'en faire, qu'il connaissait plusieurs chefs cuisiniers, des listes que vous vous échangez entre diplomates, je suppose, non ? ajouta Thérèse Bussemaker à l'intention d'Edwige.

— En effet, acquiesça l'ambassadeur.

— Avant-hier, Jim m'a donc envoyé les Chávez, le couple qui fait le chahut en bas, badina la jeune femme. Ils ont l'air compétents et j'ai des lettres pour le confirmer. Ils assureront l'intérim jusqu'à l'arrivée de mes nouveaux employés.

Peter déglutit si fort que les deux femmes se tournèrent vers lui.

— Ça va, mon chéri ?

Edwige le vit blanc, les lèvres crispées.

— Monsieur Grove ? Souffrez-vous du mal de mer ? Le tangage est fort dans la baie.

— Et le champagne ne m'aime pas. Mais ça ira, les rassura-t-il en déposant sa coupe sur la table.

— Nous allons vous laisser vaquer à vos occupations, madame Bussemaker, dit Edwige, prête à partir, c'était gentil à vous de…

— Puis-je d'abord vous demander un verre d'eau, madame ?

— Bien sûr, j'en ai pour une minute, dit l'hôtesse en empruntant le petit escalier qui conduisait à la cuisinette.

Se rapprochant d'Edwige, Peter lui souffla à l'oreille :

— Ce serait trop long à t'expliquer, mais j'ai besoin d'en savoir davantage sur ce couple de cuistots que Cardon lui a envoyé.

— Tu sais quelque chose à propos des Chávez ?

— Casillo m'a dit que Las palomas comptait dix membres, pas huit. Une dizaine de gars dont le couple Chávez, les cuistots de la cafétéria de la MAI ! Les Chávez ! Je n'en reviens pas, Edwige ! Je veux savoir d'où ils viennent, la date de leur arrivée, la compagnie aérienne qui les a amenés ici…

— Et tu crois que cette femme pourrait être de connivence avec Cardon ?

— Je crois plutôt qu'il les utilise, elle et ses bateaux !

Entendant Thérèse revenir accompagnée du jeune homme, Edwige se tut. Elle attendit que Peter termine son verre d'eau pour dire :

— Votre catamaran est magnifique ! Vous en avez plusieurs, m'a-t-on dit ? Tous ancrés ici, à Varadero ?

— Non, le plus grand se trouve en ce moment dans le port de Cienfuegos.

— Et les autres dans la marina Habana Club, compléta le compagnon de Thérèse.

— Mais c'est tout près de chez nous, dans le quartier de Siboney ! s'exclama Peter.

— Vos bateaux sont-ils tous aussi bien entretenus ? enchaîna Edwige. Le *Jacobus-Anton* est impeccable ! N'employez-vous que du personnel cubain ?

— C'est la règle, oui. Et il est en général compétent. Mais dans des cas exceptionnels, il arrive aux autorités de fermer les yeux, à la condition que ce ne soit que pour de courtes périodes. J'embauche parfois des touristes québécois pour une croisière d'une journée. Et le couple qui me dépannera pendant quelques jours est espagnol.

— Des touristes ?

— Oui, ils sont arrivés de Montréal jeudi dernier. Ils ont pris une année sabbatique pour voyager et parfaire leurs CV. Évidemment, ce genre d'emploi leur permet de visiter l'île en bateau et d'être logés et nourris tout en se faisant un peu d'argent de poche. Ce n'est pas tout à fait permis, mais…

— Ça ne me semble pas bien grave, remarqua Peter en se levant. Vous pouvez compter sur notre discrétion, assura-t-il, en saluant Thérèse Busse-maker et son compagnon.

— Merci encore de votre hospitalité, madame, monsieur… ajouta Edwige en quittant l'embar-cation.

≈

Peter et Edwige marchèrent en silence jusqu'à ce qu'ils soient à l'écart de la foule de vacanciers.

— Les Chávez sont chefs cuisiniers depuis jeudi ! s'écria Peter.

— Ils seraient arrivés de Montréal le 7 novembre, d'après ce que Thérèse a dit.

— Le chiffre sept faisait partie du premier code ! Le 0711. Il s'agissait bien d'une date ! « Cuisines meublées », murmura Peter.

— Que dis-tu ?

— Qu'il faut que je reprenne depuis le début ! J'ai peut-être fait circuler de fausses informations. Si les codes sont des dates, est-ce que « O 16 » en est bien une aussi ? Si oui, ce code ne concerne pas l'un des catamarans de Bussemaker, puisque le 16 est un samedi et que ses bateaux ne prennent pas la mer les week-ends. Dans le cas contraire, nous ne savons pas ce que signifie O 16. Peut-être le nom d'un bateau ? Et nous n'avons plus aucune idée de la date de cette opération ! Je comprends mieux le ton amusé de Cardon quand il m'a lancé : « L'O 16 ! L'Opération seize, le 16 novembre ! Comme c'est intéressant ! Vous avez trouvé ça tout seul ». *Jesus*, qu'allons-nous faire ?

— Restons calmes, Peter.

— Si nous tenons pour acquis que l'arrestation de Miami n'était qu'une diversion pour permettre à ceux-là de venir à Cuba sans attirer l'attention du FBI, trop occupé ailleurs – ce qui pourrait aussi expliquer l'affaire Casillo destinée à brouiller davantage les pistes –, il nous faut admettre que l'enlèvement ou la disparition du jeune homme n'est pas un élément crucial de l'opération. Nous devons donc repartir de zéro et faire abstraction de lui. Ce qui nous laisse Cardon et García. À partir de là, nous devrons nous concentrer uniquement sur eux et découvrir ce qu'ils manigancent avec les Chávez, de même que où et quand.

— De petits bateaux de croisière, des cuistots envoyés par García et recommandés par Cardon, la photo… énuméra Edwige, pensive. Au fait, qui t'a remis cette photo de Cardon et Thérèse Busse-maker ?

— De L'Acosta, le consul cubain à Washington.

— Ce qui confirme que les Cubains sont sur le coup et qu'ils croient être en mesure de faire avorter l'opération.

— Dès mon arrivée à Miami, ils m'ont recom-mandé de laisser tomber García et m'ont mis sur la piste Bussemaker avec cette photo. C'est donc la tête de Cardon que les Cubains veulent voir tomber… Ils veulent coincer le chef de la SINA !

— Et démontrer que la CIA a toujours été le cerveau et le maître d'œuvre des attentats terroristes contre Cuba.

— Tout à fait. Les cuisiniers ne sont donc pas là pour mijoter des *frijoles negros** !

— Et c'est Cardon qui dirige les manœuvres ! s'étrangla Edwige.

— J'en ai bien peur.

— Nous devons aviser en haut lieu. Ne serait-ce que pour nous assurer qu'ils sont au courant.

— Viens, rentrons !

Peter et Edwige se félicitèrent de ne pas avoir eu recours aux services de Ricardo, leur chauffeur, pour cette randonnée à Varadero. Ils profitèrent des deux heures de route pour faire le point à l'abri des oreilles indiscrètes et des microphones.

— Je dois vraiment retourner à Miami. Je ne pourrai pas agir librement avant que Casillo ne soit à l'abri. Ce serait trop dangereux pour lui. Je ne veux pas mettre la vie du petit-fils de Clarita et de Sergio en danger.

— Que peux-tu faire ?

— Tenter de m'attirer la sympathie de García.

— Tu crois pouvoir attendrir un membre de la mafia ? Peter !

— Je ne voudrais pas t'apparaître comme un goujat, mais disons qu'après ce qui vient d'arriver à sa petite amie, je pense le trouver en piteux état… déstabilisé…

— Je ne veux pas entendre ça, Peter. Laisse tomber, ne retourne pas à Miami. Tout ceci n'a plus rien à voir avec ton enquête !

— Je ne peux plus reculer. Si ce n'est pas de son plein gré que García a aidé Casillo à s'enfuir le jour de l'arrestation, mais qu'on lui a imposé de le faire, je suis certain que le pauvre chevalier d'industrie se rend compte qu'il a été manipulé.

— Comment ?

— La disparition de Casillo devait faire partie des plans de Fosch pour le compromettre auprès de Cardon. García comprend donc qu'il n'a plus la confiance de ses pairs et qu'il a besoin d'un allié lui aussi.

— En quoi pourrais-tu lui être utile ?

— García n'a plus grand-chose à attendre de la mafia ni de la CIA. Je vais lui proposer de le mettre à l'abri et de publier tout ce qu'il va me raconter. Je suis certain qu'il en a gros sur le cœur.

La circulation était dense. Il était plus de quatorze heures lorsqu'ils regagnèrent la résidence.

— Ton avion décolle dans moins de deux heures.

Peter grimpa à l'étage pour boucler sa valise.

— J'appelle tout de suite mon ami des services consulaires canadiens à Miami, lui cria Edwige depuis le boudoir.

Lorsqu'elle rejoignit son mari, quelques minutes plus tard, elle lui confirma que le consul allait l'aider. Elle vint s'asseoir près de lui sur le grand lit et le serra contre elle.

— Dépêche-toi, tu vas rater ton avion.

— On dirait que tu as hâte de me voir repartir… se plaignit Peter en l'embrassant.

— C'est ça. Et j'ai un amant qui attend dans le placard. Ricardo va t'accompagner à l'aéroport. Promets-moi d'aller directement à la police en débarquant à Miami. On te donnera l'information que tu cherches au commissariat du 126 de la rue Oswaldo, poste 34. Moi, je te donne des nouvelles demain.

— Je t'en supplie, ne raconte que l'essentiel à tes ministres, Edwige. Le mieux serait encore que tu attendes mon retour…

— Je ne peux pas cacher ces informations à Ottawa. On verra bien ce qu'ils en pensent.

CHAPITRE 14

Miami, dimanche 10 novembre 2002

— Rue Oswaldo, le 126, annonça Peter en montant dans un taxi.

« … *the power of love…* » chantait Céline à pleine voix.

— J'ai tous ses albums, se vanta le chauffeur.

— …

La voiture était surchauffée. Peter détacha son imperméable.

— On a ce temps depuis des jours.

— Je sais, j'étais ici… avant-hier, s'étonna Peter qui avait l'impression que la disparition de Casillo datait d'un mois, tellement les événements s'étaient précipités et multipliés depuis.

En s'arrêtant à l'adresse que Peter lui avait demandée, le chauffeur commenta :

— Vous allez au bureau de police ?

— J'y ai quelques amis, répondit Peter en réglant la course.

L'entrée asphaltée était inondée. Il dut piétiner dans la boue avant de parvenir à la grille qu'il poussa de toutes ses forces pour la faire pivoter contre les rafales. Le vestibule était abondamment éclairé et deux policiers en uniformes discutaient autour d'une table encombrée de téléphones, d'ordinateurs, de chemises et de gobelets tachés de café froid où flottaient des mégots de cigarettes.

— Mon nom est Peter Grove, de l'Associated Press.

— Oui, on nous a prévenus. Bonsoir, monsieur Grove. Les dossiers que vous voulez voir sont là.

— Je vous remercie de votre collaboration.

— Vous n'avez pas à nous remercier.

— Nous n'y sommes pour rien, ricana un maigrichon répondant au nom de Joe.

Peter avait appris que c'était de ce poste qu'on avait géré l'arrestation des employés de l'usine. Grâce à ses contacts au consulat canadien, Edwige lui avait obtenu de consulter les dossiers des sept employés de la MAI accusés de trafic de stupéfiants et incarcérés en attendant un procès.

— Un café ? lui offrit le plus âgé des policiers.

— Ce n'est pas de refus.

Installé dans un petit bureau qu'on avait mis à sa disposition, Peter, la gorge nouée, comptait les dossiers pour la troisième fois.

— Six, sept, huit!

Une des chemises contenait les renseignements sur José Casillo. Cependant, les dossiers du couple Marta et Luis Chávez, pourtant membres des *palomas*, n'y étaient pas. Les ayant tous étalés devant lui, Peter constata que, plus que les autres, le dossier de Casillo pullulait de mots soulignés ou encerclés et d'annotations dans les marges. Il en lut le contenu d'un trait sans y trouver l'information qui lui aurait permis de comprendre pourquoi cet employé était en cavale alors que ses compagnons étaient en prison. Il prit les chemises sous son bras et revint dans le local enfumé.

— Vous avez fait vite, s'étonna un des policiers.

— J'ai bien peur qu'il n'y ait pas grand-chose pour moi dans ces dossiers, mentit Peter.

— Dommage, mais nous n'y pouvons rien!

— Cependant, si ça ne vous dérange pas, j'aimerais conserver les coordonnées des jeunes qu'on a arrêtés. Me permettriez-vous de faxer à mon bureau la première page des dossiers?

— Allez-y. Le fax se trouve dans le bureau derrière vous, fit Joe, amène.

— Mais dites-moi, combien d'employés de la MAI ont été arrêtés ?

— Sept, affirma Joe sans hésiter.

— Sept ? Alors pourquoi avez-vous huit dossiers ?

— Les dossiers nous ont été remis la veille de l'arrestation.

— À ce qu'on nous a dit, il n'y avait que sept personnes sur place le lendemain matin. Y a-t-il un problème ? demanda Joe.

— Je n'en sais rien.

Les Chávez ne faisaient donc pas partie du lot remis au FBI. Par conséquent, les policiers n'avaient pas reçu les fiches de ces deux employés en même temps que les huit autres. Cela signifiait que, s'il n'avait jamais été question que les Chávez soient embarqués, il n'avait toutefois pas été prévu que Casillo soit absent.

— Savez-vous où ils ont été amenés ?

— Ils sont probablement déjà à Cuba. On devait les attendre là-bas… si vous voyez ce que je veux dire ! Fidel n'est pas tendre avec les terroristes.

— J'envoie ces fax et je ne vous interromps plus, promit Peter en fermant la porte vitrée derrière lui.

Le journaliste entreprit aussitôt d'expédier à son adresse de la rue Clyde les quatre pages d'information sur José Casillo. Il referma les chemises et vint les déposer sur le secrétaire de Joe.

— Je n'ai plus qu'à vous remercier! fit Peter en tendant la main. Quoique j'aurais peut-être un autre petit service à vous demander…

— Oui?

— Je voudrais retrouver une adresse, ou un numéro de téléphone. Une fille que j'ai perdue de vue il y a longtemps. Je pourrais lui faire une petite visite en attendant mon vol.

— Ça ne devrait pas être compliqué, nous avons même droit aux numéros secrets, fanfaronna Joe. Quel est le nom de votre amie?

— Émilie García, improvisa Peter.

— Joli nom, s'égaya le maigrichon.

L'autre policier tapait sur le clavier de son ordinateur.

— García… García… Je vois Amélie García… Aurélie García… Vous êtes certain du prénom?

Peter fixait l'écran avec attention. Il cherchait Eugenio et déplora que le policier ait fait remonter la liste jusqu'aux «A». Il allait demander qu'on cherche plutôt Eugénie lorsqu'un couple entra en trombe dans la salle d'attente.

— On vient d'être cambriolés! On nous a tout pris, portefeuilles, papiers, même mon parapluie! hurlait la femme.

— Où cela s'est-il passé? demanda l'un des policiers.

Les deux agents de service s'empressaient auprès de l'homme et de la femme, sortant déjà questionnaires et formulaires des tiroirs pour les étaler sur le comptoir.

— Assoyez-vous, proposa l'un des policiers l'air affable, et racontez-nous ça calmement.

— Me permettez-vous… chuchota Peter tout sourire en pointant le moteur de recherche Google.

— Allez-y, fit Joe.

Peter avait demandé cette faveur aux policiers sans y croire vraiment. Il les aurait embrassés. En un clic, il fit réapparaître la liste de noms et fit descendre la flèche jusqu'aux « E ». Il trouva en quelques secondes les coordonnées d'Eugenio García.

— J'ai trouvé, s'exclama-t-il en s'empressant de fermer la session.

— C'est loin, la rue Mansfield? demanda Peter.

— Centre-ville.

— Je crois qu'il s'agit d'un immeuble à appartements.

— Il n'y en a qu'un dans cette rue. Je connais, dit Joe. C'est un vingt étages tout rénové, juste à côté d'un restaurant hors de prix. Le quartier est très chic.

— Elle a réussi, votre copine, s'écria l'autre policier pendant que Peter notait les coordonnées
d'Eugenio García.

Puis, après avoir abondamment remercié les
policiers, il s'élança dans la rue à la recherche
d'un taxi.

⌒

Lorsqu'il débarqua devant l'immeuble huppé de
la rue Mansfield, Peter n'était plus certain que sa
décision de se présenter chez García fût la bonne.
Il appuya tout de même sur le numéro 11 de l'élégant ascenseur qui s'arrêta au quatrième étage,
puis au sixième, où Peter eut envie de sortir. Ne
devrait-il pas demander conseil avant d'aller plus
loin? Redemander son avis à Edwige? Elle l'avait
dissuadé de rencontrer García. Il ne pouvait se
permettre d'agir sur un coup de tête. Sa femme
était désormais engagée dans cette affaire et mettait
sa carrière en jeu en l'aidant malgré les réticences
d'Ottawa et les prières du ministre cubain de
l'Intérieur. Avant d'affronter Eugenio García, Peter
se dit qu'il devrait téléphoner à Edwige. Mais déjà
un carillon annonçait le onzième étage. Il sortit et
marcha jusqu'à l'appartement 1123, puis, regrettant
de ne pas avoir consulté sa femme avant de

s'aventurer aussi loin, il revint sur ses pas et rappela l'ascenseur. Lorsque les portes s'ouvrirent, un homme en sortit. Peter se trouva face à face avec Eugenio García, tenant entre ses mains une immense boîte sur laquelle on pouvait lire « Pizza Vesuvio ».

— García !

— Grove ! Que faites-vous ici ?

L'homme avait les yeux rougis, la mine défaite.

— Je venais vous rendre une petite visite… amicale.

— Amicale ?

— Pas tout à fait. Deux agents de police du 126 Oswaldo sont au courant de ma démarche, sentit le besoin de préciser Peter. Je voudrais vous parler, c'est important, c'est même urgent, insista le journaliste.

À sa grande surprise, il entendit García lui murmurer de le suivre et le vit insérer une clé dans la serrure de la porte capitonnée du 1123.

— Wow ! ne put réprimer Peter.

— Ça vous plaît ? Art déco à la Henry Hohauser, commenta García en déposant le carton sur le bar.

— Vous vivez seul dans cet endroit de rêve ?

— Ce n'est pas par choix, murmura Eugenio d'une voix grave.

— Vous voulez dire qu'un homme de votre acabit, qui occupe un poste clé dans une grosse entreprise, n'a pas le loisir de disposer de sa vie privée ?

— Que voulez-vous, monsieur Grove ?

Ce rappel à l'ordre refroidit son audace.

— Je vous sers à boire ? J'ai entendu dire que vous étiez un grand amateur de Jack Daniels.

Il n'était à Miami que depuis deux heures et il se trouvait en compagnie de García, chez lui, sur le point d'accepter un verre.

— Je vois que vous connaissez mes goûts, que me vaut cet honneur ?

— Honneur ! Disons plutôt que votre insistance à me suivre partout depuis quelques jours m'a... intrigué. Il n'est pas difficile d'obtenir des renseignements à votre sujet, vous êtes une personne connue, monsieur Grove. On parle même de vous en très haut lieu à Washington !

— Vous me flattez.

— Ce n'était pas un compliment.

— Oh ! Mais on vous a bien renseigné et si vous m'accompagnez, je prendrais volontiers un Jack, un double.

— Ce sera donc deux Jack, conclut Eugenio García.

— Vous attendiez de la compagnie ?

— Qu'est-ce qui vous laisse croire que…

— La taille de la pizza.

— Non.

— Ou peut-être avez-vous un colocataire ?

— Je vous ai dit que je vivais seul. Que voulez-vous ?

— J'avais espéré vous croiser au dîner des Cardon à La Havane, hier.

— On ne m'a pas invité.

— Quel dommage. L'ambiance était excellente et votre ami était loquace.

— Mon ami ? Vous voulez parler de Jim Cardon ? Vous vous méprenez vraiment sur tout. Il nous arrive de nous croiser… Rien de plus.

À l'air renfrogné de García, Peter ne doutait plus que le directeur de la MAI ait tout le monde sur le dos depuis la disparition de Casillo.

— Je sais que vous n'êtes plus en très bons termes avec vos patrons américains, et je crois savoir que vos compatriotes de Miami ne vous font pas toujours confiance. En outre, on m'a dit que les services secrets cubains étaient à vos trousses. Au fait, qui paie le mieux ?

— Qu'insinuez-vous ? Je suis directeur d'une grande entreprise. Je gagne bien ma vie.

— Alors pourquoi avoir délibérément compliqué les choses en permettant à José Casillo d'échapper à l'arrestation ? Imaginez la confusion de tout un chacun s'il venait à apprendre que vous séquestrez votre employé chez vous depuis deux jours !

Eugenio García se leva pour traverser le salon. Peter le vit se diriger vers une chaîne stéréo qu'il alluma, montant le son au maximum. Il revint vers Peter, s'arrêtant à quelques centimètres de lui.

— Vous êtes un provocateur et vous risquez gros.

— Je dois tout de même vous dire que Cardon a la trouille. Si j'étais à votre place, je quitterais le navire avant qu'il coule.

Peter nota le malaise de García.

— La trouille ? Ne disiez-vous pas qu'il s'était montré loquace ?

— Oh ! À propos de détails. Nous avons discuté de la prochaine opération, fanfaronna Peter.

— Vous dites ? s'étouffa Eugenio García.

— Je suis au courant pour l'O 16, continua Peter. Mais pour en revenir à votre colocataire…

— Vous vous croyez au casino, monsieur le grand reporter international ? Vous voulez m'en mettre plein la vue ? Votre bluff ne m'impressionne pas. Et votre façon de tout mélanger m'indique que vous ne savez rien du tout. Je vous le redemande une dernière fois. Que voulez-vous exactement ?

Peter ressentit la menace. Il choisit de jouer franc-jeu.

— La garantie que José Casillo sortira sain et sauf de ce que vous complotez avec Cardon et Fosch. Je ne comprends pas, d'ailleurs, le rôle qu'un gars comme lui peut jouer dans ce complot. Je comprends encore moins pourquoi vous lui avez sauvé la vie le jour de l'arrestation, si c'était pour le kidnapper le surlendemain…

— Vous êtes fou. Et je n'ai pas de comptes à vous rendre.

García hésita avant d'ajouter :

— À ce que je vois, vous êtes vraiment là pour Casillo.

— Vous ne niez donc pas l'avoir enlevé ? Est-ce pour l'empêcher de tomber entre les mains de vos amis ou, au contraire, pour l'utiliser comme monnaie d'échange le moment venu ? Quelle faute avez-vous donc commise pour prendre un tel risque ?

Un bref instant, Peter crut que García allait lui faire une confidence, mais il se reprit :

— Il faut que vous partiez immédiatement.

— Pas si vite. Pouvez-vous m'assurer que Casillo s'en sortira si je ne me mêle pas trop de vos affaires ?

García émit un rire fielleux.

— Dans tous les cas, Grove, vous serez hors de ma route dans les heures qui viennent.

— Vous me menacez ?

— Prenez-le comme vous voulez.

— Vous voulez dire qu'on n'hésiterait pas à me faire disparaître ?

— Je n'ai rien dit de tel.

— Mais c'est ce que vous croyez, n'est-ce pas ? Et que pensez-vous de ce que racontent les journaux sur la mort de votre amie… Julia Horn, c'est bien ça ?

— Taisez-vous ! le coupa Eugenio, livide. Qui a pu vous raconter ?…

— Rappelez-vous, j'étais avec vous le jour où Julia vous a appelé à l'aide.

Peter vit des larmes briller dans les yeux d'Eugenio García. Il se tut et détourna le regard. Un long silence s'ensuivit qu'il employa à admirer tableaux et bibelots. Il remarqua sur le grand piano, dans l'ombre d'une énorme gerbe de roses, la photographie d'une jolie fille au sourire charmeur. « Julia », pensa-t-il. Ce fut García qui parla le premier.

— Je vous conseille de ne plus intervenir dans cette affaire, d'aucune façon.

— Je suis journaliste et je suis au milieu d'une enquête, ne l'oubliez pas.

— Laissez donc à vos collègues le soin de terminer ce travail, le coupa Eugenio. Il sera toujours temps de vous rendre intéressant sur d'autres sujets.

— Il n'est pas question que je laisse tomber, au contraire ! Je ferai même l'impossible pour que la publication de mes articles soit avancée.

— Vous tenez à la vie de Casillo ? le coupa García.

— Apparemment autant que vous, quoique certainement pas pour les mêmes raisons.

— Alors je vous le répète, retardez cette publication et ne vous mêlez plus de mes affaires.

— Vous voulez parler de l'opération qui empêche Cardon de dormir ?

— Votre entêtement met la vie de plusieurs personnes en danger, et celle de Casillo tout particulièrement, proféra Garcia en poussant le journaliste vers la sortie.

— Puis-je utiliser les toilettes ? demanda Peter, l'air ingénu.

— Dernière porte à droite, au bout du couloir. Je vous attends ici, l'avertit García.

— Merci.

L'appartement était somptueux et la décoration du petit coin était à l'avenant. Des plantes exotiques des plus luxuriantes, qui croissaient derrière un mur de verre grâce à la lumière de lampes fluorescentes invisibles, donnaient l'impression qu'on allait se soulager dans la nature. Des paniers de tous les formats regorgeaient de savonnettes, de burettes, de galets, de fleurs séchées, de magazines. Ne sachant plus trop ce qu'il avait escompté trouver dans le *powder room* d'Eugenio García, Peter s'agenouilla dans un amas de coussins et entreprit d'inspecter la pile de revues. Il n'y trouva rien de révélateur, sinon que le directeur de l'usine MAI recevait les dépliants publicitaires des hôtels les plus prestigieux, dont l'hôtel *Nacional de Cuba*, qu'il était abonné à des magazines onéreux, tels *National Geographic*, *Courrier international*, *Architecture contemporaine*, *Fortune*, et qu'il cumulait les programmes de théâtres renommés. S'apprêtant à ouvrir un robinet, il admira, derrière la vasque de faïence, une longue glace givrée déposée sur un rail. Une légère impulsion du bout des doigts déplaça la psyché vers la droite. C'était, en quelque sorte, une armoire-pharmacie constituée d'étroites tablettes et qui contenait bien peu de choses. Un flacon d'Armani Mania, une brosse à dents de marque Braun, deux tubes de dentifrice, un peigne et une fiole à l'inscription d'une pharmacie de La Havane.

— *Farmacia San Lázaro… diez gotas*… El 8 de noviembre 2002*, lut Peter à voix basse.

« Ce gangster était à La Havane vendredi ! Sa secrétaire m'a dit qu'il était absent, et c'était donc vrai. La veille du dîner chez les Cardon ! *Jesus* ! »

S'étant déjà absenté trois ou quatre minutes, Peter refit glisser le miroir sur son rail et tira la chasse d'eau. Il allait quitter l'enceinte cosy lorsqu'il remarqua un petit bout de carton sur les dalles. Il le ramassa et vit qu'il s'agissait d'un billet de théâtre daté du 19 octobre 2002, pour une représentation du Ballet national cubain au Gran Teatro de La Havane. Le billet avait dû glisser d'un programme de spectacles qu'il avait manipulé. Il le mit dans sa poche.

García l'attendait derrière la porte, son verre à la main.

— Et qu'avez-vous trouvé ?

— Un endroit bien sympa…

— Il faut que vous partiez.

— Vous me mettez à la porte ?

— Ma patience a des limites, Grove. Et moi aussi, j'ai des amis dans la police !

— Pas la peine, je m'en vais. Juste un dernier point. Pourquoi les Chávez, pourtant membres de Las palomas, n'étaient-ils pas sur la liste des ouvriers que vous vouliez faire arrêter ?

Eugenio García avala sa dernière gorgée de Jack Daniels et déposa brusquement son verre sur la table.

— On m'avait dit que vous étiez fouineur, arrogant et téméraire, mais à ce point, je dirais plutôt que vous souffrez de folie suicidaire.

Le directeur de la MAI reconduisit son visiteur jusqu'à la porte et ajouta :

— Si j'étais votre ami, je vous persuaderais de disparaître, de vous enfermer à double tour et de faire le mort jusqu'à ce qu'on vous ait oublié.

— C'est étrange, j'étais venu vous proposer le contraire.

— Que voulez-vous dire ?

— J'allais vous offrir de prendre votre parti dans ce duel inégal que vous livrez contre la mafia et la CIA réunies.

— Ça ne vous regarde pas.

— Vous risquez votre peau dans ce combat. Je sais qu'on vous a utilisés, vous et vos *palomas*, dans la préparation de l'O 16.

— Vous ne savez rien. Qu'attendez-vous de moi ?

— La libération de Casillo en échange de la publication de votre histoire. Et je vous couvre le temps de la rendre publique.

— Et comment faites-vous ça, monsieur le reporter ?

— Je suis sûr que l'opinion internationale, déjà partagée sur le projet d'invasion américaine en Irak, n'hésiterait pas à prendre parti dans une affaire de complot américain contre Cuba. Car il s'agit bien d'un complot, non ?

Eugenio García ne répondit pas tout de suite, jaugeant le journaliste.

— Alors ? risqua Peter.

— Je n'en demande pas tant. Contentez-vous de ne plus vous mêler de l'arrestation de mes ouvriers, ni du rôle des *palomas,* ni de l'opération à laquelle vous ne comprenez rien, non plus des affaires de Cardon ni des miennes. Vous retrouverez Casillo sain et sauf dans quarante-huit heures. Vous prendrez grand soin de lui, je n'en doute pas. Où peut-on vous joindre au Canada ?

Incrédule, Peter palpait ses poches à la recherche de son porte-cartes.

— Je serai à Ottawa mercredi au plus tard. Mais je dois d'abord rentrer chez moi, à La Havane, où du travail m'attend.

— J'en suis certain. Et laissez-moi donc faire le mien ! le somma García en rangeant la carte de visite du journaliste de l'AP dans son portefeuille.

— Je veux bien vous promettre de faire le mort jusqu'à la fin de cette affaire, mais vous savez aussi bien que moi que je ne suis pas le seul sur vos traces et sur celles de Casillo.

— Faites en sorte de ne pas attirer davantage l'attention sur moi, c'est tout ce que je vous demande.

Peter hocha la tête.

— Ne vous inquiétez pas, vous aurez un jour de quoi alimenter vos éditoriaux, ajouta Eugenio García, énigmatique.

— Au fait, vous avez connu Sergio Masíquez? Le grand-père de José Casillo?

— Non. Quel est l'intérêt?

— Une biographie du *comandante* Masíquez est sur le point de paraître aux Éditions Clapman de Montréal. Je me disais que cet événement aurait peut-être pu vous intéresser.

Eugenio García se contenta de soulever les épaules en entrouvrant la porte en chêne rouvre. Puis, d'un signe de la tête, il fit comprendre à son visiteur que leur entretien était terminé.

❧

Après le départ de Peter Grove, un coup de fil venimeux de la part de Cardon avait convaincu Eugenio García d'entreprendre ce voyage à La Havane, via Montréal. Le chef de la SINA lui reprochait d'avoir compromis l'opération à cause de sa négligence lors de l'arrestation des ouvriers et d'avoir ainsi obligé les responsables du projet à faire volte-face à la dernière minute.

— Et pouvez-vous me dire, García, par quel incompétent le journaliste canadien a pu être mis au courant de la bavure « Casillo », sinon par le directeur de la MAI lui-même ?

Conscient de la tourmente que la disparition d'un ouvrier avait provoquée – la mort violente de Julia en tête des horreurs –, il ne doutait plus qu'on allait l'accuser de part et d'autre d'avoir volontairement saboté l'opération. Pourtant, de toutes les missions qui lui avaient été confiées, l'O 16 était de loin celle qu'il avait le plus à cœur de réussir. Il en conclut qu'il était urgent de libérer l'otage… ou plutôt de s'en libérer.

Aux aurores, après une nuit d'insomnie, Eugenio allait boucler sa valise lorsque le téléphone retentit.

— ¡*Hola*, Arturo ! Ne me dis pas qu'il y a un problème, s'énerva Eugenio en regardant sa montre. […] Quel changement ? […] Et tu détiens cette information depuis plus de vingt-quatre heures ! ¡*Caramba* ! Attends, je note.

Eugenio attrapa un calepin et inscrivit : *La mer est belle. Plan B exécution. On apporte un vrai pique-nique. Confirmation : O CLL MHC 1511 1600, éperonnée.*

— Dis-leur que je serai à La Havane mardi.

Chapitre 15

Ottawa, lundi 11 novembre 2002

Peter s'apprêtait à commander un petit-déjeuner à sa chambre de l'hôtel *Marriott* lorsqu'il reçut un coup de fil de son collègue Stephen Hart.

— Salut Peter ! Comment vas-tu ?

— Stephen ? s'étonna Peter.

— Excuse-moi de t'appeler si tôt, mais il y a un problème concernant tes articles…

— Quel genre de problème ?

— L'ambassade américaine à Ottawa vient de nous faire parvenir un document qui remet tes sources en question.

Hart voulait convaincre Peter de rentrer à Ottawa le jour même. Il insinuait que ces renseignements des plus inattendus, dont il refusait de parler au téléphone, avaient créé un grand remous au sein de l'agence et que le comité éditorial avait prévu une réunion extraordinaire le lendemain matin à neuf heures. Il était apparemment question de repousser la publication des articles aux calendes grecques.

— *Jesus Christ*, Stephen ! Au contraire, il faudrait même qu'ils paraissent avant les dates convenues ! J'arrive ! s'emporta Peter en raccrochant.

Il composa le numéro d'Edwige pour lui faire part de l'urgence. Elle lui donna raison.

— Stephen Hart n'a pas l'habitude de te mettre en garde, encore moins de te protéger. La complication dont il parle pourrait être sérieuse.

Le rassurant par ailleurs sur l'évolution de l'affaire Cardon-Bussemaker à La Havane, elle lui confirma que leur ami Lupo Carrides, ambassadeur d'Espagne à Cuba, avait mis deux agents de ses services consulaires aux trousses des Chávez le matin même.

— Et j'ai obtenu un rendez-vous avec le ministre de l'Intérieur, à quinze heures demain après-midi.

— Annule !

— Tu n'es pas sérieux.

— Essaie au moins de repousser cette rencontre de quelques jours. Il en va de la libération de Casillo.

Edwige en déduisit que son mari était préoccupé et que ses réserves étaient dues aux conditions posées par Eugenio García. Elle n'argumenta pas davantage.

— Je vais essayer d'obtenir un autre rendez-vous, mardi ou mercredi. Je te rappelle.

❧

Déterminé à convaincre le comité éditorial de faire paraître dès le 13 novembre sa série de trois articles qui ne devait être publiée qu'à la fin du mois, Peter arriva survolté à Ottawa. Ce rapport dont le but, à l'origine, était de décortiquer les actes de provocation à répétition et les attentats terroristes organisés par des factions cubaines opérant à partir de Miami et regroupées sous la bannière «pour un après-Fidel démocratique», se devait désormais d'atteindre un objectif d'une tout autre envergure. En effet, signaler les criminels, même les accuser ne suffisait plus, il fallait les empêcher d'agir.

Dès que l'avion se posa, aux environs de quinze heures, il se rendit chez Luther pour prendre des nouvelles d'Hortensia et de la fillette, surtout pour confirmer à la jeune femme que les derniers déve-loppements étaient positifs et que son mari était en sécurité. Sans lui donner de détails sur son ravisseur, il lui dit savoir où José se trouvait, qu'il s'agissait en effet d'un endroit convenable, et qu'il avait bon espoir qu'on le libérerait dans les jours à venir. Ayant trouvé Hortensia et Juanita en bonne forme, de même que l'ambiance rue Coupal au beau fixe, Peter en conclut que Luther s'était fait à l'idée que ses pensionnaires pourraient profiter de son hospitalité quelques jours de plus.

Au moment du passage de Peter, Jorge était absent. Hortensia l'avait entendu quitter la maison pendant la sieste, après avoir reçu un coup de fil qui semblait l'avoir mis de mauvaise humeur.

— Dites-lui de m'appeler lorsqu'il rentrera.

✍

Peter regagna avec plaisir son appartement de la rue Clyde. Sa boîte aux lettres débordait, on avait même empilé des journaux et des magazines sur son paillasson. Ayant déverrouillé la boîte métallique, il reconnut, parmi l'amoncellement de courrier, une enveloppe sans timbre dont le format lui était familier. Peter s'empressa de rentrer chez lui pour la décacheter. Luther était passé par là.

J'ai sélectionné pour vous certains courriels que m'ont fait parvenir, au cours du week-end, Raoul Martines, l'entrepreneur de pompes funèbres de Santa Clara, et mon correspondant, Arrozblanco. J'attire votre attention sur la piste de la voisine des Bandera-Masíquez qui m'a semblé des plus intéressantes. Certainement que cette amie se sera préoccupée du sort du mari d'Alicia Bandera après le décès de la jeune femme en 1970. J'ai mis quelqu'un sur l'affaire et j'attends des résultats dans le courant de la soirée. JL.

Luther avait imprimé une bonne dizaine de messages de Martines et d'Arrozblanco. Peter s'empara de la liasse de feuillets en fredonnant :

— Blanco… Arrozblanco… Blanco…

Puis, il s'écria :

— Mais oui ! Blanquero ! Arturo Blanquero ! Le fameux correspondant ! *Jesus* ! Je savais bien que le nom de ce maître d'hôtel me rappelait quelque chose !

Ayant saisi que le correspondant de Luther était cet Arturo Blanquero, sherpa du ministre Sánchez, intime de Francis Cruz et majordome au service des Cardon à La Havane, Peter lut avec une attention toute particulière les messages que Luther avait imprimés. Il ne tenait plus en place, convaincu que le personnage était un protagoniste essentiel dans l'affaire. Après une lecture minutieuse de tous les courriels, Peter en retint trois, dont deux de l'entrepreneur de pompes funèbres qui soulevaient une nouvelle piste. Ces messages de Martines étaient les suivants :

J'ai demandé à mon frère, domicilié dans l'Habana vieja, de retourner à l'adresse des Bandera pour vérifier auprès des voisins s'ils n'avaient pas conservé quelque souvenir du décès de Carlos. Renata Brasero, une voisine et amie d'Alicia Bandera à La Havane en 1970, lui a dit avoir vécu pendant plusieurs années dans le même immeuble qu'elle, au 12 de la rue San Lázaro, près du Malecon. C'est même son mari (feu Léo Brasero) qui a amené la femme de Carlos Bandera à la clinique San Cristobal le jour où elle a fait la fausse-couche qui lui a coûté la vie.

Puis l'entrepreneur de pompes funèbres Martines était revenu à la charge quelques heures plus tard avec ceci :

Je viens de m'entretenir au téléphone avec Renata Brasero. Elle m'a dit avoir revu Carlos Bandera à quelques reprises après le décès de sa femme. Il venait se balader dans le voisinage, souvent accompagné d'un militaire mulâtre;

agent du G2, pas très apprécié des habitants du quartier. Mais à cette époque, Bandera n'habitait plus son appartement de la rue San Lázaro qui est resté inoccupé pendant cinq ans. En septembre 1974, deux miliciens, dont le mulâtre, sont venus le vider.

Les envois d'Arrozblanco étaient plus laconiques.

Merci pour info de R. Martines sur R. Brasero – pour archives.

Voici ce que j'ai trouvé de mon côté :

Sans famille en 1974, personne n'a réclamé le corps de Bandera.

Sépulture de Carlos Bandera-Masíquez récemment retrouvée à La Havane et non à Santa Clara. Lot dix-neuf, cimetière Cólon, Vedado.

Les témoins de la mort accidentelle de Carlos Bandera-Masíquez en juin 1974 sont nombreux.

Suivait une liste de noms avec des adresses et parfois même des numéros de téléphone des personnes pouvant témoigner de la noyade de Bandera. Le fait que les coordonnées des témoins d'un accident survenu vingt-huit ans plus tôt soient apportées avec une telle précision convainquait le journaliste qu'il y avait anguille sous roche : pas d'autopsie, un tombeau qui se déplace, une sépulture qui surgit et beaucoup trop de témoins. Une mort naturelle n'était plus envisageable. Le jeune milicien avait-il été rayé de la carte, tout comme son frère ? Bandera aurait-il été témoin de l'assassinat de Sergio Masíquez au *Ritz-Carlton* de Montréal, le 31 juillet 1970 ? C'est sans doute ce que Luther était sur le point de découvrir.

Peter allait mettre une quiche surgelée au four quand la sonnerie du téléphone retentit.

— Je ne saisis pas très bien où vous voulez en venir, monsieur le conseiller, mais vous avez piqué ma curiosité.

La promesse de Cristiano Pérez de lui donner une information sur le passé récent de Cardon, susceptible de provoquer le rappel du diplomate américain à Washington, lui faisait oublier sa fatigue. Et la perspective de coincer le chef de la SINA valait un dîner ennuyeux avec le conseiller cubain. Au pire, il pourrait toujours, par la suite, se défendre d'avoir voulu nuire au chef de la SINA en réduisant l'affaire à une mauvaise blague. Après tout, c'était sa femme ambassadeur qui se devait

d'entretenir de bonnes relations avec son homo-
logue américain, pas lui !

— Je vous invite au Yard. C'est à une petite
demi-heure de route, mais le menu vaut le détour.
Ils servent des rognons de veau le lundi, mentionna
Pérez en clappant dans l'appareil.

Peter avait planifié de repasser chez Luther pour
discuter avec lui des messages de ses correspondants, puis de téléphoner à Edwige pour la mettre
au courant de sa rencontre avec García et, surtout,
de se coucher tôt. « Tant pis ! Je ferai tout ça
demain ! » se dit-il.

— J'accepte votre invitation, répondit Peter.

Il prit tout de même le temps d'envoyer un
message à Edwige avant de partir :

> *Ma chérie, j'ai encore un petit service à te
> demander. Envoie-moi tout ce que tu pourras
> trouver sur une représentation du Ballet
> national cubain le 19 octobre dernier au Gran
> Teatro à La Havane. Je sors dîner avec
> Cristiano Pérez, un diplomate cubain, je te
> raconterai… Appelle-moi demain, je t'aime.*

Sur l'autoroute 417, il y avait peu de circulation. Peter arriva avant dix-neuf heures trente à l'auberge Yard et s'installa au bar où il commanda et but un double Jack, puis un autre offert par la maison. À vingt heures quinze, il commença à s'inquiéter du retard de Pérez, se demandant si le diplomate n'avait pas eu quelque pépin en route. Il essaya de le joindre à l'ambassade à trois reprises, sans succès. Il était sur le point de retourner à Ottawa lorsqu'une voiture arborant des plaques diplomatiques arriva en trombe dans le stationnement du restaurant.

— Je vous prie de m'excuser, monsieur Grove. J'ai été retenu au bureau.

— Des problèmes ? demanda Peter, guilleret.

— Rien d'insoluble, une petite urgence.

Peter eût juré que le conseiller mentait.

— Concernant notre affaire ?

— Un élément nouveau qui la complexifie… fit vaguement le diplomate cubain. Allez, un petit apéro ! Vous m'accompagnez ?

— J'en ai déjà pris deux. Je ne vous ai pas attendu, j'aurais dû ? fanfaronna Peter, qui ressentait les effets des doubles drinks.

— Ne me dites pas que vous ne voulez pas trinquer avec moi, blagua Pérez en commandant un Jack Daniels pour Peter et un daiquiri pour

lui. Votre voyage à Miami a-t-il été fructueux?
commença-t-il.

— Je crois, répondit Peter, laconique.

Le coq-à-l'âne se poursuivait depuis un bon
moment lorsque Peter s'avisa qu'ils étaient encore
devant des apéritifs à vingt heures cinquante. Le
faisant remarquer à son hôte, ce dernier s'inquiéta
auprès du maître d'hôtel qui lui rétorqua que la
réservation avait été faite pour vingt et une heures
trente seulement.

— Je n'ai pas de table libre pour le moment,
s'excusa-t-il.

— Mon secrétaire est lunatique, se plaignit
le conseiller. Qu'à cela ne tienne! La même
chose, cria Pérez au barman qui remit le Jack et le
daiquiri.

Le service était lent et la discussion, superficielle,
mais les rognons de veau roses et tendres copieu-
sement arrosés de chablis firent aisément oublier
ce contretemps. Pour amener Pérez au but de ce
dîner impromptu, Peter l'informa d'une partie des
événements survenus au cours des derniers jours,
en se gardant toutefois de lui donner les détails de
la réception des Cardon et ceux de sa visite à
Thérèse Lemelin-Bussemaker.

— J'ai plus ou moins rescapé la famille de José
Casillo. Vous êtes au courant, n'est-ce pas, que

l'employé de la MAI disparu depuis l'arrestation est le petit-fils de Clarita Cardoso ?

— Cardoso ?… Bien sûr ! Cette femme n'est-elle pas la coauteure du manuscrit sur lequel travaille un de nos compatriotes, Jorge Luther ?

— C'est ça.

— C'est intéressant que vous mentionniez ce manuscrit…

— Oui ? s'étonna Peter, se disant que c'était plutôt Pérez qui l'avait fait.

— Cela m'amène à vous parler de Jorge Luther. Dites-moi…

Répondant à un clignement de paupières du conseiller, le maître d'hôtel vint remplir le verre de Peter.

— Vous alliez dire ? marmonna Peter, dont l'élocution devenait de plus en plus pâteuse.

— J'allais vous demander si vous accordiez une entière confiance à cet homme-là. On entend son nom dans des endroits bizarres et à des moments inattendus. Certains agents de notre ambassade émettent même l'opinion que l'écrivain ne serait pas net, qu'il pourrait être à la solde de la mafia de Miami.

Peter Grove pouffa à l'image de son informateur transformé en agent double.

— Je connais Jorge depuis plus de trente ans. Il a été à l'emploi de votre ambassade pendant plus d'une décennie. C'est un écrivain en mal d'écrire. Avec ce… cette biographie, il a enfin eu l'occasion de s'y remettre. Luther n'a qu'un rêve, c'est de retourner vivre à Cuba. Je n'ignore rien de son parcours et je sais qu'il est droit! conclut Peter, heureux d'en avoir autant dit sans trop bafouiller.

— Il s'agit seulement de rumeurs, bien sûr. On prétend qu'il entretiendrait des relations avec certaines personnes du bureau de la Section des intérêts nord-américains à La Havane… Mais vous me semblez bien sûr de vous, monsieur Grove.

— J'ai l'impression que nous nous éloignons du sujet, fit remarquer Peter, dont la tête tournait.

— Pas vraiment, insista Cristiano Pérez en versant lui-même le reste de la bouteille de chablis dans le verre de Peter, dont le téléphone cellulaire vibrait sur la table.

— Luther!

Pérez fit signe à un serveur de remplir les verres d'eau.

— Quoi! Mais pas du tout. Je n'ai jamais parlé à Clapman! […] Désolé, Jorge, je dîne au restaurant, je ne suis pas seul. Je vous rappelle sans faute en rentrant. Ne vous inquiétez pas, termina-t-il abruptement un entretien auquel Pérez semblait prendre trop d'intérêt.

— Jorge Luther ? Quelle coïncidence ! Que vous veut-il à cette heure ?

— Des ennuis avec son éditeur.

— Ah !

Cristiano Pérez hochait la tête d'un air entendu.

— Écoutez, Peter, je peux vous appeler Peter ? Je connais l'amitié qui vous lie à mon compatriote. Mais permettez-moi de vous dire, en toute confidentialité…

Pérez s'était rapproché de Peter, avant de poursuivre :

— … que le ministère que je représente, et notre ministère de l'Intérieur, ont de bonnes raisons de croire que votre écrivain est passé dans le camp ennemi.

— Je vous arrête tout de suite, monsieur le conseiller ! Vous permettez que je vous appelle monsieur le conseiller ? fit Peter sur un ton arrogant.

Puis, ayant bu deux ou trois gorgées d'eau, il poursuivit :

— À moins que vous ne me confiiez ces bonnes raisons, rien de ce que vous pourriez ajouter ne me convaincrait de l'appartenance d'un homme rompu et malade à des services secrets quels qu'ils soient, objecta le journaliste qui défendait autant la valeur de ses sources que la réputation de son informateur. Dites-moi plutôt ce que vous avez derrière la tête.

— En clair, nous souhaitons voir vos articles paraître dès que possible. Nous voulons qu'ils révèlent au monde entier les complots américains contre notre président ! Mais il nous faut l'assurance que vous maîtrisez vos sources.

— « Nous » ?

— Mon ambassadeur, le ministère et le gouvernement que je représente, notre président...

— Ne nous emballons pas ! Je suis reporter, pas le messie. Que voulez-vous exactement ?

— Je ne vous cacherai pas plus longtemps les raisons qui nous amènent à dîner ensemble ce soir...

— Le scoop sur Cardon n'était donc qu'un appât !

— Nous avons besoin de votre aide, monsieur Grove. Mais permettez-moi, avant d'aller plus loin, de vous demander quel but vous poursuivez en publiant cette série d'articles.

— Je ne me suis jamais caché de faire une analyse de la *Loi Helms-Burton* dans le but d'en démontrer le côté insidieux.

— Vous prenez donc parti ?

— Dans le cas qui nous intéresse, oui.

— C'est très bien. Alors si Jorge Luther travaille pour vous dans le cadre de cette analyse, qu'il s'en tienne exclusivement à cette étude pour le moment. Dans les circonstances, toute intrusion dans nos affaires serait terriblement… inopportune.

— De quoi parlez-vous?

— Je vous dis que l'enquête que Luther mène parallèlement à celle qu'il fait à votre demande contrecarre les affaires du gouvernement que je représente dans le cas qui nous préoccupe.

— Quel cas?

— Ne faites pas l'imbécile! Je parle de l'affaire García.

— Vous faites fausse route. Les recherches de Luther n'ont rien à voir avec la mafia de Miami. Elles ont pour but de compléter le roman qu'il est sur le point de publier ou d'étayer mes articles. Rien de plus.

— Restez vigilant. Moi, je vous dis que les résultats des recherches de votre ami, qui seraient tout au plus intéressants pour ses éventuels lecteurs, pourraient s'avérer fatals.

— Je pense que vous surestimez le mandat de ce pauvre Luther.

— Et si c'était vous qui étiez dans l'erreur? S'il ne travaillait pas que pour vous? Posez-lui donc la question. Peut-être sa réaction vous amènera-t-elle à réviser vos positions sur un homme qui, à mon avis, n'hésiterait pas à vendre sa mère pour vingt dollars.

Bien que passablement ivre, Peter se tint sur ses gardes. Sa longue relation professionnelle avec Luther lui avait enseigné que son informateur pouvait se montrer implacable lorsqu'il pensait tenir une bonne affaire, c'est-à-dire n'importe quoi qui paraissait susceptible de gonfler ses comptes en banque. S'il avait fait quelque découverte propre à étoffer l'enquête relative à l'épilogue proposé par Clarita Cardoso, hésiterait-il à la vendre au plus offrant?

— Je parlerai à Luther.

— Je vous le conseille. Et permettez-moi de vous réitérer notre reconnaissance, je parle non seulement au nom de mes collègues, mais avant tout en celui de notre président, Fidel Castro, pour le soutien avéré que vous apportez à notre cause. Vos articles sont très attendus et nous savons qu'ils nous donneront raison. Merci encore, monsieur Grove.

Peter eut l'envie folle de mimer le violoniste. Mais il n'en fit rien.

— Je ne saisis toujours pas les raisons qui vous ont amené à m'inviter à dîner ce soir. Vous m'aviez fait miroiter une information susceptible de ternir la réputation de Cardon. Qu'est-ce qui vous a fait changer d'avis en cours de route ?

Comme s'il s'était attendu à devoir se justifier, le conseiller cubain palpa la pochette intérieure de son veston.

— Ceci ! fit-il en remettant une coupure de journal à Peter.

La légende qui accompagnait la photo disait : « 14 janvier 2002 ».

— Cette date vous rappelle-t-elle quelque chose ?

— Vous voulez faire allusion à l'explosion de *La Linda*, le lendemain ? marmonna Peter.

On y voyait, attablé sur ce qui pouvait être le pont d'un bateau ou la terrasse d'un restaurant de bord de mer, un groupe d'hommes et de femmes dont Armando Fosch, le chef de la mafia cubaine, Jim Cardon entouré de deux jolies filles, et d'autres personnes qu'il ne connaissait pas.

— Cardon n'était pas encore accrédité à Cuba, mais il y était déjà. Cette photo a été prise dans le port de La Havane.

— Et alors ?

— Regardez encore, monsieur Grove.

La vue embrouillée, Peter s'efforça de scruter plus attentivement la photographie. Il remarqua qu'un personnage au dos courbé, affublé de lunettes, un chapeau enfoncé sur le crâne, une cigarette au coin des lèvres et de profil, aurait pu être l'écrivain Jorge Luther.

— On m'a remis ce document à la fermeture des bureaux aujourd'hui. Expéditeur inconnu. Nous craignons que, dans les circonstances, la crédibilité de vos sources soit gravement remise en cause, pontifia Pérez.

— Et c'est ce que vous appelez de « bonnes raisons » de croire que Luther est passé dans le camp ennemi ? Vous vous moquez de moi, s'indigna Peter. Cette photo a pu être prise n'importe où, n'importe quand ! Elle a surtout pu être trafiquée !

Les confidences et les mises en garde de Pérez, qui l'avaient d'abord intrigué, finirent par le contrarier et Peter sentit la mauvaise humeur s'emparer de lui. Sur le point de rabrouer le conseiller, mais s'avisant qu'il avait beaucoup bu, il décida d'éviter une algarade.

— Puis-je conserver cette coupure de journal ? demanda-t-il d'une voix blanche.

— Auriez-vous changé d'avis sur la pertinence du document ? se réjouit Cristiano Pérez.

— Au contraire. Luther était avec moi, à Ottawa, le 14 janvier dernier…

Sans commenter, Cristiano Pérez commanda deux cafés et l'addition. Aux environs de minuit, le diplomate fit allusion à la journée de travail qui les attendait le lendemain et se leva pour quitter la table, suivi de Peter, chancelant. Au vestiaire, il lui demanda :

— Êtes-vous en état de conduire, monsieur Grove ?

— Ça va, merci.

Puis, prenant à témoin le maître d'hôtel qui les avait accompagnés, Pérez poursuivit :

— Et vous, qu'en pensez-vous, mon ami ?

Mal à l'aise, l'homme se contenta de hausser les épaules. Peter dit sèchement :

— Je vous dis que ça va.

— Vous ne voulez pas monter avec moi ?

— Non ! s'impatienta Peter en endossant son paletot.

Se satisfaisant apparemment de la réponse du journaliste, Pérez lui dit au revoir dans le stationnement de l'auberge.

— Nous nous suivrons. Partez devant, suggéra le conseiller, et soyez prudent, ajouta-t-il en montant dans l'Impala que son chauffeur avait avancée.

À peine Peter eut-il fait deux kilomètres qu'il dut ralentir et abaisser la vitre pour respirer un peu d'air, malgré le vent et le crachin. Il vit alors la longue voiture du conseiller d'ambassade le doubler à vive allure.

— Pourquoi cet imbécile m'a-t-il fait venir jusqu'ici? bougonna le journaliste qui avait le désagréable sentiment de s'être fait piéger.

Ayant roulé une centaine de mètres sur la berme avant d'immobiliser sa Volvo, Peter sortit dans le froid. Titubant, il fit quelques pas, puis s'appuya sur la portière pour laisser libre cours à une nausée. Il nettoya ses chaussures avec son mouchoir et se plaqua de la neige sur le visage et sur la nuque avant de remonter à bord de sa voiture.

— Je suis complètement ivre, geignit-il.

Il emprunta la première sortie pour faire demi-tour.

En fin d'après-midi de ce même lundi 11 novembre, alors que ses pensionnaires prolongeaient leur sieste, craignant que la sonnerie stridente du téléphone ne dérange ses invitées, Luther s'était frappé les doigts de pied contre un berceau du fauteuil à bascule afin d'attraper l'appareil au plus vite.

— Monsieur Clapman? s'était-il étonné. Ne me dites pas que notre rendez-vous était aujourd'hui? Je ne me trompe pas, c'est bien demain, à quinze heures?

Dès les premiers mots, au ton de la voix de son éditeur, Jorge avait compris qu'on allait lui annoncer une désagréable nouvelle.

— Vraiment ? Et pourquoi Peter Grove vous aurait-il dit une pareille sottise ? Je n'ai nullement l'intention de renoncer à la publication de ce roman ! [...] Vous ne pouvez pas le publier pour le moment ? Mais nous avons un contrat ! Ça ne se passera pas comme ça, j'ai des relations !

Luther s'était énervé à un point tel qu'il ne s'était pas surpris d'entendre Clapman lui raccrocher au nez.

Alors qu'il allait composer le numéro de Peter Grove, il avait ressenti une multitude d'aiguilles lui tenailler le cœur. La douleur l'avait convaincu de se calmer. Il était donc allé se balader avec Jason sur le bord de la rivière pour réfléchir. Et ce n'est que tard dans la soirée qu'il avait finalement joint Peter sur son portable.

— Désolé, Jorge, je dîne au restaurant, je ne suis pas seul. Je vous rappelle sans faute en rentrant... l'avait éconduit le reporter passablement ivre.

CHAPITRE 16

La Havane, mardi 12 novembre 2002

Tôt, le mardi matin, une tasse de thé fumant à portée de main, Edwige s'installa à son ordinateur pour lire le dernier message de Peter.

Ma chérie, tu me rendrais encore un grand service en effectuant pour moi une recherche sur ce commandant Anton Bussemaker, mort en 1941 à bord du sous-marin hollandais qu'il commandait, et en me disant ce que l'histoire de cet homme raconte de si captivant pour intéresser Jim Cardon en 2002. Je t'aime et je t'embrasse, P.

Elle tapa dans un moteur de recherche le nom de Jacobus Anton Bussemaker. Sidérée par ce qu'elle découvrit, Edwige rédigea un message à l'intention de son mari.

Jacobus Anton Bussemaker est mort le 15 décembre 1941 lorsque le sous-marin O16 qu'il commandait a explosé près de l'île Tioman, à l'est de la Malaisie, avec 35 marins à son bord, dont un seul survivant : Cornelis De Wolf. Je comprends maintenant que « O 16 » n'est pas une date comme nous l'avions d'abord supposé. Il s'agirait soit de l'un des bateaux de Thérèse Lemelin-B., soit de l'ensemble de la flotte qu'elle possède, dont le Cor Le Loup. *L'opération 16 pourrait donc avoir lieu n'importe quand sur l'un ou l'autre des catamarans, ou sur plusieurs de ceux-ci, dans l'un des ports où ils sont ancrés !*

Ayant nerveusement ponctué la dernière phrase, elle hésita avant d'envoyer son message. L'information était trop importante pour ne pas la lui transmettre d'abord de vive voix. Elle décrocha plutôt le téléphone pour composer le numéro du portable de Peter et laissa sonner.

— Merde, Peter ! Réponds !

Dix minutes plus tard, ayant tenté de joindre son mari à moult reprises, Edwige se résigna à lui laisser un message lui demandant de la rappeler. Un œil sur sa montre lui indiqua qu'elle devrait bientôt se rendre à l'ambassade pour présider la réunion de huit heures. Elle composa alors le numéro du bureau du ministre des Affaires étrangères à Ottawa. Après quelques secondes d'attente, soudain incertaine de ce qu'elle allait dire, elle raccrocha.

— Réfléchis d'abord ! se sermonna-t-elle.

Une longue douche l'amena à conclure qu'elle ne pourrait pas garder plus longtemps pour elle seule des renseignements significatifs, probablement révélateurs d'un complot terroriste. Toutefois, elle décida de les contre-vérifier avant de les transmettre à Ottawa et à Peter.

Elle téléphona à la chancellerie.

— Bonjour Lucie, je ne pourrai pas être au bureau avant midi. Prévenez les intéressés que Phil Warden présidera la première réunion à ma place, et présentez mes excuses à tout le monde, pria-t-elle sa secrétaire avant de lui demander de la mettre en communication avec Roger Jouvet, de la section politique.

— Excellence, que puis-je pour vous ?

— J'aurais besoin de vos services, Roger. Je vous attends à la résidence. Soyez discret.

Ayant refusé jus de fruits, thé et café, l'expert en cryptographie écouta son ambassadeur lui faire un résumé sommaire de la situation puis s'isola dans le boudoir de l'entrée avec les copies des derniers messages de Peter et les notes d'Edwige, dont les dernières étaient rédigées ainsi :

Un. Si « O 16 » ne donne pas la date, mais le lieu de l'attentat, l'horreur pourrait se produire en tout temps sur l'un des bateaux de T. L.-B.

Deux. Les Chávez, sans doute des poseurs de bombes, vont servir sur l'un des bateaux de Bussemaker ancré dans l'une des nombreuses marinas de Cuba.

Trois. Si les Cubains sont au courant du complot et souhaitent attendre d'avoir tout en main pour confondre la mafia cubaine et/ou la CIA, et/ou Jim Cardon, c'est avec le ministre Sánchez qu'il faudrait comparer nos informations plutôt que de les divulguer à l'étranger.

Quatre. Puisque les bateaux de Thérèse Lemelin-Bussemaker n'offrent pas de croisières les samedis, le « 16 11 PC » pourrait indiquer la date d'un attentat perpétré à un autre endroit, et si cet endroit était PDR, et que PDR signifiait Place de la Révolution, cela annoncerait que les bureaux du MININT sont visés.

N.B. Qui aurait la liberté d'entrer à sa guise dans les bureaux du MININT, bardé d'explosifs, le 16 novembre prochain, un samedi ?

Moins d'une heure plus tard, Jouvet remit à l'ambassadeur une interprétation des codes et ses commentaires.

— Vos recherches ont-elles été fructueuses ?

— Quelques détails en plus, Excellence.

— Mais encore ?

— Par exemple, PC ne signifie peut-être pas « *Portable computer* », mais « Port de Cienfuegos ».

« Port de Cienfuegos », répétait intérieurement Edwige, l'air consterné.

— Y a-t-il un problème, Excellence ?

— Non, pas du tout. Je vous remercie, Roger. Je vous fais signe s'il y a autre chose. Merci encore.

Edwige s'empressa de faire parvenir tous ces documents par voies confidentielles au ministre des Affaires étrangères à Ottawa. Elle décida de ne rien lui dire des Chávez pour le moment, car on lui avait confirmé que des agents consulaires de l'ambassade d'Espagne étaient à leurs trousses et qu'ils lui feraient part des résultats de leur enquête avant la fermeture des bureaux. Par ailleurs, son attaché culturel devait lui remettre, au cours de la matinée, les renseignements que Peter avait demandés sur le programme du Gran Teatro.

Puis, ayant attendu en vain que Peter la rappelle, Edwige n'était arrivée à l'ambassade qu'en fin de matinée. Une journée des plus harassantes l'attendait. Des cas consulaires embrouillés, un mémorandum d'Ottawa enjoignant des restrictions budgétaires inattendues, une prise de bec entre deux agents de la section de l'administration, sans parler des difficultés à revoir l'attribution des tâches en tenant compte des récentes compressions. L'ambassadeur ne s'était pas accordé de pause pour déjeuner, et avant de présider les réunions de l'après-midi avec ses directeurs de sections, elle avait réussi à s'entretenir avec le ministre des Affaires étrangères à Ottawa. Depuis, elle savait au moins à quoi s'en tenir.

❧

Ottawa, mardi 12 novembre 2002

Malgré les nombreux messages que Luther lui avait laissés depuis l'aurore, Peter ne l'avait pas rappelé. Le journaliste ne répondait ni au téléphone ni à son cellulaire.

Aussi, après une nuit agitée au cours de laquelle ses douleurs de poitrine avaient été de plus en plus aiguës, le malheureux Jorge se sentait le cœur serré dans un étau. Se répétant qu'il serait stupide de se retrouver impotent alors qu'il avait enfin les poches bien remplies, il s'était résolu à demander un rendez-vous à son médecin. La perspective de laisser au fisc la petite fortune qu'il avait accumulée au cours de tant d'années de labeur l'avait fait décrocher son téléphone et expliquer à la secrétaire du docteur Fallen qu'il y avait urgence.

— Aujourd'hui? Nous sommes débordés, monsieur Luther. Pourriez-vous venir demain?

— Les douleurs sont très fortes, je ne sais pas si…

— Attendez-moi un instant.

Après plusieurs mesures du *Boléro* de Ravel, Jorge avait entendu :

— Le docteur pourrait vous recevoir ce matin, à huit heures, avant tout le monde.

Jorge Luther avait donc quitté sa maison de la rue Coupal alors que ses invitées étaient encore à leurs ablutions dans la salle de bain. Ayant laissé un mot à l'intention d'Hortensia, l'informant qu'il devait passer voir son médecin ainsi que Peter Grove – ce qui lui prendrait une bonne partie de la journée –, lui demandant de bien vouloir promener Jason dans le parc et lui promettant d'être de retour à temps avec les emplettes pour le goûter de Juanita, il était sorti en refermant à clé derrière lui. La pluie verglaçante lui fouettait le visage et, nonobstant sa réticence à débourser les sommes exagérées que ne manquaient jamais de réclamer les chauffeurs de taxi, Jorge Luther avait hélé une voiture et s'y était installé en maugréant.

— Hôpital général, l'entrée des urgences. Faites vite, je n'ai pas toute la journée.

— Vous auriez peut-être dû faire appel aux services d'une ambulance, avait rétorqué le chauffeur.

La remarque avait déplu au passager bourru qui s'était toutefois abstenu de riposter, craignant que son impertinence n'incite le jeune blanc-bec à gonfler la facture.

Après une kyrielle d'examens qui avaient exigé des heures d'attente en chemise ouverte dans le dos, des interventions désagréables, des sondes un peu partout et une course sur un tapis roulant, le médecin n'avait pu que recommander du repos. Il lui fallait réduire les marches dans le froid, éviter les escaliers, surtout les bras chargés, bref, rester tranquille chez lui à lire et suivre sa diète. À peu de choses près, le diagnostic était le même que celui qu'il avait reçu lors de sa visite précédente.

En quittant l'hôpital aux environs de midi, Luther avait pris l'autobus et était descendu à l'angle des rues Bank et Clyde dans l'espoir de trouver Peter Grove chez lui. Il n'aurait pas pu se reposer avant d'avoir discuté avec lui du revirement de son éditeur.

« Pourquoi Peter ne m'a-t-il pas rappelé ? »

Malgré les recommandations du docteur Fallen, Luther avait fait trois fois le tour du pâté de maisons pour se calmer. Il se trouverait bien un bon Samaritain pour lui porter secours, s'il s'écroulait dans la rue. Le vieil écrivain était dans une grande agitation lorsqu'il pénétra enfin dans l'immeuble de la rue Clyde, car la perspective de subir une autre crise le terrifiait. Mais son cœur s'était peu à peu apaisé. Comme c'était le cas la plupart du temps, il n'y avait personne dans le hall de l'immeuble et ce n'est qu'au moment de frapper à la porte de l'appartement qu'il avait entendu derrière lui :

— Monsieur ?...

S'étant retourné, Luther avait reconnu Carole Brault, souriante et parfumée, une collègue de Peter Grove. Mais ses airs de sainte nitouche aux seins pointus ne l'avaient pas déridé, lui qui exécrait par-dessus tout qu'on le surprenne dans des situations dites fortuites.

— Bonjour, madame. Je suis Jorge Luther, s'était présenté l'écrivain déjà à bout de souffle.

— Monsieur Luther ! J'ai entendu parler de vous et de votre livre...

— Vous avez rendez-vous avec monsieur Grove ? l'avait-il coupée.

— Non. Mais nous le cherchons tous à l'agence. Peter n'était pas encore arrivé au bureau, il y a une demi-heure. Et il ne répond pas au téléphone. Il était attendu pour une réunion importante ce matin. Ses collègues s'inquiètent…

— Il ne semble pas être ici non plus, avait précisé Luther, dans l'espoir de voir la femme repartir.

— Vous êtes certain qu'il n'est pas chez lui? avait insisté la jeune femme en insérant une clé dans la serrure.

— Puisque je vous dis que…

— C'est moi qui arrose les plantes en son absence, s'était-elle empressée d'expliquer à Luther, de toute évidence offusqué du sans-gêne de la jeune femme. Vous voulez entrer?

Jorge Luther s'était immobilisé dans le couloir, l'air maussade. Carole Brault s'était contentée de soulever les épaules.

— Étrange! Le courrier de ce matin a été ramassé. Peter est passé par ici.

— Comment le savez-vous?

— Les journaux sont sur le secrétaire et les draperies ont été tirées.

Pour bien marquer qu'elle avait ses habitudes chez son collègue, elle s'était attardée dans la cuisine avant d'en ressortir, un arrosoir dans les mains. Elle s'apprêtait à le déverser dans un hibiscus lorsqu'elle s'était étonnée de voir Luther s'installer au bureau de Peter.

— Je dois lui parler, c'est urgent, s'était justifié l'écrivain en composant le numéro du journaliste. Peter ! Enfin ! Où êtes-vous donc ? […] Vous dîniez avec Pérez ? Ah bon ! J'ai attendu votre appel toute la nuit. Je ne comprends toujours pas. Il faut que vous me disiez pourquoi vous avez demandé à Clapman de ne pas publier mon livre ! Vous auriez au moins pu m'en parler ! […] Si ce n'est pas vous, alors qui a pu prendre une telle initiative ? Et pourquoi s'être fait passer pour vous ? Cette histoire est insensée ! […] Vous croyez ? Pérez… En effet, c'est un vil personnage. Je communique tout de suite avec lui. Vous n'avez pas d'objection à ce que j'utilise votre ordinateur ? Je souhaiterais consulter mon courrier électronique. Je ne me sens pas très bien et j'aurais besoin d'un répit avant de rentrer. […] Merci, je resterai une heure ou deux. Rappelez-moi ici si vous avez des nouvelles de Clapman.

Carole Brault n'avait rien perdu de la conversation.

— Où se cache-t-il donc ?

— Il est à l'agence. Il a dormi au Yard, mais il est passé rue Clyde il y a une heure, pour se changer.

— Je vois…

Luther se tenait la poitrine à deux mains. Il avait l'air souffrant, sur le point de s'évanouir. Attendrie par sa mine pitoyable, Carole Brault lui avait servi un verre d'eau.

— Est-ce que je peux faire quelque chose pour vous ?

— Merci, ça ira.

— Je vous conseille d'appeler votre médecin.

— Je l'ai vu ce matin. Il m'a recommandé du repos.

Elle était restée à ses côtés, faisant machinalement de l'ordre sur le bureau encombré de Peter. Voyant que Luther respirait plus lentement et qu'il reprenait des couleurs, elle avait refermé la fenêtre et rapporté des tasses et des verres sales à la cuisine avant d'enfiler son manteau.

— Vous vous sentez mieux ?

— Ça va.

— Il est presque treize heures, je dois retourner à l'agence. Je pourrais vous déposer chez vous.

— Je vais attendre un peu avant de partir. Au point où j'en suis, un taxi de plus ou de moins…

— Claquez bien la porte en partant, la serrure s'enclenchera derrière vous.

— J'ai la clé, moi aussi.

Réveillé à dix heures par les femmes de ménage du Yard, affligé d'un mal de crâne qu'il devrait endurer le reste de la journée, Peter avait décidé d'aller d'abord prendre une douche chez lui et de changer ses vêtements avant de se rendre au bureau. Il avait de toute façon raté la première réunion et espérait faire oublier son faux bond par la solide argumentation de son exposé prévu en milieu d'après-midi.

Arrivé rue Clyde un peu avant onze heures, il avait tenté de joindre Edwige qui avait laissé plusieurs messages sur son portable, lui demandant de la rappeler. Assommé par l'alcool, il n'avait pas entendu la sonnerie. Mais à l'ambassade, la secrétaire lui avait répété que son épouse était toujours en réunion et qu'elle ne pourrait sans doute pas lui rendre son appel avant la fin de la journée. Déçu, Peter avait raccroché et défait sa valise.

Il entonnait *Nessun dorma* sous la douche lorsqu'il s'était rappelé l'enveloppe que Pérez lui avait remise la veille. Le souvenir du conseiller politique lui servant allègrement verre sur verre l'avait fait grimacer. Il avait abrégé ses ablutions.

Encore enroulé dans un drap de bain, Peter avait cherché et retrouvé la coupure de journal dans une des poches intérieures de sa veste. Un simple coup d'œil avait suffi pour le mettre dans tous ses états. Il avait proféré un vibrant « *Jesus Christ* ! » avant de s'écrier :

— C'est elle ! Ça ne fait aucun doute ! J'ai vu la photo de cette fille chez García ! Je ne l'avais pas remarquée, hier ! C'est Julia Horn ! Elle est en compagnie de Fosch et dans les bras de Cardon !

Son plaisir avait été bref. Horrifié par l'idée que García avait pu découvrir que sa petite amie n'était pas seulement la jeune femme séduisante qu'il croyait, mais aussi, comme lui, une agente de la CIA chargée de le surveiller, Peter s'était dirigé vers le bar. Qui était Eugenio García ? Qui était cet homme aux allures de gentleman ? Se rappelant la fiole de médicament étiquetée à La Havane le 5 novembre et le billet de théâtre ramassé sur la moquette de l'élégant *powder room* à Miami, Peter était resté perplexe.

Mais une longue journée de travail l'attendait. Il avait donc replacé la bouteille de Jack dans le cabinet et remis à plus tard le projet d'élucider l'affaire García.

Luther l'avait appelé alors qu'il arrivait à l'agence. Après avoir rassuré l'écrivain en lui jurant qu'il n'avait jamais demandé à son éditeur de reporter la sortie de son livre et lui avoir suggéré le nom de Pérez, Peter allait s'installer à son pupitre lorsque Stephen Hart était entré en trombe dans son bureau.

— Grove! Où étais-tu? On t'a attendu toute la matinée! Aurais-tu oublié que nous devions nous rencontrer à neuf heures ce matin? Carole est partie à ta recherche...

— Je ne me suis pas réveillé, s'était justifié Peter Grove. J'ai dîné au Yard avec le conseiller de l'ambassade cubaine et on a bien bu. En route pour Ottawa, j'ai dû faire demi-tour et passer la nuit là-bas. Que ça reste entre nous.

— Motus...

— Que s'est-il passé à la réunion? On n'a pas trop mal pris mon absence?

— J'ai dit que tu avais un impératif.

— Des réactions?

— Ça ira. Fais gaffe, tout de même. Tu connais les principes des vieux schnocks du conseil d'administration! Ils n'apprécient pas trop ton « péché mignon ».

— Tu m'en diras tant! avait lancé Peter à Hart qui sortait de son bureau.

Ayant retrouvé un flacon de Tylenol au fond de sa sacoche, il avait fait glisser trois comprimés sur sa langue pour les avaler avec un reste de café. Puis il avait ouvert le dernier courriel d'Edwige qui contenait des réponses à son message de la veille :

> *Mon chéri, voici ce qu'on a trouvé sur l'événement qui t'intéresse. Le 19 octobre, Fidel a prononcé une allocution à l'occasion du 18ᵉ Festival international de ballet au Gran Teatro de La Havane. Tous les billets étaient accompagnés d'un carton d'invitation. La représentation était réservée aux seuls membres du gouvernement cubain et à leurs invités. Même le corps diplomatique n'a pas été convié ce soir-là. Intéressant, non ? J'espère que ces renseignements te serviront, mais je ne peux pas te donner tout de suite ceux que tu m'as demandés sur Anton Bussemaker, j'attends une confirmation.*
>
> *Pourquoi n'as-tu pas pris tes appels ce matin ? Es-tu prêt pour ta réunion ? Je t'aime, E.*

— J'aurais dû m'en douter ! J'aurais dû me rendre compte de ça depuis longtemps ! Depuis le début ! *Jesus Christ* ! avait-il proféré, une main sur la bouche pour couvrir son cri.

Incapable de garder cette découverte pour lui seul, il avait écrit à sa femme :

Ma chérie, je viens de prendre connaissance de ce que tu m'as envoyé et je t'en remercie! Si nos déductions sont bonnes, García a été invité à ce ballet! Peut-on le vérifier? Si c'est bien le cas, tu comprends ce que je comprends? Oui! C'est bien ça! Il est agent double!

Je suis à la bourre avec cette réunion du comité éditorial en début d'après-midi et je dois me préparer. J'ai tout de même l'impression qu'on a plus que des réticences à faire paraître mes articles et, d'après le conseiller Pérez, Luther ne travaillerait pas que pour moi.

Désolé de ne pas avoir pris tes coups de fil ce matin. Oui, j'ai fait la grasse matinée. Comme tu le sais, j'ai dîné avec Cristiano Pérez, le conseiller de l'ambassade cubaine, c'est lui qui invitait. Toute une aventure que je te raconterai. J'ai l'impression que c'était un piège.

Quel est le problème pour Bussemaker?

P.S. Mon avion décolle à six heures, jeudi 14. Je rentre par Mexico. Je devrais être avec toi pour le déjeuner, mets un brouilly au frais, je t'aime. À demain. P.

Nerveux, assis sur le bout de son fauteuil, Peter avait relu attentivement les messages qu'Edwige lui avait envoyés au cours des derniers jours. Les morceaux du puzzle se mettaient en place.

Puis, s'étant avisé qu'il ne disposait plus que d'une petite heure avant d'affronter le comité éditorial, il avait étalé ses notes sur le bureau et s'était concentré sur sa présentation. Il aurait à se montrer convaincant, car à la première hésitation, le chef de pupitre se rétracterait. Le journaliste s'était plus d'une fois fait reprocher ses abus et il avait souvent été rappelé à l'ordre au cours des années. Du coup, si on venait à découvrir les raisons de son absence le matin, ses patrons et collègues n'hésiteraient pas à remettre son professionnalisme en question.

CHAPITRE 17

Ottawa, mardi 12 novembre 2002

Après le départ de Carole Brault, aux environs de treize heures, Luther fit l'effort de composer le numéro de Pérez. Il réussit à garder son calme pour ne pas heurter le conseiller. Ses relations avec les diplomates de l'ambassade cubaine s'étaient améliorées depuis qu'il les avait informés d'une opération dont Pérez semblait ignorer l'existence. Et Luther savait qu'il était dans son intérêt de bien les entretenir.

— Bonjour, monsieur le conseiller, Luther à l'appareil. Je vous prie de m'excuser de vous déranger, mais j'ai un petit souci… Auriez-vous, pour des raisons qui m'échappent, parlé à mon éditeur au sujet de mon livre? […] Mon correspondant? Vous croyez? […] Je vous remercie, Excellence.

Je communiquerai avec lui et vous tiendrai au courant.

Luther était en sueur. L'appel au conseiller lui avait demandé beaucoup d'énergie et celui qu'il allait devoir faire lui en prendrait davantage. Pérez n'était peut-être pas celui qui avait donné l'ordre à Clapman d'annuler la publication de son roman en se faisant passer pour Peter Grove, mais il était toutefois au courant de cette « précaution » qui aurait été prise par Arrozblanco.

Encore aux prises avec une douleur de poitrine, Luther se dit qu'il disposait de deux bonnes heures pour se reposer avant de prendre ses messages, d'aller faire ses emplettes – lait, chocolat, compotes – et de rentrer chez lui où Hortensia l'attendait à seize heures pour le goûter de la petite. Il sourit à cette idée que quelqu'un puisse compter sur lui pour autre chose qu'une information. Cette nouvelle dimension dans son quotidien n'était pas loin de lui faire l'effet d'une grâce.

Ayant retiré sa gabardine, Jorge allait s'allonger sur le canapé pour faire une sieste lorsqu'il remarqua le nom de Casillo écrit à répétition sur des feuilles étalées sur le bureau de Peter. S'en étant emparé, il constata qu'il s'agissait de fac-similés que le journaliste s'était vraisemblablement lui-même envoyés de Miami deux jours plus tôt.

Le document qu'un sous-fifre avait rempli en 1996, lorsque José Casillo avait postulé pour un emploi à la MAI, donnait une foule de renseignements sur cet employé qui manquait à l'appel le jour de l'arrestation. García avait en effet beaucoup crayonné dans les marges : des calculs, des additions et des soustractions avec les dates. Puis des noms étaient encerclés. Ceux de Marisa Cardoso-Masíquez (1953), de la mère de José Casillo (1974), de la fille de Clarita Cardoso, de Sergio Masíquez, et celui de l'épouse de Juliano Casillo (1973) qui l'avait été à trois reprises, ainsi qu'une adresse, *133 calle F y avenida de los Presidentes*. Un paragraphe entier avait été encadré et surligné, qui résumait les démarches de la famille Casillo pour quitter Cuba en juin 1974.

À la dernière page, Peter avait épinglé une coupure de presse relatant l'appartenance du directeur de la MAI à la Fondation nationale cubano-américaine et à d'autres organisations mafieuses, voire terroristes, basées aux États-Unis, dans un article accompagné d'une photo d'Eugenio García.

Un tintement attira son attention sur l'écran de l'ordinateur. Luther vit qu'un message venait d'arriver à son adresse. Raoul Martines, l'entrepreneur de pompes funèbres de Santa Clara, lui faisait parvenir d'autres renseignements au sujet de

Renata Brasero. Cette voisine des Bandera lui avait confirmé avoir revu Carlos Bandera plusieurs fois après le décès d'Alicia et elle lui avait remis quelques photos du couple prises à l'époque où ils étaient voisins. Martines avait numérisé les photos pour les joindre au message.

— ¡*Madre de Dios*!* s'écria Jorge Luther, une main sur le cœur.

Luther allait composer un numéro de téléphone lorsque des coups secs à la porte le firent sursauter. Il regarda sa montre et vit qu'il était déjà seize heures.

— Peter, c'est vous? vérifia-t-il en entrebâillant la porte.

— Je suis bien chez Peter Grove, le correspondant international?

— Monsieur Grove est absent, revenez plus tard, suggéra Jorge.

Mais avant que Luther ne puisse refermer la porte, le visiteur s'introduisit dans la pièce.

— Je viens de la part d'Eugenio García.

— ¡*Madre de Dios!* s'écria de nouveau Luther avant de s'affaisser lourdement sur le sol.

❧

Ottawa, mardi 12 novembre 2002

À l'agence, l'atmosphère était tendue. Le clique-tis répétitif des machines couvrait les injonctions des patrons aux agents de presse et des agents de presse aux clavistes. Aucun pupitre n'était libre. Cette heure folle qui précédait l'heure butoir restait la préférée de Peter Grove, malgré les tensions dans la nuque qu'elle ne manquait pas de provoquer.

Le journaliste s'empressait de faire les dernières mises au point. Il avait su convaincre le chef de pupitre non seulement de la pertinence de ses articles démontrant la responsabilité de la mafia cubaine et de la CIA dans la succession d'attentats terroristes survenus à Cuba depuis janvier 2002, mais surtout de l'urgence de les publier. La perspective que son acharnement puisse sauver des vies humaines compensait ses inquiétudes. Celle de savoir Edwige jouer dans les plates-bandes de Cardon, celle de voir Luther aux prises avec des informations dangereuses, celle de savoir Casillo en otage chez García, lui-même menacé de toute part, et celle, aussi, d'être immolé en tant que correspondant international, lui, le reporter témé-raire impatient de dénoncer un complot dont les instigateurs ne seraient rien de moins que des membres du gouvernement des États-Unis d'Amérique !

Il révisait à la loupe les dernières épreuves lorsqu'un appel téléphonique vint l'importuner. Agacé, il poussa du pied la porte de son bureau, saisit le combiné et dit sur un ton impatient :

— Associated Press, Ottawa, Peter Grove à l'appareil. Que…

Son interlocuteur ne lui laissa pas le temps de finir.

— Quoi ? fit Peter sur un ton qui suggérait plutôt qu'on s'abstienne de lui répéter une incongruité qui lui faisait perdre du temps.

Au même moment, Carole Brault, dont les doigts bagués pianotaient sur la paroi vitrée de son bureau, lui faisait comprendre qu'on l'attendait dans la salle de conférence. Mais soudain attentif à ce qu'on lui disait, Peter prit plutôt le temps de s'asseoir.

Il jeta un regard inquiet sur sa montre et griffonna quelques mots sur un bloc-notes en écoutant la voix sèche lui annoncer que Jorge Luther, avec qui il entretenait « quelque relation profession-nelle, n'est-ce pas ? », se trouvait gravement blessé dans un fossé marécageux sur la route menant d'Ottawa à un embranchement vers Mirabel. Si Peter avait l'intention de lui porter secours, il le trouverait à la hauteur d'un panneau publicitaire du restaurant-gîte Yard où il avait dîné la veille.

— La moindre indiscrétion de votre part s'avérerait fatale, précisa la voix cynique.

— Je comprends, bredouilla Peter.

— Et il va sans dire que vous devrez renoncer à publier ces articles diffamatoires à l'égard du gouvernement américain. Articles, d'ailleurs, que Jorge Luther vous a dictés sans le moindre souci de vérité. Alors n'oubliez pas de prendre avec vous tout ce qui pourrait servir à nous garder dans de bonnes dispositions, conclut la voix désagréable.

Le déclic laissa Grove pétrifié. Sa collègue, toujours parquée devant la vitrine, revoyait des épreuves qu'on venait de lui remettre. Il lui fit signe d'entrer.

— On arrête tout.

— Tout quoi ?

— La parution des articles sur les attentats, sur les arrestations de Miami, sur la *Loi Helms-Burton*, tout. Trouve quelque chose pour combler. Raconte que je ne suis pas prêt… Un pépin ! Crois-moi, ça sent mauvais.

Vu l'ardeur que mettait Peter à faire glisser dans un sac-poubelle les piles de dossiers accumulés sur son bureau, sa collègue ne risqua qu'une question :

— Où vas-tu, Peter ?

— Dis à Stephen Hart que je le verrai à mon retour, lança-t-il sans répondre à la question de Carole Brault.

— Mais où vas-tu donc ?

L'implorant du regard de ne pas insister, le journaliste quitta son bureau, trois cédéroms dans une main, le lourd sac dans l'autre, et son ordinateur en bandoulière.

— Surtout, ne donne pas de détails à qui que ce soit. Si on te pose des questions, annonce simplement un retard à l'imprimerie. Je t'appelle dès que je le peux.

Le garage souterrain était désert à cette heure de la journée. Peter s'installa au volant de sa Volvo et réfléchit au meilleur itinéraire pour sortir de la ville et se rendre rapidement sur les lieux. Il lui fallait retrouver le pauvre Luther avant qu'il ne soit trop tard. Une fois qu'il serait en sécurité, il ferait appel aux services d'une ambulance et de la police en dépit des ordres.

Ses pensées se bousculaient et il était loin d'être convaincu de la sagesse de sa décision de se rendre seul, et à la brunante, sur les lieux d'un accident qui était de toute évidence un crime. Mais l'interlocuteur l'avait menacé et Peter n'abandonnerait pas un collaborateur qui, malgré ses travers, ne lui avait jamais fait faux bond.

Dix minutes plus tard, il roulait sur l'autoroute en direction est, anxieux de parvenir à l'enseigne du gîte Yard. Quel lien y avait-il entre cette invitation de Cristiano Pérez, la cuite qui l'avait obligé à dormir dans cette auberge et l'appel anonyme qui le pressait d'accourir à l'aide de Luther gisant devant une enseigne de ce même établissement?

— *Jesus Christ*! Quel merdier! hurla-t-il.

Se sentant de moins en moins rassuré, Peter vérifia une fois encore qu'il avait bien son téléphone portable sur lui. Dès qu'il apercevrait le panneau en question, peut-être même avant d'entreprendre des recherches pour retrouver Luther, il composerait le 911.

Oui, c'est ce qu'il ferait.

Rasséréné par cette décision, il ralentit légèrement pour ne pas rater le panneau bleu qui serait de plus en plus difficile à repérer à mesure que le jour gris s'obscurcirait. Il devait rouler à moins de quatre-vingts kilomètres-heure lorsqu'il vit, dans son rétroviseur, un camion se rapprocher dangereusement de son véhicule. Pressé de s'en débarrasser, il mit ses clignotants d'urgence en marche, espérant voir le camion le doubler, ce qu'il fit. Mais le poids lourd, dès qu'il se positionna devant sa voiture dans la voie de droite, ralentit à son tour.

Le manège lui parut suspect, aussi Peter eut-il l'instinct de relever le numéro de la plaque minéralogique… mais il n'y en avait pas !

Tout se déroula en quelques secondes. À trois ou quatre mètres de son pare-brise, Peter vit le layon du camion s'entrouvrir. Et avant qu'il n'ait le temps de réagir, ce qu'il crut être un corps enroulé dans une couverture s'abattit sur la route. Il perçut alors un bruit sourd, puis eut la sensation d'un choc cotonneux avant de ressentir un impact sur le volant : celui du corps qu'il venait de percuter et qu'il allait traîner sur plusieurs mètres avant de réussir à s'immobiliser.

Le camion était déjà loin. Peter parqua sa Volvo sur le bas-côté. Armé d'une lampe de poche, il ouvrit rageusement la portière et se précipita sur la route. Il ne mit pas longtemps à reconnaître le cadavre ensanglanté du vieux colley de Luther, enroulé dans une retaille de moquette, qu'on avait jeté devant sa voiture. Le cœur lui manqua. Pris d'un vertige, il s'agrippa à la voiture. Après avoir repris ses esprits, un rapide examen des lieux ne lui apprit rien d'autre, si ce n'est que le panneau annonçant le Yard était là, un peu plus loin, devant lui.

Où était Luther ? Que lui avait-on fait ? Peter sentait ses forces faiblir de nouveau. Il n'aurait jamais dû venir seul à un rendez-vous aussi risqué. Qu'avait donc dit la voix anonyme? Avait-il mal saisi le message qui l'avait mis dans tous ses états? La nuit tombait rapidement et le crachin n'arrangeait rien. La portée de sa lampe de poche ne lui permettait qu'une piètre recherche. Il la braqua dans la direction du panneau, calcula qu'il devait se trouver à une centaine de mètres de sa voiture.

Il lui fallait d'abord prévenir la police et appeler les ambulanciers. Si Luther gisait, mort ou vivant, sur le bord de la route, dans tous les cas il aurait besoin d'aide. Oui, voilà ce qu'il lui fallait faire de toute urgence: appeler à l'aide, puis reprendre la route et rattraper ceux qui l'avaient attiré dans ce guet-apens avant qu'ils ne soient introuvables.

— *Jesus*!

Assommé sur le coup, Peter Grove s'écroula.

⁓

La Havane, mardi 12 novembre 2002

Exténuée, l'ambassadeur du Canada devait encore participer, ce soir-là, à un dîner donné en l'honneur d'un ministre de passage à l'ambassade de Pologne. À dix-neuf heures trente, elle ferma donc son bureau de la chancellerie et demanda au chauffeur de l'amener d'abord à la résidence pour qu'elle enfile une robe du soir avant de la déposer chez les Polonais, où les invités étaient attendus à vingt heures.

Peter ne l'avait pas rappelée et il ne répondait ni à son numéro de la rue Clyde, ni à celui de l'agence qui était fermée à cette heure-là, ni à son téléphone cellulaire.

En pénétrant dans le hall d'entrée de sa résidence, Edwige vit qu'une grande enveloppe arborant les armoiries du roi espagnol l'attendait sur la console. Son ami, l'ambassadeur d'Espagne, avait donc tenu parole et fait déposer chez elle le rapport de recherche de ses services consulaires sur les Chávez. Bien que déjà en retard au dîner diplomatique, Edwige prit le temps de s'asseoir pour prendre connaissance du document.

Ce qu'elle y lut la bouleversa.

Aux environs de dix-sept heures, les deux agents consulaires espagnols, s'étant rendus à proximité du port de plaisance Gaviota, étaient tombés sur une foule de curieux agglutinés à l'entrée du *Barcelo Marina Palace*. Ils avaient alors appris que quatre personnes s'étaient noyées dans la baie quelques heures plus tôt, dont un jeune homme d'origine latino-américaine, une Canadienne propriétaire du bateau sur lequel elle vivait, et un couple de touristes espagnols, deux cuisiniers qui travaillaient temporairement à bord de ce bateau.

CHAPITRE 18

La Havane, mercredi 13 novembre 2002

Le président Fidel Castro faisait les cent pas devant le portrait de José Marti. Tenant coincé entre l'oreille et l'épaule un combiné téléphonique vétuste, il brandissait de sa main libre un dossier intitulé «O 16». Les grimaces d'impatience qui déformaient son visage auraient pu être provoquées par les propos de son interlocuteur, mais c'est la relecture des passages marqués au feutre rouge dont le document était truffé qui faisait bouillonner de colère le commandant en chef.

— ¡*Basta*! Nous porterons le coup de grâce à ces impérialistes. Il faut les dénoncer, leur faire perdre la face une fois pour toutes. Je veux que la presse soit présente! ¡*Caramba*! Qu'on envoie des cartons d'invitation s'il le faut! […] Je veux voir ces documents, tout de suite. Je t'attends au

Capitole, dans les bureaux du ministère de l'Environnement.

Une longue minute s'écoula avant que le président Castro ne revienne vers la table où une demi-douzaine d'hommes et de femmes analysaient depuis sept heures du matin l'éditorial du *New York Times*. Trois colonnes à la une remettaient en question la responsabilité des actes terroristes perpétrés sur le bateau espagnol *La Linda*, ancré dans le port de La Havane le 15 janvier 2002, ainsi que la légitimité du jugement et de la condamnation par Castro de ceux qu'il accusait de les avoir organisés et perpétrés.

— Pourquoi moi, Fidel Castro, président de ce pays, qui ai sous les yeux la stratégie complète de cette opération terroriste contre Cuba et les preuves qu'elle a été gérée par la CIA et exécutée par la mafia de Miami, je ne pourrais pas juger selon les lois cubaines les terroristes impliqués dans ce complot? demanda Fidel.

— Parce que ces terroristes sont pour la plupart des agents officiels du gouvernement américain, des intellectuels, des journalistes tous à la solde de la CIA en mission d'observation à Cuba, répondit le ministre des Affaires étrangères, Pérez Roque.

— Sans oublier que le nouveau chef de la SINA s'est démené en personne à travers toute l'île pour bien marquer son territoire chez les contre-révolutionnaires, en province comme à La Havane, renchérit Raúl Castro.

— Et qu'il a crié son soutien à la société civile de Washington qui manipule et finance, avec l'argent de la CIA, les associations, les ONG, les syndicats et les cellules terroristes, ici, à Cuba! s'emporta Fidel.

— Tu vois bien que le type cherche à se faire débusquer! déduisit son frère en remontant ses lunettes.

— Ha! rumina Fidel.

— Cardon veut à tout prix se faire expulser pour créer un clash dans les relations diplomatiques, et faire ainsi la preuve que tu ne respectes pas les lois internationales sur l'immunité, revint à la charge le ministre Roque.

— Nous avons des appuis, riposta Fidel.

— Des appuis?

— En Europe.

— L'incapacité de l'Europe à présenter un front uni dans l'invasion de l'Irak nous incite plutôt à ne rien espérer de ce côté, opposa le ministre des Affaires étrangères.

— Dans la conjoncture, expulser Jim Cardon monterait l'opinion internationale contre nous et c'est exactement ce que souhaite George W. Bush, s'enhardit un délégué.

— ¡*Basta*! ¡*Basta*! Nous en reparlerons cet après-midi, conclut Fidel, ajournant du revers de la main une réunion qui l'avait mis de fort mauvaise humeur. Pour le moment, je dois m'entretenir avec Sánchez.

Le groupe se dispersa rapidement. Une quinzaine de minutes plus tard, deux gardiens de sécurité accompagnaient le ministre de l'Intérieur au deuxième étage du Capitole National. Le bureau spacieux où le commandant en chef convoquait régulièrement des membres de son gouvernement donnait sur une grande avenue ensoleillée. Mais le grillage métallique superposé au mur de verre pare-balles et les draperies opaques dont la pièce était pourvue ne filtraient qu'une faible lumière qu'on avait prévu renforcer à coups de néons. L'éclairage cru sur des meubles usés ajoutait à l'ambiance morose.

— *Caramba*, Manu! Que se passe-t-il? lança le président à son protégé.

— Je comprends ton impatience, Fidel, mais je maintiens que la pire erreur serait de donner à l'ennemi ce qu'il veut.

— Et que souhaite l'ennemi?

— Te voir chasser Cardon.

— Ce gangster ! Tu m'as toi-même dit que nous détenions plus de preuves de ses crimes qu'il n'en faut pour le faire fusiller ! Ne pourrions-nous pas au moins l'expulser ! s'emporta le président.

— En effet.

Manuel Sánchez ouvrit une mallette dont il retira une liasse de dossiers qu'il déposa sur la grande table déjà encombrée. Fidel en éparpilla habilement le contenu devant lui et jura. Des photos montraient le chef de la SINA en compagnie de contre-révolutionnaires notoires.

— Je ne nie pas ses crimes, au contraire, se défendit Manuel Sánchez. Je sais qu'il a distribué à nos dissidents, même à certains de nos agents doubles, des laissez-passer permanents pour accéder aux bureaux de la SINA. Il les a tous pourvus d'ordinateurs, les a branchés sur Internet. Il est allé jusqu'à participer à leurs réunions chez eux, à leur domicile !

Le ministre n'ignorait pas que Jim Cardon et ses agents avaient distribué des ordinateurs, des radios, du matériel d'impression et des dollars américains aux quatre coins de l'île. Il fallait une grande maîtrise de soi pour ne pas crier à la lèse-majesté. Manuel choisit une photo parmi d'autres et la tendit à Fidel :

— Tu le vois ici ? Chez lui, dans sa résidence de Miramar. Il avait réuni des journalistes étrangers pour une conférence de presse afin de les informer de la formation de l'aile juvénile du Parti libéral.

— Où veux-tu en venir, *compañero* ? Crois-tu que je ne sais pas qu'*este adiposo** est ici pour me discréditer ? Aucun pays, dans le monde entier, ne tolérerait qu'un diplomate étranger intervienne de cette manière dans sa politique intérieure ! se cabra *el caballo** en dardant ses index vers le sol. Créer un parti d'opposition dans le pays hôte ! Ce type n'a même pas la décence de se cacher pour le faire ! Mais ce bandit empâté se trompe s'il pense pouvoir se moquer de moi encore longtemps !

— Voilà ! Tu touches le point névralgique, Fidel. Pourquoi dépasse-t-il à ce point les bornes ? Pourquoi ?

— Pour me provoquer, *caramba* !

— Et nous coincer, ajouta le ministre d'un air entendu.

— Dans tous les cas, nous jouons le jeu de Bush, non ? Nous sommes des marionnettes, non ? rugissait le président Castro, déchaîné. Je vois bien que cet abruti, mère de toutes les provocations, a fait en sorte que ses insultes, auxquelles on me déconseille de riposter, deviennent un sujet de conversation international ! Pire encore, on en parle ici même, dans le pays! On commence à se poser des questions sur la stabilité de mon gouvernement, non? Ici et ailleurs, on interprète ma patience comme un signe de faiblesse, et on n'a pas tort, non?

— Tu as raison, mais tu n'as pas besoin d'une nouvelle crise avec les États-Unis. Nous avons de bons agents disséminés parmi les contre-révolutionnaires. Ils sont bien placés et nous tiennent au courant de la moindre évolution de leurs opérations. Nous devons continuer à faire preuve de diplomatie.

Fidel avait retiré d'autres clichés d'une enveloppe sur laquelle on pouvait lire « O 16 » souligné au feutre rouge. Les photos, pour la plupart, étaient de gros plans sur des bons de livraison d'appareils électroménagers d'occasion en provenance d'un commerce de Montréal approvisionné par Miami. Certains clichés dévoilaient l'intérieur de lave-linge et de réfrigérateurs truffés de pièces destinées à l'assemblage de détonateurs, de mines, de plastics et d'armes de main de toutes sortes. Sur d'autres, Fidel reconnut des garages que ses policiers soupçonnaient de servir à l'entreposage d'armes et d'explosifs. Une dernière photo, de plus grande taille, montrait des personnes de l'entourage de

Jim Cardon réunies dans l'un de ces entrepôts d'électroménagers.

— Ce provocateur est sur le point d'atteindre ses objectifs ! Lui et ses pairs ont déjà organisé impunément plus d'une dizaine de détournements d'avions, de cargos et de bateaux de plaisance.

— Son plan est clair, je ne le nie pas. Il veut démontrer que nous ne contrôlons plus notre espace aérien et maritime. Et ce manque de contrôle dans un pays classé « terroriste » est le meilleur prétexte pour une guerre préventive.

— Cuba n'a jamais pratiqué le terrorisme. Au contraire, elle le subit depuis quarante ans ! le coupa Fidel.

— Même si le monde entier sait que Cuba est épuisée par l'embargo et n'a pas la force ni les moyens de pratiquer le terrorisme, et même s'il est évident que George W. Bush lui-même, comme c'est le cas en Irak, ne croit ni à l'arsenal d'armes de destruction massive, ni aux liens avec Al-Qaida, ni à la résistance militaire d'un pays qui se bat pour sa survie, nous ne devons surtout pas jouer le jeu de Cardon.

— Quel jeu ? ¡*Caramba* ! Faire exploser la marmite ?

— Exact. Je te le reconfirme, Fidel, nos meilleurs agents sont sur le coup depuis des mois. On peut leur faire confiance et suivre leurs consignes. Ils sont formels : Cardon a pour mission de te faire commettre des erreurs spectaculaires et de te discréditer auprès du peuple cubain et de la presse internationale.

— Bon, ça suffit ! Nous n'allons tout de même pas fermer les yeux sur cette opération O 16 !

— Il n'en est pas question, au contraire. Comme prévu, nous allons faire avorter cet attentat. Nos agents ont déjà fait ce qu'il faut pour ça, et nos experts campent à Cienfuegos depuis plusieurs jours. Mais nous agirons avec tact, et il nous faut patienter jusqu'au dernier moment si nous voulons les attraper sur le fait. Nous croyons être en mesure d'effectuer une quarantaine d'arrestations sans nous en prendre directement à Cardon.

— ¡ *No me digas** ! railla Castro.

— Le chef de la SINA se retrouvera tout à fait isolé et devra rester *low profile* jusqu'à la fin de son terme. Nous ferons arrêter et condamner tous les agents cubains et américains de même que tous les dissidents qui ont soutenu sa stratégie ou ont participé à son plan.

— Et les journalistes qui l'ont défendu ! le coupa Fidel.

— Je ne suis pas certain que de s'en prendre à la presse…

— J'ai dit : tous les journalistes ! Et surtout ces terroristes de Miami qu'on m'a envoyés pour me narguer ! s'emporta *el Jefe**.

— Tu parles des employés de la MAI ? Ils sont ici ? Mais ce n'était pas prévu ! Je n'étais pas au courant ! se rebiffa le ministre de l'Intérieur.

— Ils sont au *Deauville* depuis ce matin. Cadeau de la mafia ! Ils seront tous exécutés !

— Tu vois bien qu'on veut à tout prix te voir commettre une erreur, Fidel. Attends avant de prendre cette décision.

— Ils auront le sort qu'ils méritent.

— Ne fais pas d'esclandre maintenant.

— Nous le ferons en temps et lieu.

— Attends au moins que l'O 16 soit derrière nous.

— *Veremos**. Que savons-nous exactement de ce type qui s'est échappé lors de l'arrestation ?

— Ce que les journaux...

— C'est donc la presse de Miami qui nous informe ! Et vous prétendez que nous contrôlons la situation ? ¡*Caramba* !

Fidel avait repris son va-et-vient. N'ignorant pas que c'était le signe précurseur d'une décision à l'emporte-pièce, le ministre Sánchez se tut.

— J'ai dit que je ne supporterais pas plus longtemps l'arrogance de la mafia et encore moins celle des journalistes qui nous insultent en venant chez nous à la demande de la CIA ! Je veux t'entendre me confirmer que nous contrôlons la prochaine étape et que des arrestations exemplaires seront effectuées. Je veux que tous ceux qui ont participé de près ou de loin à la préparation de cette opération dans le port de Cienfuegos soient arrêtés.

— J'attends le dernier rapport de notre agent pour...

— J'ai dit des arrestations exemplaires !

— Ce sera fait. Quant à la prochaine réunion...

— Ne change rien, *ni siquiera un iota** ! J'ai déjà approuvé l'ordre du jour, tu as dû recevoir la copie. Samedi seize heures, aux quartiers généraux, salle Antonio Maceo.

— Comme tu voudras.

— D'autres nouvelles de l'ambassade du Canada ? s'informa Fidel.

— Oui. Dois-je en tenir compte ?

— Nous ne pouvons rien négliger. Tiens-moi au courant, ordonna Fidel en donnant congé à son ministre de l'Intérieur.

Ottawa, mercredi 13 novembre 2002

On frappait bruyamment à la porte.

Lorsqu'il parvint à décoller une paupière, Peter conclut, à la lumière aveuglante qui agressait ses rétines, que le soleil devait être au zénith. S'asseyant sur le rebord du lit, il eut un vertige.

— Ouvrez !

Il reconnut les meubles autour de lui. Il avait dormi dans une chambre similaire, l'avant-veille. Repérant un flacon vide de Jack Daniels qui avait roulé sous la table près du lit, il s'avisa de son haleine avinée. Pourtant, il ne se rappelait pas avoir bu. Il devait se lever, reprendre ses esprits, répondre au visiteur impatient. Avant même qu'il ne réalise l'intensité de sa migraine, une écœurante odeur d'alcool et de vomi l'agressa. Les draps semblaient impeccables. Une rapide inspection des lieux lui enseigna la source nauséabonde : ses propres vêtements, ramassés en tas dans un coin de la pièce. Il constata qu'il ne portait qu'un caleçon.

— Grove ! Ouvrez-nous !

Il attrapa le couvre-lit et s'y enroula.

— J'arrive.

Deux policiers en uniformes lui présentèrent leur carte qu'il ne prit pas la peine de regarder.

— Oui ?

— Peter Grove ?

— Lui-même en… sous-vêtement ! fronda le reporter. Que puis-je pour vous, messieurs ?

— Nous donner quelques renseignements sur votre emploi du temps d'hier, mardi 12 novembre.

Peter n'avait pas encore retrouvé tous ses esprits. Il avait besoin d'un café. Hier… Qu'avait-il fait ? Où était-il ? Ses articles… Il lui revint, par bribes, qu'on l'avait appelé… qu'il roulait sur l'autoroute… le panneau du Yard… le tapis… Jason ! Luther !

— *Jesus* ! Quelle heure est-il ?

— Midi. D'après le propriétaire du gîte qui vous a accueilli aux aurores, vous étiez en piteux état… Pire encore que la veille !

— Aux aurores ? Mais c'est impossible ! On m'avait donné rendez-vous au Yard en fin d'après-midi ! Je devais retrouver un ami, Jorge Luther… Qui m'a amené ici ?

— Un employé du gîte vous a retrouvé sur le stationnement à l'heure de la fermeture. Il a dû réveiller le propriétaire et le convaincre de vous loger pour le reste de la nuit. Le Yard est une auberge où vous semblez avoir vos habitudes.

— Mais c'est complètement faux !

Peter eut une nausée et chercha la salle de bain. Voilà donc la raison de cette étrange invitation de Pérez : bien camper son personnage de soulon.

Accroupi entre la baignoire et la cuvette, il réprimait comme il le pouvait des haut-le-cœur. La voix du policier lui parvenait de l'autre pièce :

— Qui deviez-vous rencontrer ici, monsieur Grove ?

Peter n'avait aucune réponse à cette question. Il avait quitté l'agence en vitesse pour se mettre à la recherche de Luther qu'on lui avait dit agoniser dans un fossé sur l'autoroute. Puis on avait jeté sous sa voiture le cadavre de Jason, enroulé dans un tapis. Ce qu'il s'était passé après ? Il n'en avait aucun souvenir, sinon celui des coups frappés à sa porte, de ses vêtements souillés, du flacon vide et d'un mal de tête atroce.

— C'est impossible, répétait-il pour lui-même.

Un liquide visqueux lui remplit la bouche, il s'étouffa en le recrachant.

— Des traces facilement repérables sur votre voiture indiquent que vous avez heurté un panneau.

— Un colley enroulé dans un tapis, *Jesus Christ* !

— Un colley ? Un tapis ? Vous dites avoir percuté un chien ? Nous n'avons trouvé aucune trace de chien, monsieur Grove. En tout cas, pas dans le périmètre de l'accident qui vous concerne. Vous avez accroché un panneau routier. Les traces de peinture coïncident. Le pare-chocs avant droit de votre Volvo est très abîmé. Puis, vous avez repris

la route et vous avez roulé sur deux ou trois kilomètres avant de vous garer sur la chaussée à l'entrée
de l'auberge. Vous vous êtes endormi, ivre mort sur
le gravier. Des indices démontrent que vous auriez
passé quelques heures étendu là.

— Je n'ai jamais fait cela ! s'étrangla Peter depuis
la salle d'eau.

— Si, et ça s'appelle conduire en état d'ébriété !
renchérit le second policier d'une voix autoritaire.

— Des traces de pneus sur la route indiquent
que vous avez fait demi-tour pour revenir au Yard.

— Demi-tour… Non… C'est avant-hier que…
On m'a piégé, s'écria Peter.

— Piégé ? Que racontez-vous !

— Vous êtes venus m'arrêter ?

— Pas pour l'instant. Cette histoire n'est pas
claire et nous devons vous poser quelques questions,
monsieur Grove. Si vous voulez bien nous suivre.

Bien que mal en point, Peter se déchaîna.

— Pas claire ? Vous êtes bêtes ou quoi ? On m'a
fait accourir jusqu'au Yard soi-disant pour que je
vienne en aide à mon ami, et on a fait rouler le
cadavre de son chien sous ma voiture pour m'obli-
ger à m'arrêter. De toute évidence, on m'a ensuite
assommé et poussé dans ma voiture pour me gaver
et m'asperger d'alcool. On aura sûrement aussi
volontairement heurté un panneau de signalisation

pour bien démontrer que j'avais conduit en état d'ébriété avant de m'amener à l'entrée de l'auberge et m'abandonner là, inconscient.

— Qui aurait fait ça ? Et pourquoi ? D'après l'appel que nous avons reçu, ce serait plutôt vous qui aviez donné rendez-vous à votre ami Luther au Yard. Mais le pauvre n'aura pas pu venir, évidemment.

— Je n'ai jamais fait ça ! J'ai reçu un coup de fil anonyme. Qui vous a appelé ?....

— Que faisait Jorge Luther dans votre appartement de la rue Clyde, hier, aux environs de seize heures ? demanda l'un des policiers, ignorant sa question.

— Il me cherchait sûrement. Luther est un ami de longue date, il a la clé de mon appartement.

— Le jeune homme qui l'a retrouvé inconscient vous cherchait aussi.

— Quoi ! Non ! gémit Peter en s'effondrant sur une chaise.

— A priori, une crise cardiaque l'aurait foudroyé sur place. Je n'en sais pas plus. L'hôpital refuse de commenter pour le moment.

— Qui l'a trouvé chez moi ? Qui l'a conduit à l'hôpital ?

— C'est à ce genre de questions que nous voudrions que vous répondiez.

Voilà donc où ses agresseurs voulaient en venir ! Le faire arrêter pour conduite en état d'ébriété et le compromettre dans quelque sale histoire. Ses articles ne paraîtraient pas de sitôt ! Peter ne trouvait ni la force ni les arguments pour se défendre. À quoi voulait donc en arriver Cristiano Pérez ? Car c'est bien lui qui l'avait attiré dans ce guet-apens. Pourquoi ? Les Cubains avaient pourtant tout intérêt à voir ses articles paraître illico.

— Habillez-vous.

Les policiers attendaient. Peter attrapa son jean souillé et son veston de daim roulé en tas qu'il enfila devant les grimaces dégoûtées des deux agents de police. Dans le stationnement de l'auberge Yard, sa Volvo, vidée de tous ses documents, son ordinateur inclus, empestait l'alcool et la vomissure. On lui avait dérobé cédéroms et chemises, toutes les preuves que le malheureux Luther lui avait remises. Toutes les preuves ? Non ! Peter se rappela qu'il avait un cédérom, peut-être même deux, chez lui, rue Clyde.

— *Thank God* ! s'écria le journaliste.

— Vous dites ?

— Je n'ai rien fait de tout ce que vous racontez. J'ai été piégé ! Oui, piégé, répétait-il en ouvrant la portière de sa voiture.

— Montez à droite, monsieur Grove, je conduis, ordonna l'un des policiers.

～

La Havane, mercredi 13 novembre

Il devait être midi lorsque, de retour dans son bureau Place de la Révolution où des membres de son cabinet l'attendaient, le ministre de l'Intérieur, Manuel Sánchez, demanda à être mis en communication avec l'agent CBM dans une suite du majestueux hôtel *Nacional de Cuba*, ce qu'il obtint dans la minute. Ayant appuyé sur la touche-conférence, il dit d'un ton amical :

— ¡*Hola compañero*! ¿*Que tal*?

— ¡*Luchando**, *amigo, luchando*!

— Dis-moi! Je viens de m'entretenir avec Fidel… tu es au courant que les gars de la MAI nous ont été livrés?

— Quoi? Pas du tout! Il n'a jamais été question de les déporter à Cuba! contesta l'agent des services secrets cubains. C'est encore un coup bas du FBI! De qui tiens-tu cette information?

— De Fidel lui-même!

— On veut le voir sortir de ses gonds, c'est évident.

— Comment se fait-il qu'un de tes gars ait pu s'échapper ? le coupa le ministre de l'Intérieur.

— Ne t'inquiète pas, ce n'est qu'un incident de parcours. Il avait pris sa journée de congé… Un hasard, rien de plus, mentit l'agent des services secrets cubains.

— Son nom est bien Casillo, non ? Es-tu certain qu'il ne peut pas te compromettre ?

— Absolument certain, déglutit l'agent. Le gars ne sait rien.

Le moment de silence qui s'ensuivit pouvait signifier que le ministre, lui, en doutait. Il ajouta :

— Nos services croient que ce José Casillo pourrait être le petit-fils de Clarita Cardoso et Sergio Masíquez. Dis-moi, *amigo*, tu ne te serais pas mis les pieds dans les plats ?

— Qu'as-tu à me dire, monsieur le ministre ?

— Sois prudent, CBM.

— Merci de ta sollicitude. Que veux-tu ?

— Je veux savoir qui nous a envoyé les *palomas* et pourquoi. Contrairement à moi, Fidel les croit coupables. Il ne veut rien entendre de ce rôle de paravent dont tu parles et il les attendait de pied ferme. Tu te doutes qu'*el Jefe* voudra faire un exemple !

— Non ! Surtout pas ! Convaincs-le de patienter, Manu. Donne-moi quelques heures.

— Je vais voir ce que je peux faire. On les détient au *Deauville* pour le moment.

— Qui est au courant ?

— Ici, je dirais Fidel et moi. Tu crois que la SINA est dans le coup ?

— Certainement. La SINA et la CIA nous refilent leur problème pour le moins embarrassant… c'est astucieux, non ? Donne-moi vingt-quatre heures. Peux-tu le faire ? supplia l'agent.

— Sans doute. Mais il faut que tu règles cette affaire au cours de la journée de demain. La presse de Miami ne tardera pas à se rendre compte de la situation. Et si on s'empare du cas pour écorcher Fidel au passage, je peux te dire tout de suite qu'il n'hésitera pas à les faire fusiller.

— Tu peux compter sur moi.

— La réunion des ministres avec Fidel est maintenue à seize heures samedi et, d'ici là, il faut que nous ayons réussi à stopper l'O 16, fait des arrestations exemplaires et compromis Cardon. Tu vois un peu ! Ces gars de la MAI déportés ici ne sont qu'une complication de plus à gérer. Fais vite, insista Sánchez. Tu connais la patience de Fidel !

— Ce sera fait. Et je serai dans ton bureau à quinze heures, samedi, avec les derniers détails pour finaliser l'ordre du jour.

— J'en aurai moi aussi. Fidel insiste pour que je m'entretienne avec l'ambassadeur du Canada.

— L'ambassadeur du Canada ? Quand ?

— Demain.

— Mais pourquoi donc ?

— Elle détiendrait des renseignements sur l'O 16. Nous voulons nous assurer qu'ils corroborent les nôtres.

— Elle ne peut rien avoir de plus que ce que je t'ai moi-même déjà donné, s'impatienta l'agent. Sais-tu que son mari est le correspondant de presse international Peter Grove et qu'il a été arrêté hier, à Ottawa ?

— Je sais. Nous avions mis Pérez sur le coup. Par simple prudence, n'hésita pas à avouer le ministre de l'Intérieur. Cette précaution était nécessaire. De plus, elle ne servira pas nos amis américains qu'on ne manquera pas d'accuser de l'incident !

— C'est donc vous…

— Grove et Luther étaient sur le point de découvrir ton identité. Et si Cardon avait le moindre soupçon sur toi, il changerait ses plans. Si près du but, nous ne pouvons nous permettre la moindre erreur. Nous devons les attraper en flagrant délit d'attentat, et à n'importe quel prix, lui et ses terroristes ! Je ne te cacherai pas que notre président ne tient plus en place.

— Je m'en doute, conclut laconiquement l'agent CBM.

— Je voulais te dire, *compañero*, que je suis désolé pour la fille… Julia Horn. Nous avions découvert qu'elle était une agente de la CIA sur le point de te percer à jour elle aussi.

L'agent des services secrets cubains, Eugenio García, répondant au code CBM, raccrocha.

CHAPITRE 19

La Havane, mercredi 13 novembre 2002

Descendu la veille à l'hôtel *Nacional de Cuba*, Eugenio García achevait son petit-déjeuner sur une terrasse donnant sur la mer lorsqu'il mit fin abruptement au coup de fil de Manuel Sánchez. Secoué par la confidence que le ministre de l'Intérieur venait de lui faire, il attrapa d'un geste brusque le message qu'un groom lui présentait.

— Un chauffeur vient de déposer cette enveloppe pour vous, monsieur.

Ayant retiré ses lunettes de soleil, Eugenio lut sans émotion apparente la note rédigée dans un style sténographique :

Rendez-vous reporté 15 h. Cimetière Cólon sud.

Boutique San Lázaro fermée temporairement.

Électroménagers disponibles, Malecon y once, dans Vedado.

García fit une boulette du papier qu'il tenait dans sa main et la fit brûler dans un cendrier. Ayant pris le temps de savourer son *cafe con leche**, il demanda un taxi.

⚘

C'est dans un état de colère indescriptible que Jim Cardon vit arriver Eugenio García à son bureau de la SINA.

— Laissez-nous, Magda, et refermez la porte en sortant, ordonna Cardon à sa secrétaire.

Dès qu'ils furent seuls, le chef de la SINA se leva pour arpenter la pièce d'un pas nerveux.

— Que faites-vous ici, García ? Êtes-vous devenu fou ? En plein jour, sans vous faire annoncer ! N'avez-vous pas reçu mon message ?

— C'est moi qui fixe les rendez-vous, je n'ai rien à faire de vos messages. Que signifie cette fermeture de la boutique San Lázaro ?

Jim Cardon se servit un verre de whisky qu'il but d'un trait avant de s'en verser un second.

— Je vous sers ?

— Un jus de fruits.

Blanc de rage, Cardon ravala sa salive avant de dire :

— Votre incompétence nous a obligés à changer les plans, à prendre des décisions de dernière minute, à compromettre toute l'opération. *Dammit* ! Vous vous êtes mis dans la merde et nous avec !

— Que voulez-vous dire ?

— Ne jouez pas les idiots, García ! Depuis l'arrestation, ça coule de partout. Ce Casillo qui s'est échappé grâce à vous...

— C'est faux !

— Grâce à vous ou à cause de votre incompétence, on s'en balance ! Le fait est que ce gars court toujours avec une tonne d'informations.

— Il ne sait rien.

— Comment se fait-il alors que tout le monde et son père aient été mis au courant de l'O 16, de l'existence des Chávez et des bateaux de Bussemaker ? Même Grove s'est vanté d'avoir été renseigné.

— Peter Grove est un bluffeur. Quant aux Cubains, ils ne savent que ce que je devais leur dire pour les tromper, et que je leur ai dit.

— Foutaises ! Les services secrets cubains ont tapé dans le mille trop souvent au cours des derniers jours pour attribuer leurs performances à la chance. Non, ils en savent beaucoup plus que le plan le prévoyait. Même votre ami journaliste en sait plus que ce que vous étiez censé dévoiler au MININT!

— Mon ami?

— Je sais que Grove était chez vous dimanche.

— Je ne l'avais pas invité. Il est venu me faire son numéro.

— Que vous a-t-il dit des Chávez?

— Rien. Il ne sait rien d'eux!

— Vous vous trompez. Lui et son ambassadeur buvaient le champagne sur le catamaran de Bussemaker dimanche matin! Ils étaient là pour en apprendre sur ses nouveaux cuistots.

— Comment ont-ils pu avoir cette information?

— C'est exactement ce que vous devriez être en mesure de me dire.

— Où sont les Chávez?

— Il a fallu se débarrasser d'eux. Je n'y suis pour rien, ordre de Langley! Ils sont morts noyés, en compagnie de Bussemaker et de son métèque. La propriétaire du *Cor Le Loup* commençait à poser beaucoup de questions.

— Bussemaker... les Chávez... morts!

— Reprenez-vous, Eugenio! Les cuistots qui savent manier les batteries de cuisine ne manquent pas ici, se gaussa Cardon. Mais pour blinder l'opération PDR 1611, on a dû transporter le matériel chez un autre concessionnaire à Vedado. Un risque de plus, à cause de votre laxisme, García !

— Et vous avez déporté les autres ouvriers de Miami ! C'est absurde. Les *palomas* n'étaient qu'un paravent. Ces gens devaient seulement se retrouver sur une liste de suspects pour tromper le FBI et les services secrets cubains, le temps de l'opération. Pas être assassinés ! déglutit García.

— Qu'ils soient débarqués à Cuba ne devrait pas poser de problème, le nargua Cardon. Vos gars auront des procès en bonne et due forme, non ? Le tribunal révolutionnaire de Cuba se chargera d'eux… continua le chef de la SINA, un sourire fourbe sur les lèvres.

« La CIA et la mafia n'ont jamais eu l'intention de m'informer de leur dessein ! Ils avaient décidé depuis le début de ne pas s'encombrer de témoins ! Ils auront donné l'ordre au FBI de jouer les Ponce Pilate et de se débarrasser des "terroristes" en les déportant à Cuba pour qu'ils y soient jugés et exécutés », se morfondait Eugenio.

Visiblement ébranlé, García desserra son nœud de cravate.

— Et ce n'est pas tout, poursuivit Cardon, d'après nos services de renseignements, Peter Grove a été arrêté à Ottawa, hier. On l'accuserait de conduite en état d'ébriété !

— Que racontez-vous ? Le journaliste a été arrêté et vous voulez me faire croire que vous n'avez pas commandé cette arrestation ? feignit de s'étonner Eugenio García, qui n'avait pas l'intention de confier à Cardon que les services cubains étaient à l'origine de l'incident.

— C'est sûrement un coup qu'il a lui-même monté. Ce semeur de merde veut démontrer qu'il a été piégé et nous accuser de l'avoir fait. En laissant croire qu'il s'est fait mettre K.-O. pour que ses articles qui accusent la CIA de complot ne paraissent pas, ce n'est pas le gouvernement de Castro que le monde va blâmer, mais nous, les méchants Américains !

— Grove peut l'écrire, le crier, mais il ne pourra pas le prouver, affirma García en sirotant son jus de fruits pour cacher sa satisfaction. Ne tombez pas dans la paranoïa, Cardon.

— Je vous dis que quelqu'un ne joue pas franc-jeu. Qui ? s'énerva Cardon. Les hommes d'Armando Fosch qui prétendent mener la barque ? Ou les zélés du FBI qui ont autant de chance que de flair ? Des taupes parmi les dissidents ? C'est aussi possible. Ou vous et votre Casillo ? Encore plus plausible ! À quel jeu croyez-vous jouer, James Bond ? Mais peu importe qui a la prétention de me faire tomber, je l'attends au tournant. Je détiens encore de bonnes cartes dans mon jeu.

Cardon rabroua de la main Eugenio García qui allait s'enquérir de la teneur de ces cartes.

— Ma confiance en vous a des limites, García. Me prenez-vous pour un imbécile ?

— Quelle question ! N'oubliez pas que je travaille pour les services secrets cubains, que je suis un ami personnel de Sánchez et que j'ai mes entrées au MININT ! N'est-ce pas pour toutes ces raisons que vous me payez ? J'ai fait ce que j'avais à faire et j'ai donné à mon gouvernement les faux renseignements concernant l'O 16, comme convenu.

— Permettez-moi d'en douter. Les vrais codes ne devaient en aucun cas circuler. Tout le monde n'a plus que ces chiffres-là à la bouche ! *Dammit* !

Cardon grimaça.

— Que savent-ils de PDR 1611 ?

— Personne n'en a entendu parler, ni ici ni à Miami. Ce code n'a jamais été prononcé. Nous sommes seuls, vous et moi, au courant de ce projet. Pourquoi cette nervosité, Jim ?

— Vous êtes inconscient ou quoi ? Il y a bien trop d'accrocs ! Casillo, qui a échappé à la mafia, reste introuvable ! L'ambassadeur du Canada a trinqué avec Bussemaker ! Grove a été arrêté pour une niaiserie, alors que deux continents attendent ses critiques sur *Helms-Burton* ! Éclairez-moi, García, si vous ne voulez pas que je comprenne tout de travers et que je vous confie aux bons soins du FBI.

— Mais calmez-vous ! Tout va bien. On a retrouvé Casillo. Il n'est pas à Miami, mais à Ottawa.

— C'est maintenant que vous me l'annoncez ! Et comment savez-vous ça ?

— J'ai mes sources. D'après les services de police canadiens, il aurait fait une demande d'immigration au Canada pour lui et sa famille, mentit García.

— Et personne n'en avait entendu parler à l'usine ? demanda Cardon, méfiant. Les Canadiens n'ont pas enquêté sur lui auprès de ses patrons, de ses collègues ? Je n'en crois pas un mot.

— C'est pourtant exact. Il n'en a pas parlé. Avec les projets des *palomas* en cours et la perspective de retourner à Cuba… Il aura préféré ne pas avoir à expliquer qu'il se désisterait.

— Je n'en crois pas un mot ! répéta Cardon hors de lui. Et même si c'était le cas, ça n'expliquerait pas pourquoi il n'a pas été arrêté en même temps que tout le monde.

— Une coïncidence. Il a raté son bus et s'est mis en retard pour la réunion.

— Ah non ! hurla Cardon. Ça suffit ! Vous me prenez pour qui ? Vous croyez que je vais me contenter d'une explication gentillette au milieu d'une opération devenue une grenade dégoupillée entre mes mains ? Un gars s'échappe dans le processus et depuis sa disparition, ça fuit de partout ! Et vous venez me parler de coïncidence ! Vous allez me la retrouver et la faire éliminer aujourd'hui même, votre « coïncidence » !

Eugenio García lança un regard de défi à Jim Cardon.

— Vous me fatiguez, vous allez devoir changer de ton. L'histoire de Casillo n'a rien à voir avec nos projets, répéta Eugenio. Je peux vous le garantir.

— Allez vous faire foutre, García ! Et épargnez-moi votre condescendance et vos serments ! Rassurez-moi plutôt sur l'essentiel et ne me dites pas qu'il y a des pépins en ce qui concerne le code PDR 1611.

Eugenio García énonça d'une voix mécanique :

— On vient de me confirmer que la réunion au sommet est maintenue. Fidel a bien convoqué ses ministres dans son bureau de la Place de la Révolution à seize heures, samedi le 16. Mon nom est sur la liste des invités, j'aurai donc facilement accès à la salle. Mon rendez-vous avec Sánchez est fixé à quatorze heures, samedi, ce qui me donnera le temps de faire ce que j'ai à faire, confirma García.

— Que sait Sánchez ? demanda Cardon.

— Rien. Je ne lui ai soufflé que ce qu'il fallait pour le larguer. Il ne sait pas qu'il s'agit de la Place de la Révolution. Il croit mordicus à l'attentat terroriste prévu sur un bateau de Bussemaker, dans le port de Cienfuegos. Le MININT est persuadé avoir les moyens de stopper le massacre et d'ordonner une arrestation massive.

— Et en ce qui me concerne ?

— Ils ne doutent plus de vous coincer dans cette opération. Je leur ai fourni de faux enregistrements de témoignages de collaborateurs qui vous compromettent et prouvent que vous êtes l'instigateur de l'attentat. J'ai tout confirmé et ils me font confiance.

— Et vous croyez que les Cubains seront dupes jusqu'à la fin ?

— Ils veulent tellement y croire. Les cassettes ont été réalisées par des amateurs à Miami. Les experts ne mettront pas cinq minutes à voir la supercherie. Rien de ce que Fidel voudra démontrer ne tiendra. Un magnifique canular.

Jim Cardon se versa et but un grand verre d'eau. Eugenio ajouta :

— Ils sont tous convaincus de l'endroit, de la date et de l'heure. Le temps qu'ils mettront à comprendre que l'O 16 dans le port de Cienfuegos n'existe pas, nous aurons réussi.

— Réussi! N'est-ce pas, García? Restez tout de même vigilant, je vous répète que je ne suis pas tranquille.

Cardon était en sueur. Il s'épongea le visage avant de demander:

— Et votre arsenal?

— Je passerai le prendre à Vedado.

L'homme au visage poupin arborait un étrange sourire. Il murmura pour lui-même:

— Samedi à seize heures onze exactement, les frères Castro et la crème de leur gouvernement seront brûlés, alors que leurs meilleurs limiers feront le pied de grue à Cienfuegos. J'aime ce scénario. Et je ne doute pas que vous vous y tiendrez, ajouta Cardon en se tournant vers le directeur de la MAI.

García se leva, marcha jusqu'à la desserte où l'on gardait un assortiment de boissons à la disposition du chef de la SINA et se versa un grand verre de limonade. Il mit un bon moment avant de demander, d'un ton agressif:

— Alors pourquoi l'opération CLL?

Le chef de la SINA tressaillit. Mais trois secondes suffirent pour qu'il retrouve son calme.

— Vous êtes donc au courant?

Eugenio se demandait comment il était possible qu'un maniaque soupçonneux comme Cardon n'ait pas encore débusqué son maître d'hôtel, Arturo Blanquero.

— Encore une fois, j'ai mes sources.

— Un petit changement, oui. Rien qui vous concerne directement. Il s'agit seulement d'une précaution supplémentaire que nous prendrons.

— Pourquoi? Quelle précaution? demanda García, furieux.

— Pourquoi? répéta Cardon. Parce que l'arrestation de Grove, qui n'était pas prévue, va attirer et retenir de façon tapageuse l'attention internationale à notre détriment, et davantage encore lorsque ses maudits articles paraîtront. Ce qui signifie que ce que nous préparons depuis des mois pour faire perdre au vieux dictateur le peu de crédibilité qui lui reste et démontrer qu'il n'a plus la confiance de son peuple va être durement ébranlé ou pire! annihilé. Et la cote de popularité de George W. Bush est telle en ce moment que le monde entier ne demandera pas mieux que de constater que Fidel avait raison, qu'il n'y a pas de forces dissidentes dans son pays et que les attentats terroristes n'ont jamais été organisés à partir de Cuba par des contre-révolutionnaires cubains, mais par la mafia de Miami et par la CIA et patati et patata !

— Où voulez-vous en venir, Jim ?

Dans un geste de capitulation, il dit :

— Monsieur García, sachez simplement que nous transformerons l'O 16, qui n'était qu'une grande supercherie pour distraire le MININT, en O CLL, une horreur comme celle de *La Linda*. Et ce massacre nous donnera raison, parce qu'il apparaîtra évident qu'il a été organisé de l'intérieur. Nous ferons ce qu'il faut pour ça.

— Comment ferez-vous ? Vous avez fait assassiner les Chávez !

— Nous avons d'autres cuistots, cent pour cent cubains ceux-là, avec de beaux curriculums de dissidents, et que nous allons bien munir en batterie de cuisine avant de leur confier l'intérim dans les cuisines du CLL, du *Cor Le Loup*, si vous préférez.

— Le *Cor Le Loup* ? Le bateau ancré dans le petit port de Siboney à La Havane ? Que voulez-vous dire ? bredouilla Eugenio García.

— Qu'il nous faut légèrement modifier les plans pour amener le monde entier à se rallier à notre point de vue. La partie qui vous concerne ne change pas. Mais l'O 16 dans le port de Cienfuegos est devenue l'opération *Cor Le Loup* dans la marina Habana Club, et n'est plus un *visual effect* mais une véritable offensive. On procède. Et on va faire accuser des contre-révolutionnaires qui n'ont rien à voir avec moi! Ça s'appelle un plan B, García. Et c'est là que vous allez vous montrer à la hauteur du salaire qu'on vous paie, voulut conclure Cardon sur un ton méprisant.

— Il n'a jamais été question de faire sauter un bateau de touristes!

— Il s'agit d'un tout petit bateau, plaisanta Cardon. Et il y aura peu de passagers, puisque c'est une croisière organisée à la dernière minute.

— Il n'en est pas question, répétait García.

— Mais c'est vous-même qui avez fait avorter l'opération de diversion! Vous êtes seul responsable. À cause de vos erreurs, nous sommes forcés d'assurer davantage nos arrières. Nous ne pouvons pas prendre le risque de voir l'opinion mondiale se tourner contre les États-Unis au moment où nous nous engageons en Irak. Et croyez-moi, après le succès de l'O CLL, il ne se trouvera personne pour remettre en cause la pertinence de l'opération PDR, le lendemain.

— Ce massacre est gratuit et inutile. ¡*Caramba*!

Puis Eugenio murmura pour lui-même:

— Vous m'avez piégé. C'était prévu depuis le début. L'assassinat des Chávez, la déportation de mes employés, ce plan B…

— Nous sommes forcés de protéger nos arrières. Vous allez donc assumer.

Eugenio García défit le nœud de sa cravate de soie avant de quitter son fauteuil. Il s'était approché de Cardon en brandissant son verre.

— Je me fous de vos arrières, vous êtes un criminel! Je vous jure que…

— Calmez-vous, García, ou je vous fais chasser par mes gardes du corps.

— Je ne suis pas votre valet.

L'agent des services secrets cubains, poulain de Sánchez depuis des décennies, par ailleurs agent double exorbitant de la CIA depuis quelques années, puis agent triple d'excellence, d'après le MININT, mais surtout, plus agent de rien du tout quant à lui, Eugenio García, proféra, sur un ton assassin :

— Les services que je rends et que je peux encore rendre à la « Compagnie » sont, contrairement aux vôtres, irremplaçables, mon cher Jim. Ce qui fait de moi votre supérieur, si vous voyez ce que je veux dire, monsieur le chef de la Section des intérêts nord-américains à Cuba. Je veux bien jouer les imbéciles pour donner le change à vos fier-à-bras de la mafia, mais en privé, pauvre con, vous allez me traiter avec les égards dus à mon rôle. Et je vous ordonne d'annuler l'opération *Cor Le Loup*.

Jim Cardon retira ses lunettes.

— Je n'annulerai rien du tout. Et ce petit bateau cuirassé quittera exceptionnellement le port à seize heures, demain. Si vous décidiez de jouer les rebelles, je vous ferais arrêter dans la minute et nous saurions tous, enfin! quels sont les maîtres que vous servez. Et mon instinct me dit que vous crèveriez sur votre terre d'origine.

— Je…

— *Enough*! Dans la conjoncture, vous et vos amis ne pouvez rien contre moi et vous le savez. À partir de maintenant, si j'étais à votre place, je laisserais les événements se dérouler à leur rythme. Allez récupérer l'arsenal et occupez-vous de votre besogne.

— Vous ne pouvez pas faire ça!

— Je ne peux pas? Je ne peux pas? hurla Cardon. *Watch me*!

Chapitre 20

Ottawa, mercredi 13 novembre 2002

Peter Grove ne réussit pas à convaincre les policiers des motifs qu'auraient pu avoir d'invisibles ennemis d'organiser une telle mise en scène. Venu à son aide, Stephen Hart s'était appliqué à vanter la détermination de son ami journaliste et n'avait qu'avivé l'irritation des policiers. Par ailleurs, Carole Brault, qui n'avait obtenu de Peter aucune réponse à ses questions ni aucune explication à son départ précipité cinquante minutes avant l'heure de tombée, ne pouvait que répéter avoir vu son collègue quitter son bureau à la suite d'un coup de fil. Elle rapporta aux enquêteurs : « Il a emporté avec lui tous les dossiers concernant les articles sur lesquels il travaillait depuis des semaines. Il a tout jeté dans un sac-poubelle en quittant l'agence. »

Il ne restait rien de ces textes susceptibles d'avoir provoqué l'incident. Aucune preuve non plus que des tueurs américains ou cubains appartenant à la mafia ou à la CIA, et manigançant des attentats terroristes contre Cuba, aient été sur l'autoroute 417, le 12 novembre 2002 en fin d'après-midi, accroupis dans la remorque d'un camion non immatriculé, attendant le moment propice pour projeter le cadavre d'un colley sous la Volvo d'un reporter.

En revanche, il s'était trouvé plusieurs témoins pour affirmer que Peter Grove était amateur de Jack Daniels et qu'il entretenait une relation étrange avec Jorge. On aurait vu Grove et Luther échanger des enveloppes ou des documents. Un locataire de l'immeuble de la rue Clyde avait même insinué que ces échanges en douce avaient tout du commerce de drogue.

L'histoire était toujours embrouillée après cinq heures d'enquête. Et bien que les interrogatoires, les analyses sanguines de même que les examens de l'œsophage et de l'estomac aient démontré que Peter Grove avait en effet absorbé une quantité impressionnante d'alcool, le journaliste fut libéré grâce à une caution de mille dollars et un dossier de police resté vierge jusqu'à ce jour.

En quittant le poste de police, Peter passa un long moment au téléphone avec Edwige et lui apprit comment, quelques heures avant la parution de son article, la veille, on l'avait de nouveau fait courir au Yard pour lui dérober ses documents et son ordinateur.

Edwige, qui avait désespérément attendu toute la nuit un appel de son mari, était dans tous ses états. Elle avait, à plusieurs reprises, été sur le point de contacter le ministère pour qu'on se mette à sa recherche. Mais craignant de compromettre les plans de Peter, elle s'était imposé d'attendre au moins vingt-quatre heures avant d'appeler à l'aide. Lorsque Peter lui raconta comment on l'avait piégé, assommé, gavé d'alcool et abandonné sur le bord de la Nationale, elle éclata en sanglots.

— Ma chérie, je t'en prie… Tout va bien, maintenant.

— Non ! Rien ne va, Peter ! Rien !

Puis, retrouvant un peu de son calme, elle dit :

— Tu avais donc raison de parler de piège. L'ambassade cubaine est à l'origine de cette machination.

— Les Cubains avaient pourtant toutes les raisons de vouloir que mon premier article paraisse aujourd'hui. Je n'arrive toujours pas à comprendre ce qu'ils veulent.

— C'était peut-être un contrefeu. Reviens à La Havane, Peter. Reviens aujourd'hui ! Tout de suite ! Je n'en peux plus de cette affaire. Ça sent la catastrophe.

— Je serai avec toi demain, comme prévu, mon amour. Mon avion décolle tôt, je serai là avant midi. Je t'aime. Dis-moi que tu m'aimes aussi.

— Tu devras patienter. Je ne te le dirai plus qu'en personne, crétin.

— J'arrive.

Dès qu'il eut raccroché, Peter appela à l'hôpital général où on lui confirma que Jorge Luther avait bien été hospitalisé la veille aux environs de seize heures. Le jeune homme qui l'avait trouvé inconscient et qui avait appelé les ambulanciers répondait au nom de José Casillo. Il avait laissé ses coordonnées à la réception de l'hôpital, au cas où monsieur Grove – et monsieur Grove seulement – voudrait le joindre. Il le trouverait au 32 de la rue Coupal. Et pour le moment, Jorge Luther, dont l'état était stable, reposait dans sa chambre de l'aile ouest de l'hôpital.

García avait donc tenu sa promesse !

❦

Contrairement à ce qu'il craignait, Peter trouva Luther dans une chambre bien éclairée, un dossier entre les mains, des fleurs à son chevet ainsi qu'une peluche – qu'il reconnut pour l'avoir vue dans les bras de Juanita – sur la courtepointe pliée au pied du lit. Hortensia Casillo était passée avant lui.

— Jorge !

— Peter !

— Quelle peur vous m'avez faite ! Je m'attendais au pire. Que s'est-il passé ?

— Vous voulez bien fermer la porte ? lui demanda Luther en s'appuyant sur les coudes.

— Excusez ma tenue, je suis venu directement de… J'étais inquiet, je vous croyais encore inconscient… Quel plaisir de vous voir presque en forme, se réjouit Peter.

— Approchez, assoyez-vous dans ce fauteuil, j'ai encore le souffle court. Je ne peux pas faire d'efforts et il y a beaucoup de choses dont je dois vous informer.

— J'ai tout mon temps, prétendit Peter, inquiet de voir Luther s'agiter.

— Ce que j'ai découvert sur votre bureau, sans vouloir commettre d'indiscrétion, je vous l'assure, m'a porté le coup que vous savez, Peter.

— Qu'avez-vous donc trouvé ?

— D'abord les renseignements sur Casillo faxés de Miami et auxquels vous aviez agrafé une photo récente de García, puis ces trois photos de Carlos Bandera que son ancienne voisine m'a fait parvenir par courriel au même moment! Regardez-les bien, Peter!

Le journaliste ouvrit le document que Luther lui tendait et en retira la photo qu'il avait lui-même épinglée au document faxé depuis Miami et les trois photos couleurs que Jorge avait imprimées chez lui.

— *Jesus Christ*!

L'air incrédule, puis stupéfait, Peter fermait, rouvrait, refermait la chemise.

— Carlos Bandera-Masíquez n'est donc pas mort noyé dans la baie de La Havane!

— Et Francis Cruz était bel et bien au courant. Lui et Manuel Sánchez le protègent ou l'utilisent depuis plus de trente ans, statua Luther en reposant la tête sur les oreillers.

— Fidel Castro aussi! Voilà pourquoi on ne voulait pas nous voir farfouiller dans la vie de García.

— Et Cristiano Pérez avait pour mission de protéger son identité.

— Carlos Bandera-Masíquez et Eugenio García ne sont qu'une seule et même personne, balbutia Peter en comparant de nouveau les clichés.

— Aucun doute possible, marmonna Luther.

— Eugenio est donc le frère de Sergio, s'émut Peter.

— Et Sánchez, Cruz et Bandera-Masíquez ont tous les trois fait partie des services secrets cubains après la mort de Sergio Masíquez.

— Ils en faisaient déjà partie avant la mort de Sergio, le reprit Peter. Et Manuel Sánchez a toujours été l'éminence grise du triumvirat. Il a berné mon pauvre ami.

— Bandera, lui, est devenu l'agent numéro un des services secrets cubains. Il a changé de nom en 1974. Je peux le prouver. Je n'ai pas tous mes dossiers avec moi, Hortensia m'a apporté le plus important. Mais vous trouverez à mon domicile les documents nécessaires pour corroborer ce que je vous dis.

— Et quand García a découvert, juste avant l'arrestation des *palomas*, que José Casillo était le petit-fils de Sergio, donc son petit-neveu…

— … il a voulu empêcher que le seul membre de sa famille encore vivant soit arrêté et probablement fusillé, commenta Jorge, haletant.

— Au risque de compromettre sa mission.

— Au risque, surtout, de se mettre tout le monde à dos : les services secrets cubains, la SINA, la mafia cubaine, la CIA, Cardon, Cruz, Sánchez et Castro !

Luther se tut, à bout de souffle. Ayant tenté de s'asseoir sur le rebord de son lit pour boire un peu d'eau, il fut pris de vertige et dut s'allonger de nouveau. Au cours de la dernière heure, l'infirmière était passée deux fois pour mesurer sa tension et sa température, se disant satisfaite des résultats malgré l'état précaire de l'écrivain. Luther avait grignoté un peu de chacun des plats qu'on lui avait apportés et s'était de nouveau allongé, gardant les yeux clos. Demeuré à son chevet quelques minutes, le croyant assoupi, Peter s'étonna d'entendre :

— Que croyez-vous que fera García… ou Carlos Bandera ?

— Je n'en ai plus la moindre idée.

— D'après vous, il est agent double ou triple ?

— Je rentre à La Havane demain matin et je compte l'apprendre. J'ai demandé à Edwige d'annuler un rendez-vous avec Sánchez avant-hier, mais elle voulait le reporter à aujourd'hui ou demain. Peut-être que le ministre acceptera de répondre à cette question.

— Pourquoi votre épouse veut-elle rencontrer le ministre de l'Intérieur ?

— Elle croit avoir de l'information sur O 16 que les Cubains ne détiennent pas.

— Tout cela est devenu périlleux. Il y aura des morts, vous verrez.

— Espérons qu'il y en ait le moins possible.

— Protégez au moins votre épouse, Peter.

— J'y veillerai.

— Vous devriez lui dire de ne pas se mêler de cette affaire, insistait Luther.

— Je n'ai pas ce genre de pouvoir. Mais merci, mon ami. Au fait, avez-vous appris qui s'est servi de mon nom pour effrayer Clapman ?

— D'après Pérez, ce serait mon contact à La Havane.

— Arrozblanco ? Arturo Blanquero, le major-dome des Cardon ? sourit Peter.

— Vous savez donc…

— On ne voulait vraiment pas vous voir fourrager dans le passé de García. Mais ne craignez rien, quand toute cette affaire sera terminée, je parlerai à votre éditeur. Il faut plus que jamais qu'*Un homme sincère* voie le jour, Jorge.

— Je m'y remettrai.

— Et vous nous dévoilerez peut-être le nom de celui qui a assassiné Sergio.

— Rien de moins évident, après trente-deux ans.

— Remettez-vous vite ! Votre maison est remplie d'invités, à ce qu'on m'a dit. Casillo a rejoint sa famille !

— Je ne suis pas le meilleur des hôtes, déplora Luther.

— Je n'en crois rien.

— Mais ils sont les bienvenus jusqu'à ce que leur sécurité soit assurée.

— Je souhaiterais aussi qu'ils ne retournent pas à Miami avant que les autres membres de Las palomas soient hors de danger. Mais je ne veux pas vous déranger plus longtemps, je vais les installer rue Clyde.

— Pourquoi? Ils ne sont pas bien où ils sont?

— Je croyais…

— Je vais être très occupé à terminer mon roman. Je ne les verrai même pas. Et je préfère ne pas être seul… Vous savez que Jason est… parti? Hortensia était dans tous ses états…

— Parti?

— Mon fidèle Jason, mon vieil ami… On l'a retrouvé gisant, mort, sur le bord de la route. Il aura pressenti ma fin et choisi de disparaître lui aussi.

Luther tourna la tête pour que Peter ne le voie pas pleurer.

— Quelle tristesse, murmura Peter, décidé à taire le meurtre du colley.

— Il était très vieux, vous savez…

— Oui, je sais.

Jorge souffla dans son mouchoir et demanda à Peter de l'aider à remonter ses oreillers avant de partir.

— J'en ai encore pour quelques jours ici. Alors promettez-moi que je trouverai les Casillo chez moi à mon retour. C'est de bon cœur et sans frais, ajouta l'écrivain.

— Si c'est ce que vous voulez !

— Je me suis attaché à Juanita. Elle m'appelle « Luth », s'attendrit Luther. Elle m'a même laissé Jody, pour que je n'aie pas peur tout seul dans le noir, ajouta-t-il en prenant la peluche sur l'édredon.

— Je passerai les voir dans la soirée, et je vous tiens au courant. Bonne nuit. Désolé pour Jason, Luther, vraiment désolé.

— Soyez prudent, Peter.

— Vous aussi, conclut le journaliste en saluant son ami.

⌒

En quittant Luther, Peter passa d'abord à son appartement de la rue Clyde pour prendre une douche et mettre des vêtements propres avant de se rendre rue Coupal. Il trouva la petite famille plutôt détendue devant la télévision. Intarissables de remerciements à son égard, Hortensia et José avaient autant de questions à lui poser. Mais Peter s'en tint au minimum de détails pour confirmer à José que son patron, Eugenio García, était bien celui qui l'avait empêché d'être arrêté avec ses compagnons le 5 novembre.

— Mais pourquoi? Pourquoi moi et pas les autres?

— Il ne t'a rien dit lorsqu'il t'a libéré?

— Non. Il a fait le voyage avec moi, mais il n'était pas loquace et m'a fait comprendre que je devais me taire aussi.

— Où est-il maintenant? demanda Peter.

— Lorsqu'il m'a laissé à Montréal hier, il devait s'envoler pour Cuba quelques heures plus tard. Il m'a remis votre carte et de l'argent, et m'a mis à bord d'un car pour Ottawa. Il m'a dit que je vous trouverais au 78 rue Clyde. Vous connaissez la suite.

— Et tu ne lui as pas demandé pourquoi il faisait tout ça pour toi?

— Bien sûr que si! Il m'a répondu qu'il aurait besoin de mon témoignage pour sortir mes copains de prison. C'est tout. Qu'attend-il de moi? s'inquiéta le jeune homme. Croit-il qu'en retour j'accepterai de l'aider dans ses projets de mafieux?

Avant que José Casillo ne s'insurge davantage contre Eugenio, Peter crut devoir l'informer des raisons qui avaient poussé le directeur de la MAI à le protéger.

— Tu te trompes. Eugenio García n'attend rien de toi, José. Il t'a sauvé des mains du FBI, de la mafia, de la CIA, et peut-être bien aussi des services secrets cubains, parce que tu es son petit-neveu.

— Que voulez-vous dire? Mais qui est cet homme? demanda José.

Hortensia s'était approchée, Juanita endormie dans les bras.

— Le frère de ton grand-père. Son nom est Carlos Bandera-Masíquez. En fait, il est le demi-frère du *comandante* Sergio Masíquez. Leur père avait épousé en deuxième noce Laura Bandera. Il y avait une grande différence d'âge entre les deux frères.

— Et pourquoi ne pas me l'avoir dit plus tôt? Grand-mère est-elle au courant? Elle ne m'a jamais parlé de ce beau-frère!

— Je n'en savais rien, moi non plus. Et comme tous ceux qui connaissaient Carlos, Clarita le croyait mort depuis 1974. C'est toi qui lui apprendras qu'il est vivant.

— Pourquoi a-t-il changé de nom? S'était-il brouillé avec mes grands-parents?

— Je ne crois pas que ce soit la raison de sa disparition, mais je ne peux rien te dire de plus, se déroba Peter.

— Pourrons-nous bientôt aller à Cuba? Je voudrais tellement rencontrer Clarita, murmura Hortensia. Je ne connais toujours pas la grand-mère de mon mari.

— Il vous faudra être patients… attendre que les choses se tassent.

— Devrons-nous aller à l'hôtel?

— Luther a insisté pour que vous restiez ici. Il ne sera pas de retour avant quelques jours. Soyez prudents, j'ai bien peur que votre grand-oncle soit engagé dans une affaire très compliquée.

Le lendemain, jeudi 14 novembre 2002, les abonnés des journaux canadiens, américains et européens, de même que ceux de tous les périodiques approvisionnés par l'agence Associated Press de par le monde, ne trouvèrent aucune ligne sur la perfidie de la *Loi Helms-Burton*, rien non plus sur le sort des sept employés de la MAI arrêtés depuis plus d'une semaine à Miami, et pas davantage sur l'opération O 16 dirigée par la CIA, dont l'objectif était de provoquer un attentat dans un port de Cuba pour mettre en évidence l'incompétence de Fidel Castro.

Idem, les lecteurs des périodiques de l'Outaouais n'eurent pas droit au plus petit entrefilet sur l'incident survenu en fin d'après-midi, l'avant-veille, sur l'autoroute 417.

CHAPITRE 21

La Havane, jeudi 14 novembre 2002

Comme prévu, Peter s'envola très tôt vers Cuba, le jeudi matin.

Exténué, il s'endormit au décollage pour ne rouvrir les yeux qu'à l'aéroport Benito Juarez où un soleil de feu forçait les hublots. Malgré son inquiétude d'avoir laissé Luther dans un état de grande fragilité et les Casillo, de grande fébrilité, il se réjouissait de rentrer chez lui et de retrouver sa femme.

À La Havane, Edwige avait mis une bouteille de brouilly au frais et attendait Peter pour déjeuner dans le jardin de leur résidence. Quand il franchit la porte, elle courut se blottir contre lui.

— J'ai cru ne jamais te revoir. Comment vas-tu, mon chéri ? Fatigué ?

— Vidé.

Ils décidèrent de se donner un peu de temps avant de disséquer les avatars des récents contre-coups. Peter passa d'abord sous la douche, puis ils déjeunèrent tranquillement, repoussant l'étape des conjectures. Ils achevaient leur repas lorsque Peter demanda :

— As-tu obtenu un autre rendez-vous avec le ministre Sánchez ?

— Oui, demain, à quatorze heures trente.

— Où ?

— Dans les bureaux du ministère de l'Intérieur, Place de la Révolution.

— As-tu l'intention de lui confier que nous savons qui est García ?

— Je ne crois pas qu'il apprécierait notre décou-verte. Cette histoire est incroyable ! Incroyable, répéta Edwige. Eugenio García est Carlos Bandera, le frère de Sergio Masíquez !

— Et un ami personnel de Sánchez, un proche de Fidel, un allié de Cardon, et un sympathisant de Fosch, énuméra Peter.

— Il serait agent double… Crois-tu vraiment qu'il travaille pour la CIA ?

— Ou agent triple ? Les services cubains l'en-voient travailler à Miami pour la mafia cubaine, la CIA l'utilise par le truchement de Cardon qui le paie à son tour pour qu'il ne rapporte au gouvernement cubain que ce que la SINA lui dicte, mais…

— Il tromperait Cardon et en confierait davantage à Sánchez ?

— Je n'en sais trop rien, avoua Peter.

— J'attends les dernières consignes d'Ottawa cet après-midi, fit Edwige en regardant sa montre. On me dira si je dois ou non faire part de nos doutes au ministre Sánchez.

— Trouve un prétexte, n'y va pas. Demande plutôt un rendez-vous téléphonique.

— Je n'ai plus le choix. La situation est trop complexe. Je préfère avoir un face à face avec le ministre. Apparemment, nos amis cubains en savent moins qu'ils ne le croient. D'après les codes qu'a entendus Casillo – que nous avons obtenus grâce à toi – et que nos experts ont déchiffrés, il serait question de deux différents attentats programmés pour le même jour, à peu près à la même heure. Toujours d'après nos spécialistes, il se pourrait aussi que l'une des deux opérations soit une diversion. Mais laquelle ?

— Une autre diversion… Je croyais que l'arrestation à Miami était la diversion.

— C'est ce que nos experts croyaient aussi.

— Il faudrait que je voie García… aujourd'hui même.

—Que dis-tu? Retourner à Miami? C'est hors de question, s'emporta Edwige.

—J'ai de bonnes raisons de croire qu'il est à La Havane et qu'il serait descendu à l'hôtel *Nacional de Cuba*.

—Non! C'est trop dangereux, je te défends d'y aller.

—Calme-toi, Edwige. García n'a rien contre moi. Il m'avait promis de libérer Casillo, et il a tenu sa promesse. Je lui en dois une. Puis il est le frère de Sergio, après tout… Je voudrais comprendre.

—Je t'en prie!

—Je vais essayer de le trouver. Il acceptera peut-être de me rencontrer. Je te promets d'être de retour dans une heure avec de nouveaux éléments qui pourront servir au ministre Sánchez. Quoi qu'il arrive, je te promets d'être ici avant quinze heures… Ça te va?

—À la condition que tu me promettes aussi de ne plus jamais te mêler d'affaires aussi tordues, réussit à prononcer Edwige.

—C'est promis. Fais-moi confiance, ma chérie.

∽

Peter eut une impression de déjà-vu. C'était le 26 juillet 1970, sur la Place de la Révolution, après la harangue de Fidel Castro, laquelle, exceptionnellement, ne s'était pas prolongée au-delà des quatre heures annoncées et avait laissé la foule pantoise avec la vision des mains du Che dans un bocal de formol.

Ce que lui avait retenu, c'était l'image de Carlos Bandera-Masíquez, le jeune frère de Sergio, fier dans son uniforme militaire, aux côtés de Manuel Sánchez, alors que Sergio, les croyant tous les deux morts par sa faute, voulait s'enlever la vie. Le commandant Masíquez n'avait souhaité trahir personne. Il avait voulu tout à la fois épargner les employés de la Centrale de Matanzas, donner une chance au jeune Manuel Sánchez et sauver la vie de son grand ami Fidel Castro, le croyant la cible d'un complot d'assassinat. Non, Sergio Masíquez n'avait trahi personne. Mais on l'avait condamné et exécuté. Et les méthodes avaient bien peu évolué au cours des trente dernières années. Dans l'affaire García, il s'était encore agi d'embrigader de pauvres bougres jusqu'à ce qu'ils se mettent à croire à l'impossible avant de les dénoncer comme contre-révolutionnaires à la solde des Américains ou de la mafia cubaine de Miami. Du déjà-vu.

Peter demanda au chauffeur de le laisser à l'entrée du luxueux hôtel. Les grandes baies vitrées du hall donnaient sur des jardins de palmiers avec la mer à perte de vue en arrière-plan. Peter s'installa dans l'un des divans en cuir anthracite et attendit l'arrivée de Carlos Bandera-Masíquez, alias Eugenio García.

Ayant d'abord craint qu'il refuse de le recevoir, Peter avait prévu s'introduire par une entrée de service et monter jusqu'à sa suite. La famille Casillo ne pouvait vivre recluse indéfiniment et la pauvre Clarita Cardoso méritait bien de connaître la vérité sur la mort de son Sergio avant d'aller le retrouver. Par ailleurs, Edwige lui avait posé un ultimatum et il devrait se retirer de cette affaire, résolue ou pas. Mais ne comptant pas s'y soumettre avant d'avoir appris de quel côté se trouvait Carlos Bandera, Peter était déterminé à croiser le fer avec l'agent double ou triple s'il le fallait.

Ayant déjà attendu plus d'un quart d'heure, le journaliste se réjouit d'entendre :

— Monsieur García vous attend dans sa suite du neuvième étage.

L'immense bureau où Eugenio García l'accueillit était sombre comme un tombeau. Pourtant, le soleil brillait de tous ses feux ce jour-là.

— Merci de me recevoir.

— Je savais que vous viendriez et je vous attendais.

Peter perdit de son assurance. Encore un lien qui lui faisait défaut. Venu pour accuser Eugenio García de l'assassinat de Julia Horn, pour lui dire qu'il connaissait les raisons qui l'avaient poussé à épargner José Casillo, venu aussi dans l'intention de lui arracher des explications au sujet de la mort brutale de Sergio Masíquez, et avant tout pour lui dire qu'il était au courant de ce qu'il tramait avec Jim Cardon, Peter perdit de sa verve.

— Vous m'attendiez ?

— J'ai besoin de votre aide, Grove. Vous me l'avez proposée, il y a quelques jours, j'espère que vous voulez encore me l'accorder.

— Peut-être… oui…

— Voici, dans un premier temps, ce que j'attends de vous, enchaîna l'homme au regard triste sans plus de préambule : je veux que vous dissuadiez votre épouse de se rendre à son rendez-vous avec le ministre Sánchez. Ce n'est plus la peine, ce ne serait qu'un risque inutile. Rentrez chez vous et prenez connaissance de ce document. Je ferai appel à vous dans les jours à venir.

García tendit à Peter un carton ficelé par des élastiques avant d'ajouter :

— Suivez mes conseils.

— Et pourquoi ?

— Parce qu'en ne les suivant pas, vous mettriez la vie de votre épouse et des sept ouvriers de la MAI en danger, sans parler de celle de plusieurs touristes de passage à Cuba…

La voix d'Eugenio García tremblait d'émotion. Il poursuivit :

— J'ai rendez-vous avec notre ministre de l'Intérieur samedi après-midi, pour préparer une rencontre au sommet prévue le même jour aux environs de seize heures. D'ici là, il y a plusieurs choses que vous pourriez faire pour moi.

— Vous voulez dire que le président Fidel Castro sera dans cet édifice samedi à seize heures ?

Peter s'étonnait que García lui fasse cette confidence.

— Fidel et Raúl Castro, Manuel Sánchez et bien d'autres y seront aussi.

— Nous avions donc bien saisi le sens de 1611 1600 PDR, le 16 novembre à seize heures, Place de la Révolution ! Voilà ce qu'il suffisait de retenir ! Ma femme avait raison, s'emporta Peter.

— D'où tenez-vous ces renseignements ?

— De Casillo. Je vous expliquerai une autre fois.

— Vous avez raison, l'urgence n'est pas là, se reprit l'agent CBM.

— Qu'avez-vous l'intention de faire ? demanda Peter en émoi.

— Tout dépendra de mes amis et de vous…

— De moi ?

Des sonneries de téléphone retentirent en même temps dans plusieurs endroits de l'immense suite. L'agent se leva pour aller décrocher un appareil à l'autre bout de la pièce.

— Ici CBM. […] Il a dit quoi ! […] Ne me dis pas que rien n'a été fait pour arrêter ce massacre ! […] Mais pourquoi ne veux-tu pas comprendre que jusqu'à hier encore, l'O 16 PC ne devait être qu'un leurre, un *visual effect* ! Une diversion, *caramba* ! Je te répète que Cardon a donné d'autres ordres ! […] Je le tiens du chef de la SINA lui-même ! Dis à Fidel que son entêtement va provoquer un carnage. […] Vendredi ? Demain ! Non ! cria Eugenio García. Pourquoi a-t-il devancé cette réunion de vingt-quatre heures ? Pourquoi ?

Eugenio retira le combiné de son oreille et pinça les lèvres. Il était prêt à éclater. Puis, après avoir respiré à fond, il parvint à ajouter :

— D'accord! Je serai dans ton bureau à quatorze heures, demain. Peux-tu me garantir que les ouvriers de la MAI seront encore au *Deauville*? […] Merci.

L'agent CBM raccrocha, l'air bouleversé. Au même moment, conscient d'avoir été témoin d'une conversation qu'il n'aurait pas dû entendre, Peter se leva pour partir.

— Attendez! Ne partez pas! Votre aide, il me la faut tout de suite!

— Je ne vois pas ce qu'un journaliste étranger pourrait faire à Cuba… en pareilles circonstances… et à si brève échéance.

— Vous êtes mon unique et dernier recours. Je dois vous faire confiance, je n'ai plus d'autre choix.

— N'est-il pas un peu tard pour intervenir? Qu'en est-il de l'O 16? N'est-ce pas le nom d'un bateau de Thérèse Bussemaker ancré dans le port de Cienfuegos? O 16 1611 PC ne signifie-t-il pas: attentat terroriste sur l'*O 16* le 16 novembre dans le port de Cienfuegos? C'est après-demain, *Jesus Christ*!

— Oui, mais il ne s'agit que d'une diversion.

— La situation me semble bien complexe pour vous en remettre à moi! Que voulez-vous?

— Assoyez-vous.

Peter vit le désespoir sur le visage du directeur de la MAI.

— Je ne comprends pas ! De quel côté êtes-vous, García ? Expliquez-moi ! Qui êtes-vous ?

— Vous le savez, n'est-ce pas ?

Peter se cabra.

— Agent CBM des services secrets cubains ? alias Carlos Bandera-Masíquez, le frère de mon regretté ami Sergio Masíquez ? alias Eugenio García de la CIA et directeur de l'usine MAI au service de la mafia cubaine ?

— Assoyez-vous, répéta Carlos Bandera d'une voix grave, et écoutez-moi.

À bout de souffle, Peter reprit sa place. Bandera, le regard impénétrable, s'accorda un moment avant de dire :

— Lorsque le tribunal révolutionnaire m'a confié la mission de faire disparaître le traître, mon frère Sergio Masíquez, j'y ai cru...

Peter ne put retenir un gémissement. Carlos Bandera se tut.

— Ne vous arrêtez pas, ordonna Peter.

— Quand je suis débarqué à Montréal, le 31 juillet 1970, je venais de perdre ma femme et mon enfant. J'étais anéanti.

L'agent CBM cachait son visage de ses deux mains. Peter se leva brusquement et le saisit par le revers de son veston, prêt à lui casser la figure.

— Je t'ai dit de ne pas t'arrêter ! Ne t'arrête pas, hurla-t-il.

Carlos Bandera ne broncha pas.

— Pourquoi ? Pourquoi ? gémit Peter en le relâchant.

— *Dios*, Peter ! Les raisons, les motifs et les justifications ne manquaient pas ! Un frère absent qui n'était jamais là pour me protéger, un médecin incompétent qui n'avait pas sauvé ma famille, un traître qui s'apprêtait à fuir le pays !

— Dites-moi que vous avez commis ce crime pour des motifs politiques ! implora le journaliste.

— C'est ce que j'ai voulu que l'on croie. Et on l'a cru. C'est bien pour cela que j'ai pu m'exécuter sans risques.

Carlos ferma les yeux pour dire :

— Mais la vérité, c'est que j'ai tué mon frère par vengeance. Le grand médecin n'avait sauvé ni ma femme ni mon enfant, il allait le payer de sa propre vie. Je l'ai tué par désespoir et par jalousie.

— Par jalousie ? répéta Peter.

— J'étais jaloux de lui depuis ma plus tendre enfance. Oui. Alors que j'aurais dû l'admirer, lui, le guérilléro, le combattant, l'homme debout, toujours prêt à défendre ses idéaux. Un homme bon, un homme sincère, un humaniste! disait-on. Mais non, plus il comptait d'exploits, plus je le haïssais.

— Oui, Sergio était un homme bon et sincère, murmura Peter. Comment avez-vous pu…?

— J'avais reçu l'ordre d'éliminer un *gusano**, un traître qui allait profiter de la confiance de notre gouvernement révolutionnaire, de Fidel, de celle de ses camarades, de Che Guevara lui-même aux côtés duquel il avait combattu, pour déserter son pays, s'exiler. Je me suis convaincu que j'allais commettre un fratricide par conviction politique, pour des principes, pour l'honneur de la famille Masíquez, pour faire valoir une idéologie.

— Vous y croyiez vraiment?

— À cette époque, j'y croyais, oui. Et je n'ai pas hésité à me servir de mon image de parfait révolutionnaire. C'était facile. Personne, ici, n'ignorait que l'agent Masíquez s'apprêtait à demander l'asile politique avec l'aide d'un reporter qu'on disait pernicieux.

— Pernicieux? Moi?

— C'est ce que je pensais en 1970.

— Et qu'attendez-vous de moi? Que je vous aide à vous racheter? demanda Peter d'une voix glaciale.

— Que vous m'aidiez à convaincre Fidel et mes collègues de ne pas sacrifier la vie d'innocents dans le seul but de coincer un agent de la CIA.

— Fidel ? Vos collègues ? Vraiment ? J'avais cru comprendre que vous jouiez un jeu plus compliqué.

— Et vous n'aviez pas tort. Je vous expliquerai ça en détail lorsque je serai derrière les barreaux. J'aurai tout le temps pour le faire. Mais pour le moment, nous n'avons plus que vingt-quatre heures devant nous.

— On va vous arrêter ? N'êtes-vous pas agent des services secrets cubains ? On n'a plus confiance en vous ?

— Je voudrais que vous m'aidiez aussi à assurer la protection de mes gars, poursuivit Carlos Bandera sans répondre à la question.

— Vos gars ? Où sont-ils ?

— Ici, depuis deux jours. On les a mis à bord d'un avion pour La Havane via Mexico en les annonçant comme membres d'une ONG œuvrant dans l'humanitaire.

— Mais les passeports, les visas ? Comment se fait-il qu'on ne les ait pas refoulés au départ de Miami ou lors du transit à Mexico ?

— On avait tout prévu. Ils étaient en possession de papiers en règle pour quitter Miami et de tout ce qu'il fallait, par ailleurs, pour se faire intercepter comme terroristes à l'aéroport José Marti! Si on ne les renvoie pas rapidement aux États-Unis, ils seront exécutés. Il faut qu'ils soient rapatriés et jugés à Miami. Par la suite, je vous demanderai de leur trouver des avocats à qui vous remettrez ces dossiers, fit Carlos Bandera en indiquant à Peter le carton qu'il lui avait confié plus tôt. Il contient tout ce qu'il faut pour les faire acquitter.

— Et que va-t-il se passer après?

— Rien, si vous m'aidez.

— Mais comment?

— D'abord en empêchant l'opération CLL MHC 1511 1600.

— Que signifie ce nouveau charabia? *Jesus Christ*! Parlez plus clairement, Eugenio... Carlos!

— Il s'agit de l'opération *Cor Le Loup* dans la marina Habana Club, prononça lentement et à voix basse l'agent CBM.

Peter se braqua devant García.

— Le *Cor Le Loup*? Un autre bateau de Bussemaker! La marina? Demain, vendredi 15? Elle nous a dit que ses bateaux ne sortaient que du dimanche au mercredi, paniqua Peter.

— C'est exceptionnel. Une croisière promo-tionnelle offerte gracieusement par la compagnie!

— Comment savez-vous tout ça? Et pourquoi me le confier?

— Pour empêcher deux massacres.

Laissant Peter perplexe, l'agent CBM poursuivit sur un ton suppliant :

— Donnez-moi un numéro de téléphone où je puisse vous joindre dans l'urgence et promettez-moi d'être au bout du fil pour attendre mes consignes à partir de quatorze heures, demain. Pouvez-vous me le garantir ? Libérez-vous, Peter, j'aurai besoin que vous couriez à ma place d'un bout à l'autre de La Havane.

— Dites-moi pourquoi je devrais vous faire confiance.

Peter soutint le regard de Carlos Bandera-Masíquez, le temps d'y trouver une sincérité à laquelle il ne s'attendait plus, puis inscrivit le numéro de son téléphone cellulaire sur le carnet que lui tendait le frère de feu son grand ami Sergio Masíquez.

— Qui sont vos patrons, CBM ? Pour qui travaillez-vous, à la fin ?

— Plongez-vous dans la lecture de ces dossiers, Peter, vous allez vite comprendre que je ne travaille plus que pour moi !

CHAPITRE 22

La Havane, vendredi 15 novembre 2002

Lorsque, à quatorze heures précises, Carlos Bandera-Masíquez arriva en grandes pompes dans un uniforme militaire dont les galons étalaient son rang de commandant de l'armée révolutionnaire de la République socialiste de Cuba, il vit que l'ambassadeur du Canada était déjà sur les lieux, malgré les pressions qu'il avait exercées sur son mari. Entouré de gardes du corps et d'une délégation d'une dizaine d'hommes et de femmes aussi en uniformes, le commandant Bandera-Masíquez quitta le groupe pour aller directement à la rencontre d'Edwige Elliott qui arpentait un coin du grand hall de l'édifice à l'effigie du Che sur la Place de la Révolution.

— Excellence ! Vous ne devriez pas être ici.

— Mon mari m'a déconseillé de venir, en effet. Mais devant mon refus, il a suggéré que je m'entretienne avec vous avant de rencontrer le ministre Sánchez. *Comandante?* J'ignorais que vous étiez commandant de l'armée cubaine, bredouilla Edwige.

— Que vous a dit votre mari?

— Il m'a dit que vous étiez la seule personne pouvant empêcher un attentat terroriste imminent et que c'était à vous plutôt qu'au ministre que je devrais faire part du point de vue de mon gouvernement sur la situation.

— Votre mari est bien celui que j'ai cru qu'il était. Sûr de lui et si sûr des autres! Il me rappelle quelqu'un que j'ai aussi beaucoup aimé jadis. Mais les hommes sincères ne remportent pas toutes les parties, tant s'en faut! En ce qui me concerne, il s'agit désormais d'une affaire de conscience.

— Que dites-vous, *comandante?* demanda l'ambassadeur du Canada.

Saisissant la main tremblante d'Edwige, le commandant Bandera-Masíquez lui fit un baisemain en bonne et due forme. Mais avant de se relever, il détacha de sa main libre un bouton de sa veste militaire. D'un clignement de paupières, attirant le regard d'Edwige sur sa ceinture bardée d'étranges sachets, il murmura :

— Plastics.

Puis, faisant tinter des pièces de métal dans sa poche, il dit d'une voix sourde :

— Détonateurs. J'ai un marché à proposer à mes supérieurs. Priez pour qu'il soit conclu, Excellence.

La sentant prête à défaillir, le commandant appela à l'aide des membres de sa délégation qui l'observaient de loin faire des révérences à l'ambassadeur du Canada alors que le ministre de l'Intérieur l'attendait dans son bureau. Soutenant Edwige Elliott par le bras, il la confia à un jeune capitaine en ordonnant :

— Son Excellence a eu un malaise. Rappelez le chauffeur qui l'attend sur le parvis et assurez-vous qu'il la ramène à sa résidence de Siboney.

⌇

— Carlos ! Tu es venu seul ? Où est ta délégation ?

— Dans le couloir, fit l'agent CBM des services secrets cubains avant de déboutonner sa veste.

— Carlos ! s'étouffa Manuel Sánchez.

Le ministre avait posé une main sur son téléphone en voyant celle de son ami se saisir d'une arme.

— Tu as perdu la tête, *compañero* ! Que veux-tu ?

— Que les sept ouvriers de la MAI détenus à l'hôtel *Deauville* soient mis à bord du vol qui part vers Mexico à quinze heures quinze. Donne l'ordre à tes sous-fifres d'envoyer illico des voitures, motos et sirènes si nécessaire, pour prendre les détenus et les amener à l'aéroport. Préviens aussi les services de l'Immigration de leur rendre leurs passeports et exige que la police les escorte jusqu'à bord de l'avion. Je ne quitterai pas ton bureau avant d'avoir la certitude qu'ils sont tous sains et saufs et en route vers Mexico. Vas-y, j'attends.

— C'est faisable, calme-toi, *amigo*! Range ton arme et discutons. Que t'arrive-t-il, Carlos?

— Tu cherches à gagner du temps, et moi je n'ai plus rien à perdre. Soit tu fais ce que je te demande et je me rends, soit tu fais l'idiot et je te descends avant d'aller déposer mes détonateurs sous le pupitre d'*el Jefe* qui sera là avec sa suite dans moins d'une heure. C'est toi qui décides, Manu… comme toujours.

Manuel Sánchez ne pouvait ignorer l'allusion à l'assassinat de Sergio Masíquez qu'il avait ordonné à Carlos Bandera de perpétrer dans une chambre du *Ritz-Carlton* de Montréal, le 31 juillet 1970.

— C'est tout ce que tu veux? Le départ des ouvriers? se ressaisit le ministre.

— Dès que mes gars seront dans les voitures en route vers l'aéroport, je veux parler à l'un d'entre eux. Puis je mettrai mon contact à contribution à l'aéroport.

— Ton contact ?

— Tu ne crois pas que je vais me fier à tes hommes, non ? Quelqu'un en qui j'ai confiance me confirmera sur place que mes gars sont à bord de l'avion. Dès que cette première·demande sera exécutée, tu vas faire un autre appel et donner l'ordre à des brigades militaires d'investir sur-le-champ le *Cor Le Loup* ancré dans la marina Habana Club à Siboney, et faire en sorte que les passagers et l'équipage soient évacués en moins de vingt minutes. Mon contact, qui se rendra sur place dès que l'avion aura décollé, pourra me confirmer que tout a été exécuté selon mon plan avant qu'*el Jefe* n'arrive ici avec sa délégation à seize heures.

— Je vais mettre tes ouvriers à bord de cet avion, Carlos, mais pour le reste, ce n'est pas de mon ressort. Et je te conseille de laisser tomber. Car même s'il s'agissait d'une fausse alarme – ce dont nous sommes convaincus –, faire fouiller un bateau de touristes par la brigade antibombes aujourd'hui compromettrait l'intervention majeure de demain.

— Je me tue à te dire que rien ne se passera demain ! Il n'y a jamais eu de coup prévu à Cienfuegos ! L'opération sur l'*O 16* de Bussemaker a toujours été un canular.

— Je ne te crois pas. Que manigances-tu, Bandera ? Pourquoi ce revirement, *compañero* ? Nous savons tous deux qu'il doit y avoir un attentat demain dans le port de Cienfuegos. Et c'est demain que l'armée fera évacuer ce bateau, que nous arrêterons les collaborateurs de Cardon et que, grâce à toi, nous allons enfin pouvoir démontrer que la CIA est l'instigatrice des attentats terroristes qui déferlent sur Cuba ! Fidel ne voudra jamais…

— Fidel n'a pas à donner son avis là-dessus. Je te l'ai dit, la décision ne dépend que de toi.

— Tu avais si bien mené ta mission ! Tout ce travail que tu as accompli à Miami, pendant près de deux ans ! Que s'est-il passé, Carlos ?

— Disons que le passé m'a rattrapé. Maintenant, bouge-toi. Tu vas faire ces appels et donner des ordres comme tu sais si bien le faire. À partir de là, c'est moi qui prendrai la direction des opérations.

Voyant qu'il hésitait encore, le commandant Bandera-Masíquez appuya son arme sur le front ruisselant de sueur du ministre et proféra :

— Si tu n'as pas donné cet ordre dans dix secondes, je n'hésiterai pas à te descendre. Et tous ceux qui se trouveront à cet étage dans l'heure qui vient, Fidel compris, mourront aussi. Je te le répète, je n'ai plus rien à perdre. En revanche, si tu t'exécutes, je t'assure qu'une fois mes *palomas* envolées et le *Cor Le Loup* amarré, vide, dans la baie, je serai ton prisonnier.

— Tes gars seront à bord de cet avion, c'est d'ailleurs ce que je souhaitais moi aussi, dit Sánchez en attrapant le téléphone.

⌇

Au moment où Edwige rentrait, bouleversée, à la résidence, Peter reçut un premier appel du commandant Carlos Bandera-Masíquez lui demandant de se rendre à l'aéroport pour accueillir les détenus et s'assurer que tous, munis de leur passeport, soient bien à bord du vol d'Aero Caribbean en route vers Miami, via Benito Juarez. Ce qu'il fit.

Puis, à quinze heures quarante-deux, lorsque la tour de contrôle lui confirma que l'avion, qui comptait les sept Américains parmi ses passagers, avait décollé et qu'il survolait déjà la mer en direction du Mexique, Peter obéit aux consignes que Carlos Bandera lui avait transmises lors du deuxième appel et demanda au chauffeur de le conduire à la marina Habana Club. Avant quinze heures quarante-cinq, il devait confirmer à Carlos Bandera — qui tenait en joue le ministre de l'Intérieur — que le *Cor Le Loup*, qui aurait dû lever l'ancre à dix-sept heures d'après l'horaire encore affiché sur le panneau à l'entrée de la passerelle, ballotait paisiblement dans la baie au gré des vagues, son cockpit vide de l'équipage et son pont spacieux déserté de tout passager.

Ils ne mirent que quelques minutes pour se rendre au quai où était ancré le bateau. Peter reconnut tout de suite le yacht luxueux conçu comme un bateau de croisière pour les plongées en mer. Une dizaine de voitures de police barricadaient l'accès à l'embarcadère. Ayant demandé au chauffeur de le laisser à proximité du barrage, Peter tenta de se frayer un passage jusqu'à la première passerelle.

— *¡Hola!* fit une voix autoritaire derrière lui. Ce bateau est en panne. Il doit être remorqué.

— On ne m'a pas averti, j'ai déjà payé mon billet, prétendit s'offusquer le journaliste.

— Vous deviez vous présenter avant quinze heures trente, c'est inscrit sur votre billet. Adressez-vous à l'agence de voyages qui vous l'a vendu, dit sans détour le milicien armé.

— À quelle heure a-t-on annulé la croisière ?

—Nous avons reçu l'ordre d'évacuer le *Cor Le Loup* à quinze heures vingt. Il n'y avait encore que l'équipage à bord à ce moment-là.

—Mais où sont les passagers?

—Dispersés. On n'a laissé personne monter à bord du bateau.

Peter compta au moins une vingtaine de militaires, parmi lesquels il reconnut des membres de la brigade antibombes, qui s'agitaient sur les ponts et dans les cabines.

—Maintenant, si vous voulez bien dégager la passerelle, monsieur…

Instinctivement, Peter retira son laissez-passer de correspondant international et le braqua devant les yeux du jeune milicien.

—Commandant! Un journaliste! cria le jeune homme à son supérieur occupé à donner des ordres à quelques mètres de là.

—La presse n'a rien à faire ici pour le moment, lança le militaire gradé qui s'avançait vers eux.

—Il s'agit du bateau d'une amie à moi, Thérèse Bussemaker. Elle s'est noyée dans la baie de Varadero il y a trois jours. Y a-t-il un lien entre les deux… incidents, commandant?

—Monsieur… Grove, fit le militaire, les yeux rivés à la carte plastifiée que Peter lui avait remise, je n'ai rien à vous dire.

— Je comprends. Pourriez-vous seulement m'assurer que tous les explosifs planqués à bord du *Cor Le Loup* ont été retrouvés et désamorcés ?

— Pardon ? s'étrangla le militaire.

Peter se contenta de froncer les sourcils.

— Attendez !

Le commandant avait déjà composé un numéro de téléphone et attendait, l'air anxieux, une réponse de son correspondant.

— J'ai un journaliste devant moi.

Le colonel parut soulagé par la réponse de son interlocuteur et tendit son téléphone à Peter.

— Oui ? […] Mission accomplie ! Vous avez réussi, *comandante* Bandera-Masíquez, confirma Peter, ému.

∾

Le président Fidel Castro et les membres de son cabinet pénétrèrent dans l'édifice abritant les quartiers généraux du gouvernement de la République socialiste de Cuba à seize heures tapantes et montèrent directement à la salle Antonio Maceo où le ministre de l'Intérieur, Manuel Sánchez, devait les attendre avec une délégation. Mais la salle où aucune lampe n'avait été allumée était déserte.

— Que se passe-t-il ? s'inquiéta le chef de cabinet du président, alors que ses collègues couraient dans tous les coins, tirant sur les cordons des lampes et appuyant sur les commutateurs des plafonniers.

— Ce n'est pas normal. Où est le ministre ?

— Ici, je suis ici, répondit Manuel Sánchez, livide, dans l'embrasure de la porte.

— ¡ *Compañero* ! Que se passe-t-il ? Tu n'as pas l'air bien du tout, s'inquiéta Fidel.

— Il va mieux, répondit une voix connue derrière le ministre.

— *Comandante* Bandera ! Carlos ! s'écrièrent tous ceux qui reconnurent l'agent des services secrets, torse nu, les mains au-dessus de la tête, tel un prisonnier, et pourtant fermant la marche.

— ¡ *Caramba* ! Quelqu'un va-t-il me dire…

— Oui, moi, je vais tout t'expliquer, Fidel, prononça Carlos Bandera-Masíquez d'une voix calme.

ÉPILOGUE

D'Ottawa à Varadero, mercredi 11 décembre 2002

— Grand-mère ? C'est José.

— Quel bonheur de t'entendre, mon grand !

— Je veux te confirmer que nous arrivons bien demain, tous les trois, directement à Varadero, à l'aéroport Juan Gualberto Gomez. Nous serons ensemble pour les fêtes de fin d'année, et nous passerons plus d'un mois avec toi. Hortensia et Juanita sont folles de joie.

— Tu ne sauras jamais le bonheur que vous me faites ! Je ne m'attendais plus à une telle faveur du ciel, mon chéri. Je suis bénie.

— Je voulais te dire, mamie, *Un homme sincère* est dans toutes les librairies ! C'est un très beau livre. Je t'en apporterai quelques exemplaires. Jorge Luther va mieux, il était si heureux de rentrer rue Coupal, hier. Il veut que nous habitions avec lui jusqu'à ce que nous obtenions notre nationalité canadienne.

— Dis-lui que je le remercie de tout mon cœur de vous avoir si généreusement accueillis. Dis-lui aussi que je lui suis très reconnaissante de ne pas m'en vouloir d'avoir changé d'avis au sujet de l'épilogue. J'ai compris que ton grand-père n'aurait pas voulu que la réputation de son malheureux frère soit à jamais entachée par un crime qu'on lui avait ordonné de commettre.

— Je le lui dirai. Et je suis d'accord avec toi, je pense que l'oncle Carlos s'est racheté avant même d'être condamné à la prison à vie. Au fait, je t'apporterai aussi des exemplaires des journaux locaux. Les articles de Peter Grove ont tous été publiés en une seule fois, ce matin. Il dénonce « l'ingérence américaine sournoise et illégale dans les affaires internes de Cuba ». Il explique aussi comment le commandant Bandera a réussi à contrer la CIA dans l'affaire O 16. Mais le chef de la SINA n'a été accusé de rien et il terminera son mandat à La Havane. Toujours d'après Peter Grove, Jim Cardon aurait tout de même perdu de son panache, se consola José.

— On devine les sentiments qui animent ce gangster, articula Clarita, la voix pleine d'émotion. Tu as revu Peter et son épouse?

— Malheureusement non. Ils sont partis au Sénégal passer Noël auprès de leur fille et son mari. Ils ont une petite-fille, Awa, elle a l'âge de Juanita. Mais ils seront de retour à La Havane à la mi-janvier, nous les croiserons avant notre retour à Ottawa.

— Je t'en prie, mon chéri, ne me parle pas déjà de votre retour au Canada !

— D'accord ! Je te dis plutôt à demain, mamie. Merci pour tout. Je t'aime.

GLOSSAIRE

Aves despegadas : Oiseaux envolés.

¡ Caramba ! : (Juron).

Cafe con leche : Café au lait.

Cocinas listas : Cuisines prêtes, en état de marche.

Comandante en jefe : Commandant en chef.

Compañero : Camarade.

Diez gotas : Dix gouttes.

El caballo : Le cheval.

El Jefe : Le chef.

Este adiposo : Cet obèse.

Frijoles negros : Fèves noires.

Grande perro : Gros chien.

Guayabera : Chemise brodée.

Gusano : Ver de terre.

Hasta luego : À plus tard.

Hijo : Fils.

Luchando : En luttant (employé ici dans le sens anglais, *fighting* : je lutte).

419

¡*Madre de Dios!* : Sainte mère de Dieu!

Muchos problemas : Beaucoup de problèmes.

Ni siquiera un iota : Pas même un iota, un détail.

No me digas : Tu m'en diras tant.

Palomas : Colombes.

¿*Que tal?* : Comment ça va?

Querida : Chère.

Veremos : Nous verrons, c'est à voir.

REMERCIEMENTS

Ma gratitude va à mes proches qui m'ont soutenue tout au long de la rédaction de ce roman, à mes amis Émile et Nicole Martel qui ont lu et commenté judicieusement mon manuscrit, comme ils l'ont fait pour chacun de mes livres, à l'équipe éditoriale de Hurtubise, tout particulièrement Sandrine Lazure, mon éditrice, qui m'a donné des conseils éclairés et apporté son appui constant.

GARANT DES FORÊTS
INTACTES

Achevé d'imprimer en juin 2010
sur les presses de Marquis Imprimeur,
Montmagny, Québec.